Orlando Syrg Taschenbuch 122018

OR
SY
TA

AF176654

RAT ACBO

Reihe

Alte Tradition

Azurcelesteblueoscuro

herausgegeben

von

Joerg K. Sommermeyer & Orlando Syrg

Exemplarische Werke der Weltliteratur

herausgegeben von

Joerg K. Sommermeyer

Über dieses Buch

»Die Judenbuche« spielt im entlegenen westfälischen Dorf B. eines deutschen Kleinstaates des 18. Jahrhunderts, handelt vom unaufgeklärten Judenmord sowie dessen Vor- und Nachgeschichte. *»Die schwarze Spinne«*, Gotthelfs bekannteste Novelle, von Thomas Mann *»wie kaum ein zweites Stück Weltliteratur«* bewundert, erzählt, umrahmt von einer Kindstauffeier, den zweimaligen Einbruch des Bösen, fleischgeworden in der schwarzen Spinne, in die heile Welt des Berner Oberlandes. *»Krambambuli«*, den prachtvollen Jagdhund eines Säufers und Wilderers, ersteht Revierjäger Hopp für zwölf Flaschen des gleichnamigen Wachholderschnapses. Beim schicksalsmäßigen Showdown von altem und neuem Herrn im Wald, findet sich Krambambuli zerrissenen Herzens zwischen den Fronten. (Siehe auch das Nachwort von JS, unten S. 125 ff.)

Die Autoren

Annette von Droste-Hülshoff

* 10. Januar 1797 auf Burg Hülshoff bei Münster als Anna Elisabeth Franzisca Adolphina Wilhelmina Ludovica Freiin von Droste zu Hülshoff - † 24. Mai 1848 auf Burg Meersburg in Meersburg; deutsche Schriftstellerin und Komponistin, gilt als eine der bedeutendsten deutschen Dichterinnen; detaillierter Lebenslauf siehe Nachwort des Herausgebers Joerg K. Sommermeyer, unten S. 125 ff.

Jeremias Gotthelf

* 4. Oktober 1797 in Murten als Albert Bitzius - † 22. Oktober 1854 in Lützelflüh; Schweizer Schriftsteller und Pfarrer; detaillierter Lebenslauf siehe Nachwort des Herausgebers Joerg K. Sommermeyer, unten S. 128 ff.

Marie von Ebner-Eschenbach

* 13. September 1830 auf Schloss Zdislawitz bei Kremsier in Mähren als Marie Dubský von Trebomyslice - † 12. März 1916 in Wien; mährisch-österreichische Schriftstellerin, gilt mit ihren psychologischen Erzählungen als eine der bedeutendsten deutschsprachigen Erzählerinnen des 19. Jahrhunderts; detaillierter Lebenslauf siehe Nachwort des Herausgebers Joerg K. Sommermeyer, unten S. 132 ff.

Der Herausgeber

Joerg K. Sommermeyer (JS), * 14.10.1947 in Brackenheim, Sohn des Physikers Kurt Hans Sommermeyer (* 23. März 1906, Schleusingen/Thüringen - † 13. Februar 1969, Freiburg i. Brsg./Bd.-Wrtt.; Physikalische Grundlagen der Medizin, Biophysik, Radiologie, Quantenbiologie, Korpuskularstrahlung). Kindheit in Freiburg. Studierte Jura, Philosophie, Germanistik, Geschichte und Musikwissenschaft. Klassische Gitarre bei Viktor v. Hasselmann und Anton Stingl. Unterrichtete in den späten Sechzigern Gitarre am Kindergärtnerinnen-/Jugendleiterinnenseminar und in den Achtzigern Rechtsanwaltsgehilfinnen an der Max-Weber-Schule in Freiburg. 1976 bis 2004 Rechtsanwalt in Freiburg. Setzte sich für eine Stärkung des Rechtsschutzes bei Grundrechtseingriffen ein (Unterbringungsrecht, Untersuchungshaft, Durchsuchungsrecht, strafprozessuale Überholung). Zahlreiche Veröffentlichungen in juristischen Fachzeitschriften sowie Artikel in Musikblättern. Gründer und Vorsitzender der Internationalen Gitarristischen Vereinigung, Organisator und Künstlerischer Leiter der Freiburger Gitarren- und Lautentage, Herausgeber und Redakteur der Zeitschrift *Nova Giulianiad: Saitenblätter für die Gitarre und Laute*. Juror beim Schlesischen Gitarrenherbst in Tychy und Internationalen Gitarrenkongress Freiburg/Basel/Straßburg. Komponierte Songs, schrieb Liedtexte, Arrangements, Instrumentalmusik. 7 CDs, u. a.: *Total Overdrive*, *Those Rocks & Lieders*, *Nel Cuore Romanzo Rock*, *Ergo*, *7 Celebrities*. Prosa: *Anton Unbekannt, Pathoaphysischer Antiroman, Tragigroteskenfragment, 2008/2009*; *Vernimm mein Schreien, 2017 /2018*. *Lieblingsmärchen, 2017/2018*. Edition von Werken Josefa Gerhäusers, Franz Trellers, Oskar Panizzas, Fritz von Ostinis, Hugo Balls, Carl Einsteins, Ludwig Rubiners, Franz Kafkas, Heinrich von Kleists, Christian Morgensterns, Robert Müllers, Joseph von Eichendorffs, Adelbert von Chamissos, Georg Büchners, Denis Diderots, Wilhelm Heinrich Wackenroders, E. T. A. Hoffmanns und Rainer Maria Rilkes. Joerg K. Sommermeyer (JS) lebt in Berlin.

Orlando Syrg, Berlin, 10. Juli 2018

Joerg K. Sommermeyer (Hg.)

Drei alte Erzählungen

Die Judenbuche (Droste-Hülshoff), Die schwarze Spinne (Gotthelf), Krambambuli (Ebner-Eschenbach)

Durchgesehen, revidiert und mit einem Nachwort herausgegeben
von
Joerg K. Sommermeyer

Orlando Syrg

MMXVIII
1. Auflage 2018
Orlando Syrg, Berlin (vormals Freiburg i. Brsg.)
Orlando Syrg Taschenbuch
ORSYTA 122018
Reihe Alte Tradition Azurcelesteblueoscuro
RAT ACBO 9

Revision, Herausgabe und Nachwort:
Joerg K. Sommermeyer

Umschlaggestaltung (unter Verwendung des Gemäldes von Friedrich Wilhelm Schoen, *Die Geschichtenerzählerin*, 1845, auf der Vorderseite): JS

Lektorat, Satz und Layout: Jule Stövsand, JS, Karin Nowgo, Ton Unbe, Kurt Marie, Carla Kindeskind, Hans Ohnson, Lars Penath

Herstellung, Verlag BoD - Books on Demand, Norderstedt

Made in Germany

ISBN 9783752822960

Inhalt

Annette von Droste-Hülshoff

Die Judenbuche

Ein Sittengemälde
aus dem gebirgichten Westfalen

Entstanden zwischen 1837 und 1842; Erstdruck in »Morgenblatt für gebildete Leser«, Stuttgart 22. April 1842 - 10. Mai 1842.

Wo ist die Hand so zart, dass ohne Irren
Sie sondern mag beschränkten Hirnes Wirren,
So fest, dass ohne Zittern sie den Stein
Mag schleudern auf ein arm verkümmert Sein?
Wer wagt es, eitlen Blutes Drang zu messen,
Zu wägen jedes Wort, das unvergessen
In junge Brust die zähen Wurzeln trieb,
Des Vorurteils geheimen Seelendieb?
Du Glücklicher, geboren und gehegt
Im lichten Raum, von frommer Hand gepflegt,
Leg hin die Waagschal', nimmer dir erlaubt!
Lass ruhn den Stein – er trifft dein eignes Haupt! –

Friedrich Mergel, geboren 1738, war der einzige Sohn eines sogenannten Halbmeiers oder Grundeigentümers geringerer Klasse im Dorfe B., das, so schlecht gebaut und rauchig es sein mag, doch das Auge jedes Reisenden fesselt durch die überaus malerische Schönheit seiner Lage in der grünen Waldschlucht eines bedeutenden und geschichtlich merkwürdigen Gebirges. Das Ländchen, dem es angehörte, war damals einer jener abgeschlossenen Erdwinkel ohne Fabriken und Handel, ohne Heerstraßen, wo noch ein fremdes Gesicht Aufsehen erregte, und eine Reise von dreißig Meilen selbst den Vornehmeren zum Ulysses seiner Gegend machte – kurz, ein Fleck, wie es deren sonst so viele in Deutschland gab, mit all den Mängeln und Tugenden, all der Originalität und Beschränktheit, wie sie nur in solchen Zuständen gedeihen. Unter höchst einfachen und häufig unzulänglichen Gesetzen waren die Begriffe der Einwohner von Recht und Unrecht einigermaßen in Verwirrung geraten, oder vielmehr, es hatte sich neben dem gesetzlichen ein zweites Recht gebildet, ein Recht der öffentlichen Meinung, der Gewohnheit und der durch Vernachlässigung entstandenen Verjährung. Die Gutsbesitzer, denen die niedere Gerichtsbarkeit zustand, straften und belohnten nach ihrer in den meisten Fällen redlichen Einsicht; der Untergebene tat, was ihm ausführbar und mit einem etwas weiten Gewissen verträglich schien, und nur dem Verlierenden fiel es zuweilen ein, in alten staubichten Urkunden nachzuschlagen. Es ist schwer, jene Zeit unparteiisch ins Auge zu fassen; sie ist seit ihrem Verschwinden entweder hochmütig getadelt oder albern gelobt worden, da den, der sie erlebte, zuviel teure Erinnerungen blenden und der Spätergeborene sie nicht begreift. Soviel darf man indessen behaupten, dass die Form schwächer, der Kern fester, Vergehen häufiger, Gewissenlosigkeit seltener waren. Denn wer nach seiner Überzeugung handelt, und sei sie noch so mangelhaft, kann nie ganz zugrunde gehen, wogegen nichts seelentötender wirkt, als gegen das innere Rechtsgefühl das äußere Recht in Anspruch nehmen.

Ein Menschenschlag, unruhiger und unternehmender als alle seine Nachbarn, ließ in dem kleinen Staate, von dem wir reden, manches weit greller hervortreten als anderswo unter gleichen Umständen. Holz- und Jagdfrevel waren an der Tagesordnung, und bei den häufig vorfallenden Schlägereien hatte sich jeder selbst seines zerschlagenen Kopfes zu trösten. Da jedoch große und ergiebige Waldungen den Hauptreichtum des Landes ausmachten, ward allerdings scharf über die Forsten gewacht, aber weniger auf gesetzlichem Wege, als in stets erneuten Versuchen, Gewalt und List mit gleichen Waffen zu überbieten.

Das Dorf B. galt für die hochmütigste, schlauste und kühnste Gemeinde des ganzen Fürstentums. Seine Lage inmitten tiefer und stolzer Waldeinsamkeit mochte schon früh den angeborenen Starrsinn der Gemüter nähren; die Nähe eines Flusses, der in die See mündete und bedeckte Fahrzeuge trug, groß genug, um Schiffbauholz bequem und sicher außer Land zu führen, trug sehr dazu bei, die natürliche Kühnheit der Holzfrevler ermutigen, und der Umstand, dass alles umher von Förstern wimmelte, konnte hier nur aufregend wirken, da bei den häufig vorkommenden Scharmützeln der Vorteil meist auf Seiten der Bauern blieb. Dreißig, vierzig Wagen zogen zugleich aus in den schönen Mondnächten, mit ungefähr doppelt so viel Mannschaft jedes Alters, vom halbwüchsigen Knaben bis zum siebzigjährigen Ortsvorsteher, der als erfahrener Leitbock den Zug mit gleich stolzem Bewusstsein anführte, als er seinen Sitz in der Gerichtsstube einnahm. Die Zurückgebliebenen horchten sorglos dem allmählichen Verhallen des Knarrens und Stoßens der Räder in den Hohlwegen und schliefen sacht weiter. Ein gelegentlicher Schuss, ein schwacher Schrei ließen wohl einmal eine junge Frau oder Braut auffahren; kein anderer achtete darauf. Beim ersten Morgengrau kehrte der Zug ebenso schweigend heim, die Gesichter glühend wie Erz, hier und dort einer mit verbundenem Kopf, was weiter nicht in Betracht kam, und nach ein paar Stunden war die Umgegend voll von dem Missgeschick eines oder mehrerer Forstbeamten, die aus dem Walde getragen wurden, zerschlagen, mit Schnupftabak geblendet und für einige Zeit unfähig, ihrem Berufe nachzukommen.

In diesen Umgebungen ward Friedrich Mergel geboren, in einem Hause, das durch die stolze Zugabe eines Rauchfangs und minder kleiner Glasscheiben die Ansprüche seines Erbauers, sowie durch seine gegenwärtige Verkommenheit die kümmerlichen Umstände des jetzigen Besitzers bezeugte. Das frühere Geländer um Hof und Garten war einem vernachlässigten Zaune gewichen, das Dach schadhaft, fremdes Vieh weidete auf den Triften, fremdes Korn wuchs auf dem Acker zunächst am Hofe, und der Garten enthielt, außer ein paar holzichten Rosenstöcken aus besserer Zeit, mehr Unkraut als Kraut. Freilich hatten Unglücksfälle manches hiervon herbeigeführt; doch war auch viel Unordnung und böse Wirtschaft im Spiel. Friedrichs Vater, der alte Hermann Mergel, war in seinem Junggesellenstand ein sogenannter ordentlicher Säufer, d. h. einer, der nur an Sonn- und Festtagen in der Rinne lag und die Woche hindurch so manierlich war wie ein anderer. So war denn auch seine Bewerbung um ein recht hübsches und wohlhabendes Mädchen ihm nicht erschwert. Auf der Hochzeit ging's lustig zu. Mergel war gar nicht zu arg betrunken, und die Eltern der Braut gingen abends vergnügt heim; aber am nächsten Sonntag sah man die junge Frau schreiend und blutrünstig durchs Dorf zu den Ihrigen rennen, alle ihre guten Kleider und neues Hausgerät im Stich lassend. Das war freilich ein großer Skandal und Ärger für Mergel, der allerdings Trostes bedurfte. So war denn auch am Nachmittage keine Scheibe an seinem Hause mehr ganz, und man sah ihn noch bis spät in die Nacht vor der Türschwelle liegen, einen abgebrochenen Flaschenhals von Zeit zu Zeit zum Munde führend und sich Gesicht und Hände jämmerlich zerschneidend. Die junge Frau blieb bei ihren Eltern, wo sie bald verkümmerte und starb. Ob nun den Mergel Reue quälte oder Scham, genug, er schien der Trostmittel immer bedürftiger und fing bald an, den gänzlich verkommenen Subjekten zugezählt zu werden.

Die Wirtschaft verfiel; fremde Mägde brachten Schimpf und Schaden; so verging Jahr auf Jahr. Mergel war und blieb ein verlegener und zuletzt ziemlich armseliger Witwer, bis er mit einemmale wieder als Bräutigam auftrat. War die Sache an und für sich unerwartet, so trug die Persönlichkeit der Braut noch dazu bei, die Verwunderung zu erhöhen. Margareth Semmler war eine brave, anständige Person, so in den Vierzigen, in ihrer Jugend eine Dorfschönheit und noch jetzt als sehr klug und wirtlich geachtet, dabei nicht unvermögend; und so musste es jedem unbegreiflich sein, was sie zu diesem Schritte getrieben. Wir glauben den Grund eben in dieser ihrer selbstbewussten Vollkommenheit zu finden. Am Abend vor der Hochzeit soll sie gesagt haben:»Eine Frau, die von ihrem Mann übel behandelt wird, ist dumm oder taugt nicht: wenn's mir schlecht geht, so sagt, es liege an mir.« Der Erfolg zeigte leider, dass sie ihre Kräfte überschätzt hatte. Anfangs imponierte sie ihrem Manne; er kam nicht nach Haus oder kroch in die Scheune, wenn er sich übernommen hatte; aber das Joch war zu drückend, um lange getragen zu werden, und bald sah man ihn oft genug quer über die Gasse ins Haus taumeln, hörte drinnen sein wüstes Lärmen und sah Margreth eilends Tür und Fenster schließen. An einem solchen Tage – keinem Sonntag mehr – sah man sie abends aus dem Hause stürzen, ohne Haube und Halstuch, das Haar wild um den Kopf hängend, sich im Garten neben ein Krautbeet niederwerfen und die Erde mit den Händen aufwühlen, dann ängstlich um sich schauen, rasch ein Bündel Kräuter brechen und damit langsam wieder dem Hause zugehen, aber nicht hinein, sondern in die Scheune. Es hieß, an diesem Tage habe Mergel zuerst Hand an sie gelegt, obwohl das Bekenntnis nie über ihre Lippen kam.

Das zweite Jahr dieser unglücklichen Ehe ward mit einem Sohne, man kann nicht sagen erfreut, denn Margreth soll sehr geweint haben, als man ihr das Kind reichte. Dennoch, obwohl unter einem Herzen voll Gram getragen, war Friedrich ein gesundes, hübsches Kind, das in der frischen Luft kräftig gedieh. Der Vater hatte ihn sehr lieb, kam nie nach Hause, ohne ihm ein Stückchen Wecken oder dergleichen mitzubringen, und man meinte sogar, er sei seit der Geburt des Knaben ordentlicher geworden; wenigstens ward der Lärm im Hause geringer.

Friedrich stand in seinem neunten Jahre. Es war um das Fest der heiligen drei Könige, eine harte, stürmische Winternacht. Hermann war zu einer Hochzeit gegangen und hatte sich schon beizeiten auf den Weg gemacht, da das Brauthaus Dreiviertelmeilen entfernt lag. Obgleich er versprochen hatte, abends wiederzukommen, rechnete Frau Mergel doch um so weniger darauf, da sich nach Sonnenuntergang dichtes Schneegestöber eingestellt hatte. Gegen zehn Uhr schürte sie die Asche am Herd zusammen und machte sich zum Schlafengehen bereit. Friedrich stand neben ihr, schon halb entkleidet und horchte auf das Geheul des Windes und das Klappen der Bodenfenster.

»Mutter, kommt der Vater heute nicht?« fragte er. – »Nein, Kind, morgen.« – »Aber warum nicht, Mutter? er hat's doch versprochen.« – »Ach Gott, wenn der alles hielte, was er verspricht! Mach, mach voran, dass du fertig wirst.«

Sie hatten sich kaum niedergelegt, so erhob sich eine Windsbraut, als ob sie das Haus mitnehmen wollte. Die Bettstatt bebte und im Schornstein rasselte es wie ein Kobold. – »Mutter – es pocht draußen!« – »Still, Fritzchen, das ist das lockere Brett im Giebel, das der Wind jagt.« – »Nein, Mutter, an der Tür!« – »Sie schließt nicht; die Klinke ist zerbrochen. Gott, schlaf doch! Bring mich nicht um das armselige bisschen Nachtruhe.« – »Aber wenn nun der Vater kommt?« – Die Mutter drehte sich heftig im Bett um. – »Den hält der Teufel fest genug!« – »Wo ist der Teufel, Mutter?« – »Wart du Unrast! Er steht vor der Tür und will dich holen, wenn du nicht ruhig bist!«

Friedrich ward still; er horchte noch ein Weilchen und schlief dann ein. Nach einigen Stunden erwachte er. Der Wind hatte sich gewendet und zischte jetzt wie eine Schlange durch die Fensterritze an seinem Ohr. Seine Schulter war erstarrt; er kroch tief unters Deckbett und lag aus Furcht ganz still. Nach einer Weile bemerkte er, dass die Mutter auch nicht schlief. Er hörte sie weinen und mitunter: »Gegrüßt seist du, Maria!« und: »Bitte für uns arme Sünder!« Die Kügelchen des Rosenkranzes glitten an seinem Gesicht hin. – Ein unwillkürlicher Seufzer entfuhr ihm. – »Friedrich, bist du wach?« – »Ja, Mutter.« – »Kind, bete ein wenig – du kannst ja schon das halbe Vaterunser – dass Gott uns bewahre vor Wasser- und Feuersnot.«

Friedrich dachte an den Teufel, wie der wohl aussehen möge. Das mannigfache Geräusch und Getöse im Hause kam ihm wunderlich vor. Er meinte, es müsse etwas Lebendiges drinnen sein und draußen auch. »Hör, Mutter, gewiss, da sind Leute, die pochen.« – »Ach nein, Kind; aber es ist kein altes Brett im Hause, das nicht klappert.« – »Hör! Hörst du nicht? Es ruft! Hör doch!«

Die Mutter richtete sich auf; das Toben des Sturms ließ einen Augenblick nach. Man hörte deutlich an den Fensterläden pochen und mehrere Stimmen: »Margreth! Frau Margreth, heda, aufgemacht!« – Margreth stieß einen heftigen Laut aus: »Da bringen sie mir das Schwein wieder!«

Der Rosenkranz flog klappernd auf den Brettstuhl, die Kleider wurden herbeigerissen. Sie fuhr zum Herde und bald darauf hörte Friedrich sie mit trotzigen Schritten über die Tenne gehen. Margreth kam gar nicht wieder; aber in der Küche war viel Gemurmel und fremde Stimmen. Zweimal kam ein fremder Mann in die Kammer und schien ängstlich etwas zu suchen. Mit einemmale ward eine Lampe hereingebracht. Zwei Männer führten die Mutter. Sie war weiß wie Kreide und hatte die Augen geschlossen. Friedrich meinte, sie sei tot; er erhob ein fürchterliches Geschrei, worauf ihm jemand eine Ohrfeige gab, was ihn zur Ruhe brachte, und nun begriff er nach und nach aus den Reden der Umstehenden, dass der Vater vom Ohm Franz Semmler und dem Hülsmeyer tot im Holze gefunden sei und jetzt in der Küche liege.

Sobald Margreth wieder zur Besinnung kam, suchte sie die fremden Leute loszuwerden. Der Bruder blieb bei ihr und Friedrich, dem bei strenger Strafe im Bett zu bleiben geboten war, hörte die ganze Nacht hindurch das Feuer in der Küche knistern und ein Geräusch wie von Hin- und Herrutschen und Bürsten. Gesprochen ward wenig und leise, aber zuweilen drangen Seufzer herüber, die dem Knaben, so jung er war, durch Mark und Bein gingen. Einmal verstand er, dass der Oheim sagte: »Margreth, zieh dir das nicht zu Gemüt; wir wollen jeder drei Messen lesen lassen, und um Ostern gehen wir zusammen eine Bittfahrt zur Muttergottes von Werl.«

Als nach zwei Tagen die Leiche fortgetragen wurde, saß Margreth am Herde, das Gesicht mit der Schürze verhüllend. Nach einigen Minuten, als alles still geworden war, sagte sie in sich hinein: »Zehn Jahre, zehn Kreuze.

14

Wir haben sie doch zusammen getragen, und jetzt bin ich allein!« dann lauter: »Fritzchen, komm her!« – Friedrich kam scheu heran; die Mutter war ihm ganz unheimlich geworden mit den schwarzen Bändern und den verstörten Zügen. »Fritzchen,« sagte sie, »willst du jetzt auch fromm sein, dass ich Freude an dir habe, oder willst du unartig sein und lügen, oder saufen und stehlen?« – »Mutter, Hülsmeyer stiehlt.« – »Hülsmeyer? Gott bewahre! Soll ich dir auf den Rücken kommen? wer sagt dir so schlechtes Zeug?« – »Er hat neulich den Aaron geprügelt und ihm sechs Groschen genommen.« – »Hat er dem Aaron Geld genommen, so hat ihn der verfluchte Jude gewiss zuvor darum betrogen. Hülsmeyer ist ein ordentlicher, eingesessener Mann, und die Juden sind alle Schelme.« – »Aber, Mutter, Brandis sagt auch, dass er Holz und Rehe stiehlt.« – »Kind, Brandis ist ein Förster.« – »Mutter, lügen die Förster?«

Margreth schwieg eine Weile; dann sagte sie: »Höre, Fritz, das Holz lässt unser Herrgott frei wachsen und das Wild wechselt aus eines Herren Lande in das andere; die können niemand angehören. Doch das verstehst du noch nicht; jetzt geh in den Schuppen und hole mir Reisig.«

Friedrich hatte seinen Vater auf dem Stroh gesehen, wo er, wie man sagt, blau und fürchterlich ausgesehen haben soll. Aber davon erzählte er nie und schien ungern daran zu denken. Überhaupt hatte die Erinnerung an seinen Vater eine mit Grausen gemischte Zärtlichkeit in ihm zurückgelassen, wie denn nichts so fesselt, wie die Liebe und Sorgfalt eines Wesens, das gegen alles Übrige verhärtet scheint, und bei Friedrich wuchs dieses Gefühl mit den Jahren, durch das Gefühl mancher Zurücksetzung von Seiten anderer. Es war ihm äußerst empfindlich, wenn, solange er Kind war, jemand des Verstorbenen nicht allzu löblich gedachte; ein Kummer, den ihm das Zartgefühl der Nachbarn nicht ersparte. Es ist gewöhnlich in jenen Gegenden, den Verunglückten die Ruhe im Grabe abzusprechen. Der alte Mergel war das Gespenst des Brederholzes geworden; einen Betrunkenen führte er als Irrlicht um ein Haar in den Zellerkolk (Teich); die Hirtenknaben, wenn sie nachts bei ihren Feuern kauerten und die Eulen in den Gründen schrien, hörten zuweilen in abgebrochenen Tönen ganz deutlich dazwischen sein: »Hör mal an, feins Lieseken,« und ein unprivilegierter Holzhauer, der unter der breiten Eiche eingeschlafen und dem es darüber Nacht geworden war, hatte beim Erwachen sein geschwollenes blaues Gesicht durch die Zweige lauschen sehen. Friedrich musste von andern Knaben vieles darüber hören; dann heulte er, schlug um sich, stach auch einmal mit seinem Messerchen und wurde bei dieser Gelegenheit jämmerlich geprügelt. Seitdem trieb er seiner Mutter Kühe allein an das andere Ende des Tales, wo man ihn oft stundenlang in derselben Stellung im Grase liegen und den Thymian aus dem Boden rupfen sah.

Er war zwölf Jahre alt, als seine Mutter einen Besuch von ihrem jüngern Bruder erhielt, der in Brede wohnte und seit der törichten Heirat seiner Schwester ihre Schwelle nicht betreten hatte. Simon Semmler war ein kleiner, unruhiger, magerer Mann mit vor dem Kopf liegenden Fischaugen und überhaupt einem Gesicht wie ein Hecht, ein unheimlicher Geselle, bei dem dicktuende Verschlossenheit oft mit ebenso gesuchter Treuherzigkeit wechselte, der gern einen aufgeklärten Kopf vorgestellt hätte und statt dessen für einen fatalen, Händel suchenden Kerl galt, dem jeder um so lieber aus dem Wege ging, je mehr er in das Alter trat, wo ohnehin beschränkte Menschen leicht an Ansprüchen gewinnen, was sie an Brauchbarkeit verlieren. Dennoch freute sich die arme Margreth, die sonst keinen der Ihrigen mehr am Leben hatte.

»Simon, bist du da?« sagte sie, und zitterte, dass sie sich am Stuhle halten musste. »Willst du sehen, wie es mir geht und meinem schmutzigen Jungen?« – Simon betrachtete sie ernst und reichte ihr die Hand: »Du bist alt geworden, Margreth!« – Margreth seufzte: »Es ist mir derweil oft bitterlich gegangen mit allerlei Schicksalen.« – »Ja, Mädchen, zu spät gefreit, hat immer gereut! Jetzt bist du alt und das Kind ist klein. Jedes Ding hat seine Zeit. Aber wenn ein altes Haus brennt, dann hilft kein Löschen.« – Über Margreths vergrämtes Gesicht flog eine Flamme so rot wie Blut.

»Aber ich höre, dein Junge ist schlau und gewichst,« fuhr Simon fort. – »Ei nun so ziemlich, und dabei fromm.« – »Hm, 's hat mal einer eine Kuh gestohlen, der hieß auch Fromm. Aber er ist still und nachdenklich, nicht wahr? Er läuft nicht mit den andern Buben?« – »Er ist ein eigenes Kind,« sagte Margreth wie für sich; »es ist nicht gut.« – Simon lachte hell auf: »Dein Junge ist scheu, weil ihn die andern ein paar Mal gut durchgedroschen haben. Das wird ihnen der Bursche schon wieder bezahlen. Hülsmeyer war neulich bei mir; der sagte, es ist ein Junge wie 'n Reh.«

Welcher Mutter geht das Herz nicht auf, wenn sie ihr Kind loben hört? Der armen Margreth ward selten so wohl, jedermann nannte ihren Jungen tückisch und verschlossen. Die Tränen traten ihr in die Augen. »Ja, gottlob, er hat gerade Glieder.« – »Wie sieht er aus?« fuhr Simon fort. – »Er hat viel von dir, Simon, viel.«

Simon lachte: »Ei, das muss ein rarer Kerl sein, ich werde alle Tage schöner. An der Schule soll er sich wohl nicht verbrennen. Du lässt ihn die Kühe hüten? Ebenso gut. Es ist doch nicht halb wahr, was der Magister sagt. Aber wo hütet er? Im Telgengrund? Im Roderholze? Im Teutoburger Wald? Auch des Nachts und früh?« – »Die ganzen Nächte durch; aber wie meinst du das?«

Simon schien dies zu überhören; er reckte den Hals zur Türe hinaus. »Ei, da kommt der Gesell! Vaterssohn! er schlenkert geradeso mit den Armen wie dein seliger Mann. Und schau mal an! Wahrhaftig, der Junge hat meine blonden Haare!«

In der Mutter Züge kam ein heimliches, stolzes Lächeln; ihres Friedrichs blonde Locken und Simons rötliche Bürsten! Ohne zu antworten, brach sie einen Zweig von der nächsten Hecke und ging ihrem Sohne entgegen, scheinbar, eine träge Kuh anzutreiben, im Grunde aber, ihm einige rasche, halbdrohende Worte zuzuraunen; denn sie kannte seine störrische Natur, und Simons Weise war ihr heute einschüchternder vorgekommen als je. Doch ging alles über Erwarten gut; Friedrich zeigte sich weder verstockt, noch frech, vielmehr etwas blöde und sehr bemüht, dem Ohm zu gefallen. So kam es denn dahin, dass nach einer halbstündigen Unterredung Simon eine Art Adoption des Knaben in Vorschlag brachte, vermöge deren er denselben zwar nicht gänzlich seiner Mutter entziehen, aber doch über den größten Teil seiner Zeit verfügen wollte, wofür ihm dann am Ende des alten Junggesellen Erbe zufallen solle, das ihm freilich ohnedies nicht entgehen konnte. Margreth ließ sich geduldig auseinandersetzen, wie groß der Vorteil, wie gering die Entbehrung ihrerseits bei dem Handel sei. Sie wusste am besten, was eine kränkliche Witwe an der Hilfe eines zwölfjährigen Knaben entbehrt, den sie bereits gewöhnt hat, die Stelle einer Tochter zu ersetzen. Doch sie schwieg und gab sich in alles. Nur bat sie den Bruder, streng, doch nicht hart gegen den Knaben zu sein.

»Er ist gut,« sagte sie, »aber ich bin eine einsame Frau; mein Kind ist nicht, wie einer, über den Vaterhand regiert hat.« Simon nickte schlau mit dem Kopf: »Lass mich nur gewähren, wir wollen uns schon vertragen, und weißt du was? Gib mir den Jungen gleich mit, ich habe zwei Säcke aus der Mühle zu holen; der kleinste ist ihm grad recht, und so lernt er mir zur Hand gehen. Komm, Fritzchen, zieh deine Holzschuh' an!« – Und bald sah Margreth den beiden nach, wie sie fortschritten, Simon voran, mit seinem Gesicht die Luft durchschneidend, während ihm die Schöße des roten Rocks wie Feuerflammen nachzogen. So hatte er ziemlich das Aussehen eines feurigen Mannes, der unter dem gestohlenen Sacke büßt; Friedrich ihm nach, fein und schlank für sein Alter, mit zarten, fast edlen Zügen und langen blonden Locken, die besser gepflegt waren, als sein übriges Äußere erwarten ließ; übrigens zerlumpt, sonneverbrannt und mit dem Ausdruck der Vernachlässigung und einer gewissen rohen Melancholie in den Zügen. Dennoch war eine große Familienähnlichkeit beider nicht zu verkennen, und wie Friedrich so langsam seinem Führer nachtrat, die Blicke fest auf denselben geheftet, der ihn gerade durch das Seltsame seiner Erscheinung anzog, erinnerte er unwillkürlich an jemand, der in einem Zauberspiegel das Bild seiner Zukunft mit verstörter Aufmerksamkeit betrachtet.

Jetzt nahten die beiden sich der Stelle des Teutoburger Waldes, wo das Brederholz den Abhang des Gebirges niedersteigt und einen sehr dunkeln Grund ausfüllt. Bis jetzt war wenig gesprochen worden. Simon schien nachdenkend, der Knabe zerstreut, und beide keuchten unter ihren Säcken. Plötzlich fragte Simon:»Trinkst du gern Branntwein?« – Der Knabe antwortete nicht.»Ich frage, trinkst du gern Branntwein? Gibt dir die Mutter zuweilen welchen?« – »Die Mutter hat selbst keinen,« sagte Friedrich. – »So, so, desto besser! – Kennst du das Holz da vor uns?« – »Das ist das Brederholz.« – »Weißt du auch, was darin vorgefallen ist?« – Friedrich schwieg. Indessen kamen sie der düstern Schlucht immer näher.»Betet die Mutter noch so viel?« hob Simon wieder an. – »Ja, jeden Abend zwei Rosenkränze.« – »So? Und du betest mit?« – Der Knabe lachte halb verlegen mit einem durchtriebenen Seitenblick. – »Die Mutter betet in der Dämmerung vor dem Essen den einen Rosenkranz, dann bin ich meist noch nicht wieder da mit den Kühen, und den andern im Bette, dann schlaf' ich gewöhnlich ein.« – »So, so, Geselle!«

Diese letzten Worte wurden unter dem Schirme einer weiten Buche gesprochen, die den Eingang der Schlucht überwölbte. Es war jetzt ganz finster; das erste Mondviertel stand am Himmel, aber seine schwachen Schimmer dienten nur dazu, den Gegenständen, die sie zuweilen durch eine Lücke der Zweige berührten, ein fremdartiges Ansehen zu geben. Friedrich hielt sich dicht hinter seinem Ohm; sein Odem ging schnell, und wer seine Züge hätte unterscheiden können, würde den Ausdruck einer ungeheuren, doch mehr phantastischen als furchtsamen Spannung darin wahrgenommen haben. So schritten beide rüstig voran, Simon mit dem festen Schritt des abgehärteten Wanderers, Friedrich schwankend und wie im Traum. Es kam ihm vor, als ob alles sich bewegte und die Bäume in den einzelnen Mondstrahlen bald zusammen, bald voneinander schwankten. Baumwurzeln und schlüpfrige Stellen, wo sich das Wegwasser gesammelt, machten seinen Schritt unsicher; er war einige Male nahe daran, zu fallen. Jetzt schien sich in einiger Entfernung das Dunkel zu brechen, und bald traten beide in eine ziemlich große Lichtung. Der Mond schien klar hinein und zeigte, dass hier noch vor kurzem die Axt unbarmherzig gewütet hatte. Überall ragten Baumstümpfe hervor, manche mehrere Fuß über der Erde, wie sie gerade in der Eile am bequemsten zu durchschneiden gewesen waren; die verpönte Arbeit musste unversehens unterbrochen worden sein, denn eine Buche lag quer

18

über dem Pfad, in vollem Laub, ihre Zweige hoch über sich streckend und im Nachtwind mit den noch frischen Blättern zitternd. Simon blieb einen Augenblick stehen und betrachtete den gefällten Stamm mit Aufmerksamkeit. In der Mitte der Lichtung stand eine alte Eiche, mehr breit als hoch; ein blasser Strahl, der durch die Zweige auf ihren Stamm fiel, zeigte, dass er hohl sei, was ihn wahrscheinlich vor der allgemeinen Zerstörung geschützt hatte. Hier ergriff Simon plötzlich des Knaben Arm.

»Friedrich, kennst du den Baum? Das ist die breite Eiche.« – Friedrich fuhr zusammen und klammerte sich mit kalten Händen an seinen Ohm. – »Sieh,« fuhr Simon fort, »hier haben Ohm Franz und der Hülsmeyer deinen Vater gefunden, als er in der Betrunkenheit ohne Buße und Ölung zum Teufel gefahren war.« – »Ohm, Ohm!« keuchte Friedrich. – »Was fällt dir ein? Du wirst dich doch nicht fürchten? Satan von einem Jungen, du kneipst mir den Arm! Lass los, los!« – Er suchte den Knaben abzuschütteln. – »Dein Vater war übrigens eine gute Seele; Gott wird's nicht so genau mit ihm nehmen. Ich hatt' ihn so lieb wie meinen eigenen Bruder.« – Friedrich ließ den Arm seines Ohms los; beide legten schweigend den übrigen Teil des Waldes zurück und das Dorf Brede lag vor ihnen, mit seinen Lehmhütten und den einzelnen bessern Wohnungen von Ziegelsteinen, zu denen auch Simons Haus gehörte.

Am nächsten Abend saß Margreth schon seit einer Stunde mit ihrem Rocken vor der Tür und wartete auf ihren Knaben. Es war die erste Nacht, die sie zugebracht hatte, ohne den Atem ihres Kindes neben sich zu hören, und Friedrich kam noch immer nicht. Sie war ärgerlich und ängstlich und wusste, dass sie beides ohne Grund war. Die Uhr im Turm schlug sieben, das Vieh kehrte heim; er war noch immer nicht da und sie musste aufstehen, um nach den Kühen zu schauen. Als sie wieder in die dunkle Küche trat, stand Friedrich am Herde; er hatte sich vornübergebeugt und wärmte die Hände an den Kohlen. Der Schein spielte auf seinen Zügen und gab ihnen ein widriges Ansehen von Magerkeit und ängstlichem Zucken. Margreth blieb in der Tennentür stehen, so seltsam verändert kam ihr das Kind vor.

»Friedrich, wie geht's dem Ohm?« – Der Knabe murmelte einige unverständliche Worte und drängte sich dicht an die Feuermauer. – »Friedrich, hast du das Reden verlernt! Junge, tu das Maul auf! Du weißt ja doch, dass ich auf dem rechten Ohr nicht gut höre.« – Das Kind erhob seine Stimme und geriet dermaßen ins Stammeln, dass Margreth es um nichts mehr begriff. – »Was sagst du? Einen Gruß von Meister Semmler? Wieder fort? Wohin? Die Kühe sind schon zu Hause. Verfluchter Junge, ich kann dich nicht verstehen. Wart, ich muss einmal sehen, ob du keine Zunge im Munde hast!« – Sie trat heftig einige Schritte vor. Das Kind sah zu ihr auf, mit dem

Jammerblick eines armen, halbwüchsigen Hundes, der Schildwacht stehen lernt, und begann in der Angst mit den Füßen zu stampfen und den Rücken an der Feuermauer zu reiben.

Margreth stand still; ihre Blicke wurden ängstlich. Der Knabe erschien ihr wie zusammengeschrumpft, auch seine Kleider waren nicht dieselben, nein, das war ihr Kind nicht! Und dennoch – »Friedrich, Friedrich!« rief sie.

In der Schlafkammer klappte eine Schranktür und der Gerufene trat hervor, in der einen Hand eine sogenannte Holzschenvioline, d. h. einen alten Holzschuh, mit drei bis vier zerschabten Geigensaiten überspannt, in der andern einen Bogen, ganz des Instruments würdig. So ging er gerade auf sein verkümmertes Spiegelbild zu, seinerseits mit einer Haltung bewusster Würde und Selbständigkeit, die in diesem Augenblick den Unterschied zwischen beiden sonst merkwürdig ähnlichen Knaben stark hervortreten ließ.

»Da, Johannes!« sagte er und reichte ihm mit einer Gönnermiene das Kunstwerk; »da ist die Violine, die ich dir versprochen habe. Mein Spielen ist vorbei, ich muss jetzt Geld verdienen.« – Johannes warf noch einmal einen scheuen Blick auf Margreth, streckte dann langsam seine Hand aus, bis er das Dargebotene fest ergriffen hatte, und brachte es wie verstohlen unter die Flügel seines armseligen Jäckchens.

Margreth stand ganz still und ließ die Kinder gewähren. Ihre Gedanken hatten eine andere, sehr ernste Richtung genommen, und sie blickte mit unruhigem Auge von einem auf den andern. Der fremde Knabe hatte sich wieder über die Kohlen gebeugt mit einem Ausdruck augenblicklichen Wohlbehagens, der an Albernheit grenzte, während in Friedrichs Zügen der Wechsel eines offenbar mehr selbstischen als gutmütigen Mitgefühls spielte und sein Auge in fast glasartiger Klarheit zum ersten Male bestimmt den Ausdruck jenes ungebändigten Ehrgeizes und Hanges zum Großtun zeigte, der nachher als so starkes Motiv seiner meisten Handlungen hervortrat. Der Ruf seiner Mutter störte ihn aus Gedanken, die ihm ebenso neu als angenehm waren. Sie saß wieder am Spinnrade.

»Friedrich,« sagte sie zögernd, »sag einmal –« und schwieg dann. Friedrich sah auf und wandte sich, da er nichts weiter vernahm, wieder zu seinem Schützling. »Nein, höre –« und dann leiser: »Was ist das für ein Junge? Wie heißt er?« – Friedrich antwortete ebenso leise: »Das ist des Ohms Simon Schweinehirt, der eine Botschaft an den Hülsmeyer hat. Der Ohm hat mir ein Paar Schuhe und eine Weste von Drillich gegeben; die hat mir der Junge unterwegs getragen; dafür hab' ich ihm meine Violine versprochen; er ist ja doch ein armes Kind; Johannes heißt er.« – »Nun –?« sagte Margreth. – »Was willst du, Mutter?« – »Wie heißt er weiter?« – »Ja – weiter nicht –

oder, warte – doch: Niemand, Johannes Niemand heißt er. – Er hat keinen Vater,« fügte er leiser hinzu.

Margreth stand auf und ging in die Kammer. Nach einer Weile kam sie heraus, mit einem harten, finstern Ausdruck in den Mienen. – »So, Friedrich«, sagte sie, »lass den Jungen gehen, dass er seine Bestellung machen kann. – Junge, was liegst du da in der Asche? Hast du zu Hause nichts zu tun?« – Der Knabe raffte sich mit der Miene eines Verfolgten so eilfertig auf, dass ihm alle Glieder im Wege standen und die Holschenvioline um ein Haar ins Feuer gefallen wäre.

»Warte, Johannes,« sagte Friedrich stolz, »ich will dir mein halbes Butterbrot geben, es ist mir doch zu groß, die Mutter schneidet allemal übers ganze Brot.« – »Lass doch,« sagte Margreth, »er geht ja nach Hause.« – »Ja, aber er bekommt nichts mehr; Ohm Simon isst um sieben Uhr.« Margreth wandte sich zu dem Knaben: »Hebt man dir nichts auf? Sprich, wer sorgt für dich?« – »Niemand,« stotterte das Kind. – »Niemand?« wiederholte sie; »da nimm, nimm!« fügte sie heftig hinzu; »du heißt Niemand und Niemand sorgt für dich! Das sei Gott geklagt! Und nun mach dich fort! Friedrich, geh nicht mit ihm, hörst du, geht nicht zusammen durchs Dorf.« – »Ich will ja nur Holz holen aus dem Schuppen,« antwortete Friedrich. – Als beide Knaben fort waren, warf sich Margreth auf einen Stuhl und schlug die Hände mit dem Ausdruck des tiefsten Jammers zusammen. Ihr Gesicht war bleich wie ein Tuch. »Ein falscher Eid, ein falscher Eid!« stöhnte sie. »Simon, Simon, wie willst du vor Gott bestehen!«

So saß sie eine Weile, starr mit geklemmten Lippen, wie in völliger Geistesabwesenheit. Friedrich stand vor ihr und hatte sie schon zweimal angeredet. »Was ist's? Was willst du?« rief sie auffahrend. – »Ich bringe Euch Geld,« sagte er, mehr erstaunt als erschreckt. – »Geld? Wo?« Sie regte sich und die kleine Münze fiel klingend auf den Boden. Friedrich hob sie auf. »Geld vom Ohm Simon, weil ich ihm habe arbeiten helfen. Ich kann mir nun selber was verdienen.« – »Geld vom Simon? Wirf's fort, fort! – Nein, gib's den Armen. Doch, nein, behalt's,« flüsterte sie kaum hörbar; »wir sind selber arm. Wer weiß, ob wir am Betteln vorbeikommen!« – »Ich soll Montag wieder zum Ohm und ihm bei der Einsaat helfen.« – »Du wieder zu ihm? Nein, nein, nimmermehr!« – Sie umfasste ihr Kind mit Heftigkeit. – »Doch,« fügte sie hinzu, und ein Tränenstrom stürzte ihr plötzlich über die eingefallenen Wangen; »geh, er ist mein einziger Bruder, und die Verleumdung ist groß! Aber halt Gott vor Augen und vergiss das tägliche Gebet nicht!«

Margreth legte das Gesicht an die Mauer und weinte laut. Sie hatte manche harte Last getragen, ihres Mannes üble Behandlung, noch schwerer seinen Tod, und es war eine bittere Stunde, als die Witwe das letzte Stück Ackerland einem Gläubiger zur Nutznießung überlassen musste und der Pflug vor ihrem Haus stillestand. Aber so war ihr nie zumute gewesen; dennoch, nachdem sie einen Abend durchgeweint, eine Nacht durchwacht hatte, war sie dahin gekommen, zu denken, ihr Bruder Simon könne so gottlos nicht sein, der Knabe gehöre gewiss nicht ihm, Ähnlichkeiten wollen nichts beweisen. Hatte sie doch selbst vor vierzig Jahren ein Schwesterchen verloren, das genau dem fremden Hechelkrämer glich. Was glaubt man nicht gern, wenn man so wenig hat und durch Unglauben dies wenige verlieren soll!

Von dieser Zeit an war Friedrich selten mehr zu Hause. Simon schien alle wärmern Gefühle, deren er fähig war, dem Schwestersohn zugewendet zu haben; wenigstens vermisste er ihn sehr und ließ nicht nach mit Botschaften, wenn ein häusliches Geschäft ihn auf einige Zeit bei der Mutter hielt. Der Knabe war seitdem wie verwandelt, das träumerische Wesen gänzlich von ihm gewichen, er trat fest auf, fing an, sein Äußeres zu beachten und bald in den Ruf eines hübschen, gewandten Burschen zu kommen. Sein Ohm, der nicht wohl ohne Projekte leben konnte, unternahm mitunter ziemlich bedeutende öffentliche Arbeiten, z. B. beim Wegbau, wobei Friedrich für einen seiner besten Arbeiter und überall als seine rechte Hand galt; denn obgleich dessen Körperkräfte noch nicht ihr volles Maß erreicht hatten, kam ihm doch nicht leicht jemand an Ausdauer gleich. Margreth hatte bisher ihren Sohn nur geliebt, jetzt fing sie an, stolz auf ihn zu werden und sogar eine Art Hochachtung vor ihm zu fühlen, da sie den jungen Menschen so ganz ohne ihr Zutun sich entwickeln sah, sogar ohne ihren Rat, den sie, wie die meisten Menschen, für unschätzbar hielt und deshalb die Fähigkeiten nicht hoch genug anzuschlagen wusste, die eines so kostbaren Förderungsmittels entbehren konnten.

In seinem achtzehnten Jahre hatte Friedrich sich bereits einen bedeutenden Ruf in der jungen Dorfwelt gesichert, durch den Ausgang einer Wette, infolge deren er einen erlegten Eber über zwei Meilen weit auf seinem Rücken trug, ohne abzusetzen. Indessen war der Mitgenuss des Ruhms auch so ziemlich der einzige Vorteil, den Margreth aus diesen günstigen Umständen zog, da Friedrich immer mehr auf sein Äußeres verwandte und allmählich anfing, es schwer zu verdauen, wenn Geldmangel ihn zwang, irgendjemand im Dorf darin nachzustehen. Zudem waren alle seine Kräfte auf den auswärtigen Erwerb gerichtet; zu Hause schien ihm, ganz im Widerspiel mit seinem sonstigen Rufe, jede anhaltende Beschäftigung lästig, und er unterzog sich lieber einer harten, aber kurzen Anstrengung, die ihm bald erlaubte, seinem frühern Hirtenamte wieder nachzugehen, was bereits begann, seinem

Alter unpassend zu werden, und ihm gelegentlichen Spott zuzog, vor dem er sich aber durch ein paar derbe Zurechtweisungen mit der Faust Ruhe verschaffte. So gewöhnte man sich daran, ihn bald geputzt und fröhlich als anerkannten Dorfelegant an der Spitze des jungen Volks zu sehen, bald wieder als zerlumpten Hirtenbuben einsam und träumerisch hinter den Kühen herschleichend, oder in einer Waldlichtung liegend, scheinbar gedankenlos und das Moos von den Bäumen rupfend.

Um diese Zeit wurden die schlummernden Gesetze doch einigermaßen aufgerüttelt durch eine Bande von Holzfrevlern, die unter dem Namen der Blaukittel alle ihre Vorgänger so weit an List und Frechheit übertraf, dass es dem Langmütigsten zu viel werden musste. Ganz gegen den gewöhnlichen Stand der Dinge, wo man die stärksten Böcke der Herde mit dem Finger bezeichnen konnte, war es hier trotz aller Wachsamkeit bisher nicht möglich gewesen, auch nur ein Individuum namhaft zu machen. Ihre Benennung erhielten sie von der ganz gleichförmigen Tracht, durch die sie das Erkennen erschwerten, wenn etwa ein Förster noch einzelne Nachzügler im Dickicht verschwinden sah. Sie verheerten alles wie die Wanderraupe, ganze Waldstrecken wurden in einer Nacht gefällt und auf der Stelle fortgeschafft, sodass man am andern Morgen nichts fand, als Späne und wüste Haufen von Topholz, und der Umstand, dass nie Wagenspuren einem Dorfe zuführten, sondern immer vom Flusse her und dorthin zurück, bewies, dass man unter dem Schutz und vielleicht mit dem Beistande der Schiffeigentümer handelte. In der Bande mussten sehr gewandte Spione sein, denn die Förster konnten wochenlang umsonst wachen; in der ersten Nacht, gleichviel, ob stürmisch oder mondhell, wo sie vor Übermüdung nachließen, brach die Zerstörung ein. Seltsam war es, dass das Landvolk umher ebenso unwissend und gespannt schien, als die Förster selber. Von einigen Dörfern ward mit Bestimmtheit gesagt, dass sie nicht zu den Blaukitteln gehörten, aber keines konnte als dringend verdächtig bezeichnet werden, seit man das verdächtigste von allen, das Dorf B., freisprechen musste. Ein Zufall hatte dies bewirkt, eine Hochzeit, auf der fast alle Bewohner dieses Dorfes notorisch die Nacht zugebracht hatten, während zu eben dieser Zeit die Blaukittel eine ihrer stärksten Expeditionen ausführten.

Der Schaden in den Forsten war indes allzu groß, deshalb wurden die Maßregeln dagegen auf eine bisher unerhörte Weise gesteigert; Tag und Nacht wurde patrouilliert, Ackerknechte, Hausbediente mit Gewehren versehen und den Forstbeamten zugesellt. Dennoch war der Erfolg nur gering und die Wächter hatten oft kaum das eine Ende des Forstes verlassen, wenn die Blaukittel schon zum andern einzogen. Das währte länger als ein volles

Jahr, Wächter und Blaukittel, Blaukittel und Wächter, wie Sonne und Mond, immer abwechselnd im Besitz des Terrains und nie zusammentreffend.

Es war im Juli 1756 früh um drei; der Mond stand klar am Himmel, aber sein Glanz fing an zu ermatten und im Osten zeigte sich bereits ein schmaler gelber Streif, der den Horizont besäumte und den Eingang einer engen Talschlucht wie mit einem Goldbande schloss. Friedrich lag im Gras, nach seiner gewohnten Weise, und schnitzelte an einem Weidenstab, dessen knotigem Ende er die Gestalt eines ungeschlachten Tieres zu geben versuchte. Er sah übermüdet aus, gähnte, ließ mitunter seinen Kopf an einem verwitterten Stammknorren ruhen und Blicke, dämmeriger als der Horizont, über den mit Gestrüpp und Aufschlag fast verwachsenen Eingang des Grundes streifen. Ein paar Mal belebten sich seine Augen und nahmen den ihnen eigentümlichen glasartigen Glanz an, aber gleich nachher schloss er sie wieder halb und gähnte und dehnte sich, wie es nur faulen Hirten erlaubt ist. Sein Hund lag in einiger Entfernung nah bei den Kühen, die unbekümmert um die Forstgesetze ebenso oft den jungen Baumspitzen als dem Grase zusprachen und in die frische Morgenluft schnaubten. Aus dem Wald drang von Zeit zu Zeit ein dumpfer, krachender Schall; der Ton hielt nur einige Sekunden an, begleitet von einem langen Echo an den Bergwänden und wiederholte sich etwa alle fünf bis acht Minuten. Friedrich achtete nicht darauf; nur zuweilen, wenn das Getöse ungewöhnlich stark oder anhaltend war, hob er den Kopf und ließ seine Blicke langsam über die verschiedenen Pfade gleiten, die ihren Ausgang in dem Talgrunde fanden.

Es fing bereits stark zu dämmern an; die Vögel begannen leise zu zwitschern und der Tau stieg fühlbar aus dem Grunde. Friedrich war an dem Stamm hinabgeglitten und starrte, die Arme über den Kopf verschlungen in das leise einschleichende Morgenrot. Plötzlich fuhr er auf: über sein Gesicht fuhr ein Blitz, er horchte einige Sekunden mit vorgebeugtem Oberleib wie ein Jagdhund, dem die Luft Witterung zuträgt. Dann schob er schnell zwei Finger in den Mund und pfiff gellend und anhaltend. – »Fidel, du verfluchtes Tier!« – Ein Steinwurf traf die Seite des unbesorgten Hundes, der, vom Schlafe aufgeschreckt, zuerst um sich biss und dann heulend auf drei Beinen dort Trost suchte, von wo das Übel ausgegangen war. In demselben Augenblick wurden die Zweige eines nahen Gebüsches fast ohne Geräusch zurückgeschoben und ein Mann trat heraus, im grünen Jagdrock, den silbernen Wappenschild am Arm, die gespannte Büchse in der Hand. Er ließ schnell seine Blicke über die Schlucht fahren und sie dann mit besonderer Schärfe auf dem Knaben verweilen, trat dann vor, winkte nach dem Gebüsch, und allmählich wurden sieben bis acht Männer sichtbar, alle in ähnlicher Kleidung, Weidmesser im Gürtel und die gespannten Gewehre in der Hand.

24

»Friedrich, was war das?« fragte der zuerst Erschienene. – »Ich wollte, dass der Racker auf der Stelle krepierte. Seinetwegen können die Kühe mir die Ohren vom Kopf fressen.« – »Die Kanaille hat uns gesehen,« sagte ein anderer. – »Morgen sollst du auf die Reise mit einem Stein am Halse,« fuhr Friedrich fort und stieß nach dem Hund. – »Friedrich, stell dich nicht an wie ein Narr! Du kennst mich und du verstehst mich auch!« – Ein Blick begleitete diese Worte, der schnell wirkte. – »Herr Brandis, denkt an meine Mutter!« – »Das tu ich. Hast du nichts im Walde gehört?« – »Im Walde?« – Der Knabe warf einen raschen Blick auf des Försters Gesicht. – »Eure Holzfäller, sonst nichts.« – »Meine Holzfäller!«

Die ohnehin dunkle Gesichtsfarbe des Försters ging in tiefes Braunrot über. »Wie viele sind ihrer, und wo treiben sie ihr Wesen?« – »Wohin Ihr sie geschickt habt; ich weiß es nicht.«– Brandis wandte sich zu seinen Gefährten: »Geht voran; ich komme gleich nach.«

Als einer nach dem andern im Dickicht verschwunden war, trat Brandis dicht vor den Knaben: »Friedrich,« sagte er mit dem Ton unterdrückter Wut, »meine Geduld ist zu Ende; ich möchte dich prügeln wie einen Hund, und mehr seid ihr auch nicht wert. Ihr Lumpenpack, dem kein Ziegel auf dem Dach gehört! Bis zum Betteln habt ihr es, gottlob, bald gebracht, und an meiner Tür soll deine Mutter, die alte Hexe, keine verschimmelte Brotrinde bekommen. Aber vorher sollt ihr mir noch beide ins Hundeloch!«

Friedrich griff krampfhaft nach einem Aste. Er war totenbleich und seine Augen schienen wie Kristallkugeln aus dem Kopfe schießen zu wollen. Doch nur einen Augenblick. Dann kehrte die größte, an Erschlaffung grenzende Ruhe zurück. – »Herr,« sagte er fest, mit fast sanfter Stimme; »Ihr habt gesagt, was Ihr nicht verantworten könnt, und ich vielleicht auch. Wir wollen es gegeneinander aufgehen lassen, und nun will ich Euch sagen, was Ihr verlangt. Wenn Ihr die Holzfäller nicht selbst bestellt habt, so müssen es die Blaukittel sein; denn aus dem Dorf ist kein Wagen gekommen; ich habe den Weg ja vor mir, und vier Wagen sind es. Ich habe sie nicht gesehen, aber den Hohlweg hinauffahren hören.« – Er stockte einen Augenblick. – »Könnt Ihr sagen, dass ich je einen Baum in Eurem Revier gefällt habe? Überhaupt, dass ich je anderwärts gehauen habe, als auf Bestellung? Denkt nach, ob Ihr das sagen könnt?«

Ein verlegenes Murmeln war die ganze Antwort des Försters, der nach Art der meisten rauen Menschen leicht bereute. Er wandte sich unwirsch und schritt dem Gebüsch zu. – »Nein, Herr,« rief Friedrich, »wenn Ihr zu den andern Förstern wollt, die sind dort an der Buche hinaufgegangen.« – »An der Buche?« sagte Brandis zweifelhaft, »nein, dort hinüber, nach dem

Mastergrund.« – »Ich sage Euch, an der Buche; des langen Heinrich Flintenriemen blieb noch am krummen Ast dort hängen; ich hab's ja gesehen!« Der Förster schlug den bezeichneten Weg ein. Friedrich hatte die ganze Zeit hindurch seine Stellung nicht verlassen, halb liegend, den Arm um einen dürren Ast geschlungen, sah er dem Fortgehenden unverrückt nach, wie er durch den halbverwachsenen Steig glitt, mit den vorsichtigen weiten Schritten seines Metiers, so geräuschlos wie ein Fuchs die Hühnerstiege erklimmt. Hier sank ein Zweig hinter ihm, dort einer; die Umrisse seiner Gestalt schwanden immer mehr. Da blitze es noch einmal durchs Laub. Es war ein Stahlknopf seines Jagdrocks; nun war er fort. Friedrichs Gesicht hatte während dieses allmählichen Verschwindens den Ausdruck seiner Kälte verloren und seine Züge schienen zuletzt unruhig bewegt. Gereute es ihn vielleicht, den Förster nicht um Verschweigung seiner Angaben gebeten zu haben? Er ging einige Schritte voran, blieb dann stehen. »Es ist zu spät,« sagte er vor sich hin und griff nach seinem Hut. Ein leises Picken im Gebüsche, nicht zwanzig Schritte von ihm. Es war der Förster, der den Flintenstein schärfte. Friedrich horchte. – »Nein!« sagte er dann mit entschlossenem Ton, raffte seine Siebensachen zusammen und trieb das Vieh eilfertig die Schlucht entlang.

Um Mittag saß Frau Margreth am Herd und kochte Tee. – Friedrich war krank heimgekommen, er klagte über heftige Kopfschmerzen und hatte auf ihre besorgte Nachfrage erzählt, wie er sich schwer geärgert über den Förster; kurz den ganzen eben beschriebenen Vorgang, mit Ausnahme einiger Kleinigkeiten, die er besser fand, für sich zu behalten. Margreth sah schweigend und trübe in das siedende Wasser. Sie war es wohl gewohnt, ihren Sohn mitunter klagen zu hören, aber heute kam er ihr so angegriffen vor, wie sonst nie. Sollte wohl eine Krankheit im Anzug sein? Sie seufzte tief und ließ einen eben ergriffenen Holzblock fallen.

»Mutter!« rief Friedrich aus der Kammer. – »Was willst du?« – »War das ein Schuss?« – »Ach nein, ich weiß nicht, was du meinst.« – »Es pocht mir wohl nur so im Kopfe,« versetzte er.

Die Nachbarin trat herein und erzählte mit leisem Flüstern irgendeine unbedeutende Klatscherei, die Margreth ohne Teilnahme anhörte. Dann ging sie. – »Mutter!« rief Friedrich. Margreth ging zu ihm hinein. »Was erzählte die Hülsmeyer?« – »Ach gar nichts, Lügen, Wind!« – Friedrich richtete sich auf. – »Von der Gretchen Siemers; du weißt ja wohl die alte Geschichte; und ist doch nichts Wahres dran.« – Friedrich legte sich wieder hin. »Ich will sehen, ob ich schlafen kann,« sagte er.

Margreth saß am Herd; sie spann und dachte wenig Erfreuliches. Im Dorfe schlug es halb zwölf; die Türe klinkte und der Gerichtsschreiber Kapp trat herein. – »Guten Tag, Frau Mergel,« sagte er; »könnt Ihr mir einen Trunk Milch geben? Ich komme von M.« – Als Frau Mergel das Verlangte brachte, fragte er: »Wo ist Friedrich?« Sie war gerade beschäftigt, einen Teller hervorzulangen und überhörte die Frage. Er trank zögernd und in kurzen Absätzen. »Wisst Ihr wohl,« sagte er dann, »dass die Blaukittel in dieser Nacht wieder im Masterholz eine ganze Strecke so kahl gefegt haben, wie meine Hand?« – »Ei, du frommer Gott!« versetzte sie gleichgültig. »Die Schandbuben,« fuhr der Schreiber fort, »ruinieren alles; wenn sie noch Rücksicht nähmen auf das junge Holz, aber Eichenstämmchen wie mein Arm dick, wo nicht einmal eine Ruderstange drin steckt! Es ist, als ob ihnen andrer Leute Schaden ebenso lieb wäre wie ihr Profit!« – »Es ist schade!« sagte Margreth.

Der Amtsschreiber hatte getrunken und ging noch immer nicht. Er schien etwas auf dem Herzen zu haben. »Habt Ihr nichts von Brandis gehört?« fragte er plötzlich. – »Nichts; er kommt niemals hier ins Haus.« – »So wisst Ihr nicht, was ihm begegnet ist?« – »Was denn?« fragte Margreth gespannt. – »Er ist tot!« – »Tot!« rief sie, »was, tot? Um Gotteswillen! Er ging ja noch heute morgen ganz gesund hier vorüber mit der Flinte auf dem Rücken!« – »Er ist tot,« wiederholte der Schreiber, sie scharf fixierend; »von den Blaukitteln erschlagen. Vor einer Viertelstunde wurde die Leiche ins Dorf gebracht.«

Margreth schlug die Hände zusammen. – »Gott im Himmel, geh nicht mit ihm ins Gericht! Er wusste nicht, was er tat!« – »Mit ihm!« rief der Amtsschreiber, »mit dem verfluchten Mörder, meint Ihr?« Aus der Kammer drang ein schweres Stöhnen. Margreth eilte hin und der Schreiber folgte ihr. Friedrich saß aufrecht im Bette, das Gesicht in die Hände gedrückt und ächzte wie ein Sterbender. – »Friedrich, wie ist dir?« sagte die Mutter. – »Wie ist dir?« wiederholte der Amtsschreiber. – »O mein Leib, mein Kopf!« jammerte er. – »Was fehlt ihm?« – »Ach, Gott weiß es,« versetzte sie; »er ist schon um vier mit den Kühen heimgekommen, weil ihm so übel war. – Friedrich – Friedrich, antworte doch, soll ich zum Doktor?« – »Nein, nein,« ächzte er, »es ist nur Kolik, es wird schon besser.«

Er legte sich zurück; sein Gesicht zuckte krampfhaft vor Schmerz; dann kehrte die Farbe wieder. – »Geht,« sagte er matt; »ich muss schlafen, dann geht's vorüber.« – »Frau Mergel,« sagte der Amtsschreiber ernst, »ist es gewiss, dass Friedrich um vier zu Hause kam und nicht wieder fortging?« – Sie sah ihn starr an. »Fragt jedes Kind auf der Straße. Und fortgehen? – wollte Gott, er könnt' es!« – »Hat er Euch nichts von Brandis erzählt?« – »In Gottes Namen, ja, dass er ihn im Walde geschimpft und unsere Armut vorgeworfen hat, der Lump! – Doch Gott verzeih mir, er ist tot! – Geht!«

fuhr sie heftig fort; »seid Ihr gekommen, um ehrliche Leute zu beschimpfen? Geht!« – Sie wandte sich wieder zu ihrem Sohne; der Schreiber ging. – »Friedrich, wie ist dir?« sagte die Mutter; »hast du wohl gehört? Schrecklich, schrecklich! Ohne Beichte und Absolution!« – »Mutter, Mutter, um Gottes willen lass mich schlafen; ich kann nicht mehr!«

In diesem Augenblick trat Johannes Niemand in die Kammer; dünn und lang wie eine Hopfenstange, aber zerlumpt und scheu wie wir ihn vor fünf Jahren gesehen. Sein Gesicht war noch bleicher als gewöhnlich. »Friedrich,« stotterte er, »du sollst sogleich zum Ohm kommen; er hat Arbeit für dich; aber sogleich.« – Friedrich drehte sich gegen die Wand. – »Ich komme nicht,« sagte er barsch, »ich bin krank.« – »Du musst aber kommen,« keuchte Johannes; »er hat gesagt, ich müsste dich mitbringen.« – Friedrich lachte höhnisch auf: »Das will ich doch sehen!« – »Lass ihn in Ruhe, er kann nicht,« seufzte Margreth, »du siehst ja, wie es steht.« – Sie ging auf einige Minuten hinaus; als sie zurückkam, war Friedrich bereits angekleidet. – »Was fällt dir ein?« rief sie, »du kannst, du sollst nicht gehen!« – »Was sein muss, schickt sich wohl,« versetzte er und war schon zur Türe hinaus mit Johannes. – »Ach Gott,« seufzte die Mutter, »wenn die Kinder klein sind, treten sie uns in den Schoß, und wenn sie groß sind, ins Herz!«

Die gerichtliche Untersuchung hatte ihren Anfang genommen, die Tat lag klar zu Tage; über den Täter aber waren die Anzeigen so schwach, dass, obschon alle Umstände die Blaukittel dringend verdächtigten, man doch nicht mehr als Mutmaßungen wagen konnte. *Eine* Spur schien Licht geben wollen: doch rechnete man aus Gründen wenig darauf. Die Abwesenheit des Gutsherrn hatte den Gerichtschreiber genötigt, auf eigene Hand die Sache einzuleiten. Er saß am Tische; die Stube war gedrängt voll von Bauern, teils neugierigen, teils solchen, von denen man in Ermangelung eigentlicher Zeugen einigen Aufschluss zu erhalten hoffte. Hirten, die in derselben Nacht gehütet, Knechte, die den Acker in der Nähe bestellt, alle standen stramm und fest, die Hände in den Taschen, gleichsam als stillschweigende Erklärung, dass sie nicht einzuschreiten gesonnen seien. Acht Forstbeamte wurden vernommen. Ihre Aussagen waren völlig gleichlautend: Brandis habe sie am zehnten abends zur Runde bestellt, da ihm von einem Vorhaben der Blaukittel müsse Kunde zugekommen sein; doch habe er sich nur unbestimmt darüber geäußert. Um zwei Uhr in der Nacht seien sie ausgezogen und auf manche Spuren der Zerstörung gestoßen, die den Oberförster sehr übel gestimmt; sonst sei alles still gewesen. Gegen vier Uhr habe Brandis gesagt: »Wir sind angeführt, lasst uns heimgehen.« – Als sie nun um den Bremerberg gewendet und zugleich der Wind umgeschlagen, habe man deutlich im Masterholz fällen gehört und aus der schnellen Folge der Schläge geschlossen, dass die Blaukittel am Werk seien. Man habe nun eine Weile beratschlagt, ob es tunlich sei, mit so geringer Macht die kühne Bande anzugreifen, und sich dann ohne bestimmten Entschluss dem Schalle langsam genähert. Nun folgte der Auftritt mit Friedrich. Ferner: nachdem Brandis sie ohne Weisung fortgeschickt, seien sie eine Weile vorangeschritten und dann, als sie bemerkt, dass das Getöse im noch ziemlich weit entfernten Walde gänzlich aufgehört, stille gestanden, um den Oberförster zu erwarten. Die Zögerung habe sie verdrossen, und nach etwa zehn Minuten seien sie weitergegangen und so bis an den Ort der Verwüstung. Alles sei vorüber gewesen, kein Laut mehr im Wald, von zwanzig gefällten Stämmen noch acht vorhanden, die übrigen bereits fortgeschafft. Es sei ihnen unbegreiflich, wie man dieses ins Werk gestellt, da keine Wagenspuren zu finden gewesen. Auch habe die Dürre der Jahreszeit und der mit Fichtennadeln bestreute Boden keine Fußstapfen unterscheiden lassen, obgleich der Grund ringsumher wie festgestampft war. Da man nun überlegt, dass es zu nichts nützen könne, den Oberförster zu erwarten, sei man rasch der andern Seite des Waldes zugeschritten, in der Hoffnung, vielleicht noch einen Blick von den Frevlern zu erhaschen. Hier habe sich einem von ihnen beim Ausgange des Waldes die Flaschenschnur in Brombeerranken verstrickt, und als er umgeschaut, habe er etwas im Gestrüpp blitzen sehen; es war die Gurtschnalle des Oberförsters, den man nun hinter den Ranken liegend fand, grad ausgestreckt, die rechte Hand um den Flintenlauf geklemmt, die andere geballt und die Stirn von einer Axt gespalten.

Dies waren die Aussagen der Förster; nun kamen die Bauern an die Reihe, aus denen jedoch nichts zu bringen war. Manche behaupteten, um vier Uhr noch zu Hause oder anderswo beschäftigt gewesen zu sein, und keiner wollte etwas bemerkt haben. Was war zu machen? sie waren sämtlich eingesessene, unverdächtige Leute. Man musste sich mit ihren negativen Zeugnissen begnügen.

Friedrich ward hereingerufen. Er trat ein mit einem Wesen, das sich durchaus nicht von seinem gewöhnlichen unterschied, weder gespannt noch keck. Das Verhör währte ziemlich lange und die Fragen waren mitunter ziemlich schlau gestellt; er beantwortete sie jedoch alle offen und bestimmt und erzählte den Vorgang zwischen ihm und dem Oberförster ziemlich der Wahrheit gemäß, bis auf das Ende, das er geratener fand, für sich zu behalten. Sein Alibi zur Zeit des Mordes war leicht erwiesen. Der Förster lag am Ausgange des Masterholzes; über dreiviertel Stunden Weges von der Schlucht, in der er Friedrich um vier Uhr angeredet und aus der dieser seine Herde schon zehn Minuten später ins Dorf getrieben. Jedermann hatte dies gesehen; alle anwesenden Bauern beeiferten sich, es zu bezeugen; mit diesem hatte er geredet, jenem zugenickt.

Der Gerichtsschreiber saß unmutig und verlegen da. Plötzlich fuhr er mit der Hand hinter sich und brachte etwas Blinkendes vor Friedrichs Auge. »Wem gehört dies?« – Friedrich sprang drei Schritt zurück. »Herr Jesus! Ich dachte Ihr wolltet mir den Schädel einschlagen.« Seine Augen waren rasch über das tödliche Werkzeug gefahren und schienen momentan auf einem ausgebrochenen Splitter am Stiele zu haften. »Ich weiß es nicht,« sagte er fest. – Es war die Axt, die man in dem Schädel des Oberförsters eingeklammert gefunden hatte. – »Sieh sie genau an,« fuhr der Gerichtschreiber fort. Friedrich fasste sie mit der Hand, besah sie oben, unten, wandte sie um. »Es ist eine Axt wie andere,« sagte er dann und legte sie gleichgültig auf den Tisch. Ein Blutfleck ward sichtbar; er schien zu schaudern, aber er wiederholte noch einmal sehr bestimmt: »Ich kenne sie nicht.« Der Gerichtschreiber seufzte vor Unmut. Er selbst wusste um nichts mehr, und hatte nur einen Versuch zu möglicher Entdeckung durch Überraschung machen wollen. Es blieb nichts übrig, als das Verhör zu schließen.

Denjenigen, die vielleicht auf den Ausgang dieser Begebenheit gespannt sind, muss ich sagen, dass diese Geschichte nie aufgeklärt wurde, obwohl noch viel dafür geschah und diesem Verhör mehrere folgten. Den Blaukitteln schien durch das Aufsehen, das der Vorgang gemacht und die darauf folgenden geschärften Maßregeln der Mut genommen; sie waren von nun an wie verschwunden, und obgleich späterhin noch mancher Holzfrevler erwischt wurde, fand man doch nie Anlass, ihn der berüchtigten Bande zuzuschreiben. Die Axt lag zwanzig Jahre nachher als unnützes Corpus delicti im Gerichtsarchiv, wo sie wohl noch jetzt ruhen mag mit ihren Rostflecken. Es würde in einer erdichteten Geschichte unrecht sein, die Neugier des Lesers so zu täuschen. Aber dies alles hat sich wirklich zugetragen; ich kann nichts davon- oder dazutun.

Am nächsten Sonntag stand Friedrich sehr früh auf, um zur Beichte zu gehen. Es war Mariä Himmelfahrt und die Pfarrgeistlichen schon vor Tagesanbruch im Beichtstuhl. Nachdem er sich im Finstern angekleidet, verließ er so geräuschlos wie möglich den engen Verschlag, der ihm in Simons Hause eingeräumt war. In der Küche musste sein Gebetbuch auf dem Sims liegen und er hoffte, es mit Hilfe des schwachen Mondlichts zu finden; es war nicht da. Er warf die Augen suchend umher und fuhr zusammen; in der Kammertür stand Simon, fast unbekleidet, seine dürre Gestalt, sein ungekämmtes, wirres Haar und die vom Mondschein verursachte Blässe des Gesichts gaben ihm ein schauerlich verändertes Ansehen. »Sollte er nachtwandeln?« dachte Friedrich, und verhielt sich ganz still. – »Friedrich, wo-

30

hin?« flüsterte der Alte. – »Ohm, seid Ihr's? Ich will beichten gehen.« – »Das dacht' ich mir; geh in Gottes Namen, aber beichte wie ein guter Christ.« – »Das will ich,« sagte Friedrich. – »Denk an die zehn Gebote: du sollst kein Zeugnis ablegen gegen deinen Nächsten.« – »Kein falsches!« – »Nein, gar keines; du bist schlecht unterrichtet; wer einen andern in der Beichte anklagt, der empfängt das Sakrament unwürdig.«

Beide schwiegen. – »Ohm, wie kommt Ihr darauf?« sagte Friedrich dann; »Eur Gewissen ist nicht rein; Ihr habt mich belogen.« – »Ich? So?« – »Wo ist Eure Axt?« – »Meine Axt? Auf der Tenne.« – »Habt Ihr einen neuen Stiel hineingemacht? Wo ist der alte?« – »Den kannst du heute bei Tag im Holzschuppen finden. Geh,« fuhr er verächtlich fort, »ich dachte du seist ein Mann; aber du bist ein altes Weib, das gleich meint, das Haus brennt, wenn ihr Feuertopf raucht. Sieh,« fuhr er fort, »wenn ich mehr von der Geschichte weiß, als der Türpfosten da, so will ich ewig nicht selig werden. – Längst war ich zu Haus,« fügte er hinzu. – Friedrich stand beklemmt und zweifelnd. Er hätte viel darum gegeben, seines Ohms Gesicht sehen zu können. Aber während sie flüsterten, hatte der Himmel sich bewölkt.

»Ich habe schwere Schuld,« seufzte Friedrich, »dass ich ihn den unrechten Weg geschickt – obgleich – doch, dies hab' ich nicht gedacht, nein, gewiss nicht. Ohm, ich habe Euch ein schweres Gewissen zu danken.« – »So geh, beicht!« flüsterte Simon mit bebender Stimme; »verunehre das Sakrament durch Angeberei und setze armen Leuten einen Spion auf den Hals, der schon Wege finden wird, ihnen das Stückchen Brot aus den Zähnen zu reißen, wenn er gleich nicht reden darf – geh!« – Friedrich stand unschlüssig; er hörte ein leises Geräusch; die Wolken verzogen sich, das Mondlicht fiel wieder auf die Kammertür: sie war geschlossen. Friedrich ging an diesem Morgen nicht zur Beichte. –

Der Eindruck, den dieser Vorfall auf Friedrich gemacht, erlosch leider nur zu bald. Wer zweifelt daran, dass Simon alles tat, seinen Adoptivsohn dieselben Wege zu leiten, die er selber ging? Und in Friedrich lagen Eigenschaften, die dies nur zu sehr erleichterten: Leichtsinn, Erregbarkeit, und vor allem ein grenzenloser Hochmut, der nicht immer den Schein verschmähte, und dann alles daran setzte, durch Wahrmachung des Usurpierten möglicher Beschämung zu entgehen. Seine Natur war nicht unedel, aber er gewöhnte sich, die innere Schande der äußern vorzuziehen. Man darf nur sagen, er gewöhnte sich zu prunken, während seine Mutter darbte.

Diese unglückliche Wendung seines Charakters war indessen das Werk mehrerer Jahre, in denen man bemerkte, dass Margreth immer stiller über ihren Sohn ward und allmählich in einen Zustand der Verkommenheit versank, den man früher bei ihr für unmöglich gehalten hätte. Sie wurde scheu, saumselig, sogar unordentlich, und manche meinten, ihr Kopf habe gelitten. Friedrich ward desto lauter; er versäumte keine Kirchweih oder Hochzeit, und da ein sehr empfindliches Ehrgefühl ihn die geheime Missbilligung mancher nicht übersehen ließ, war er gleichsam immer unter Waffen, der öffentlichen Meinung nicht sowohl Trotz zu bieten, als sie den Weg zu leiten, der ihm gefiel. Er war äußerlich ordentlich, nüchtern, anscheinend treuherzig, aber listig, prahlerisch und oft roh, ein Mensch, an dem niemand Freude haben konnte, am wenigsten seine Mutter, und der dennoch durch seine gefürchtete Kühnheit und noch mehr gefürchtete Tücke ein gewisses Übergewicht im Dorfe erlangt hatte, das um so mehr anerkannt wurde, je mehr man sich bewusst war, ihn nicht zu kennen und nicht berechnen zu können, wessen er am Ende fähig sei. Nur ein Bursch im Dorfe, Wilm Hülsmeyer, wagte im Bewusstsein seiner Kraft und guter Verhältnisse ihm die Spitze zu bieten; und da er gewandter in Worten war, als Friedrich, und immer, wenn der Stachel saß, einen Scherz daraus zu machen wusste, so war dies der einzige, mit dem Friedrich ungern zusammentraf.

* * *

Vier Jahre waren verflossen; es war im Oktober; der milde Herbst von 1760, der alle Scheunen mit Korn und alle Keller mit Wein füllte, hatte seinen Reichtum auch über diesen Erdwinkel strömen lassen, und man sah mehr Betrunkene, hörte von mehr Schlägereien und dummen Streichen, als je. Überall gab's Lustbarkeiten; der blaue Montag kam in Aufnahme, und wer ein paar Taler erübrigt hatte, wollte gleich eine Frau dazu, die ihm heute essen und morgen hungern helfen könne. Da gab es im Dorf eine tüchtige, solide Hochzeit, und die Gäste durften mehr erwarten, als eine verstimmte Geige, ein Glas Branntwein und was sie an guter Laune selber mitbrachten. Seit früh war alles auf den Beinen; vor jeder Tür wurden Kleider gelüftet, und B. glich den ganzen Tag einer Trödelbude. Da viele Auswärtige erwartet wurden, wollte jeder gern die Ehre des Dorfes oben halten.

Es war sieben Uhr abends und alles in vollem Gange; Jubel und Gelächter an allen Enden, die niedern Stuben zum Ersticken angefüllt mit blauen, roten und gelben Gestalten, gleich Pfandställen, in denen eine zu große Herde eingepfercht ist. Auf der Tenne ward getanzt, das heißt, wer zwei Fuß Raum erobert hatte, drehte sich darauf immer rundum und suchte durch Jauchzen zu ersetzen, was an Bewegung fehlte. Das Orchester war glänzend, die erste Geige als anerkannte Künstlerin prädominierend, die zweite und eine große Bassviole mit drei Saiten von Dilettanten ad libitum gestrichen; Branntwein und Kaffee im Überfluss, alle Gäste von Schweiß triefend; kurz, es war ein köstliches Fest. Friedrich stolzierte umher wie ein Hahn, im neuen himmelblauen Rock, und machte sein Recht als erster Elegant geltend. Als auch die Gutsherrschaft anlangte, saß er gerade hinter der Bassgeige und strich die tiefste Saite mit großer Kraft und vielem Anstand.

»Johannes!« rief er gebieterisch, und heran trat sein Schützling von dem Tanzplatze, wo er auch seine ungelenken Beine zu schlenkern und eins zu jauchzen versucht hatte. Friedrich reichte ihm den Bogen, gab durch eine stolze Kopfbewegung seinen Willen zu erkennen und trat zu den Tanzenden. »Nun lustig, Musikanten: den Papen van Istrup!« – Der beliebte Tanz ward gespielt und Friedrich machte Sätze vor den Augen seiner Herrschaft, dass die Kühe an der Tenne die Hörner zurückzogen und Kettengeklirr und Gebrumm an ihren Ständern herlief. Fußhoch über die andern tauchte sein blonder Kopf auf und nieder, wie ein Hecht, der sich im Wasser überschlägt; an allen Enden schrien Mädchen auf, denen er zum Zeichen der Huldigung mit einer raschen Kopfbewegung sein langes Flachshaar ins Gesicht schleuderte.

»Jetzt ist es gut!« sagte er endlich und trat schweißtriefend an den Kredenztisch; »die gnädigen Herrschaften sollen leben und alle die hochadeligen Prinzen und Prinzessinnen, und wer's nicht mittrinkt, den will ich an die Ohren schlagen, dass er die Engel singen hört!« – Ein lautes Vivat beantwortete den galanten Toast. – Friedrich machte seinen Bückling. – »Nichts für ungut, gnädige Herrschaften; wir sind nur ungelehrte Bauersleute!« In diesem Augenblick erhob sich ein Getümmel am Ende der Tenne, Geschrei, Schelten, Gelächter, alles durcheinander. »Butterdieb, Butterdieb!« riefen ein paar Kinder, und heran drängte sich, oder vielmehr ward geschoben, Johannes Niemand, den Kopf zwischen die Schultern ziehend und mit aller Macht nach dem Ausgange strebend. – »Was ist's? Was habt ihr mit unserem Johannes?« rief Friedrich gebieterisch.

»Das sollt Ihr früh genug gewahr werden,« keuchte ein altes Weib mit der Küchenschürze und einem Wischhader in der Hand. – Schande! Johannes, der arme Teufel, dem zu Hause das Schlechteste gut genug sein musste, hatte versucht, sich ein halbes Pfündchen Butter für die kommende Dürre zu sichern, und ohne daran zu denken, dass er es, sauber in sein Schnupftuch gewickelt, in der Tasche geborgen, war er ans Küchenfeuer getreten und nun rann das Fett schmählich die Rockschöße entlang. Allgemeiner Aufruhr; die Mädchen sprangen zurück, aus Furcht, sich zu beschmutzen, oder stießen den Delinquenten vorwärts. Andere machten Platz, sowohl aus Mitleid als Vorsicht. Aber Friedrich trat vor: »Lumpenhund!« rief er; ein paar derbe Maulschellen trafen den geduldigen Schützling; dann stieß er ihn an die Tür und gab ihm einen tüchtigen Fußtritt mit auf den Weg. Er kehrte niedergeschlagen zurück; seine Würde war verletzt, das allgemeine Gelächter schnitt ihm durch die Seele, ob er sich gleich durch einen tapfern Juchheschrei wieder in Gang zu bringen suchte – es wollte nicht mehr recht gehen. Er war im Begriff, sich wieder hinter die Bassviole zu flüchten; doch zuvor noch ein Knalleffekt: er zog seine silberne Taschenuhr hervor, zu jener Zeit ein seltener und kostbarer Schmuck. »Es ist bald zehn,« sagte er. »Jetzt das Brautmenuett! Ich will Musik machen.«

»Eine prächtige Uhr!« sagte der Schweinehirt und schob sein Gesicht in ehrfurchtsvoller Neugier vor. – »Was hat sie gekostet?« rief Wilm Hülsmeyer, Friedrichs Nebenbuhler. – »Willst du sie bezahlen?« fragte Friedrich. – »Hast *du* sie bezahlt?« antwortete Wilm. Friedrich warf einen stolzen Blick auf ihn und griff in schweigender Majestät zum Fidelbogen. – »Nun, nun,« sagte Hülsmeyer, »dergleichen hat man schon erlebt. Du weißt wohl, der Franz Ebel hatte auch eine schöne Uhr, bis der Jude Aaron sie ihm wieder abnahm.« Friedrich antwortete nicht, sondern winkte stolz der ersten Violine, und sie begannen aus Leibeskräften zu streichen.

Die Gutsherrschaft war indessen in die Kammer getreten, wo der Braut von den Nachbarfrauen das Zeichen ihres neuen Standes, die weiße Stirnbinde, umgelegt wurde. Das junge Blut weinte sehr, teils weil es die Sitte so wollte, teils aus wahrer Beklemmung. Sie sollte einem verworrenen Haushalt vorstehen, unter den Augen eines mürrischen alten Mannes, den sie noch obendrein lieben sollte. Er stand neben ihr, durchaus nicht wie der Bräutigam des Hohen Liedes, der »in die Kammer tritt wie die Morgensonne.« – »Du hast nun genug geweint,« sagte er verdrießlich; »bedenk, du bist es nicht, die mich glücklich macht, ich mache dich glücklich!« – Sie sah demütig zu ihm auf und schien zu fühlen, dass er recht habe. – Das Geschäft war beendigt; die junge Frau hatte ihrem Manne zugetrunken, junge Spaßvögel hatten durch den Dreifuß geschaut, ob die Binde gerade sitze, und man drängte sich wieder der Tenne zu, von wo unauslöschliches Gelächter und Lärm herüberschallte. Friedrich war nicht mehr dort. Eine große, unerträgliche Schmach hatte ihn getroffen, da der Jude Aaron, ein Schlächter und gelegentlicher Althändler aus dem nächsten Städtchen, plötzlich erschienen war, und nach einem kurzen, unbefriedigenden Zwiegespräch ihn laut vor allen Leuten um den Betrag von zehn Talern für eine schon um Ostern gelieferte Uhr gemahnt hatte. Friedrich war wie vernichtet fortgegangen und der Jude ihm gefolgt, immer schreiend: »O weh mir! Warum hab' ich nicht gehört auf vernünftige Leute! Haben sie mir nicht hundertmal gesagt, Ihr hättet all Eur Gut am Leibe und kein Brot im Schrank!« – Die Tenne tobte von Gelächter; manche hatten sich auf den Hof nachgedrängt. – »Packt den Juden! Wiegt ihn gegen ein Schwein!« riefen einige; andere waren ernst geworden. – »Der Friedrich sah so blass aus wie ein Tuch,« sagte eine alte Frau, und die Menge teilte sich, wie der Wagen des Gutsherrn in den Hof lenkte.

Herr von S. war auf dem Heimwege verstimmt, die jedesmalige Folge, wenn der Wunsch, seine Popularität aufrechtzuerhalten, ihn bewog, solchen Festen beizuwohnen. Er sah schweigend aus dem Wagen. »Was sind denn das für ein paar Figuren?« – Er deutete auf zwei dunkle Gestalten, die vor dem Wagen rannten wie Strauße. Nun schlüpften sie ins Schloss. – »Auch ein paar selige Schweine aus unserm eigenen Stall!« seufzte Herr von S. Zu Hause angekommen, fand er die Hausflur vom ganzen Dienstpersonal eingenommen, das zwei Kleinknechte umstand, welche sich blass und atemlos auf der Stiege niedergelassen hatten. Sie behaupteten, von des alten Mergels Geist verfolgt worden zu sein, als sie durchs Brederholz heimkehrten. Zuerst hatte es über ihnen an der Höhe gerauscht und geknistert; darauf hoch in der Luft ein Geklapper wie von aneinander geschlagenen Stöcken; plötzlich ein gellender Schrei und ganz deutlich die Worte: »O weh, meine arme Seele!« hoch von oben herab. Der eine wollte auch glühende Augen durch die Zweige funkeln gesehen haben, und beide waren gelaufen, was ihre Beine vermochten.

»Dummes Zeug!« sagte der Gutsherr verdrießlich und trat in die Kammer, sich umzukleiden. Am andern Morgen wollte die Fontäne im Garten nicht springen, und es fand sich, dass jemand eine Röhre verrückt hatte, augenscheinlich um nach dem Kopf eines vor vielen Jahren hier verscharrten Pferdegerippes zu suchen, der für ein bewährtes Mittel wider allen Hexen- und Geisterspuk gilt. »Hm,« sagte der Gutsherr, »was die Schelme nicht stehlen, das verderben die Narren.«

Drei Tage später tobte ein furchtbarer Sturm. Es war Mitternacht, aber alles im Schloss außer dem Bett. Der Gutsherr stand am Fenster und sah besorgt ins Dunkle, nach seinen Feldern hinüber. An den Scheiben flogen Blätter und Zweige her; mitunter fuhr ein Ziegel hinab und schmetterte auf das Pflaster des Hofes. – »Furchtbares Wetter!« sagte Herr von S. Seine Frau sah ängstlich aus. »Ist das Feuer auch gewiss gut verwahrt?« sagte sie; »Gretchen, sieh noch einmal nach, gieß es lieber ganz aus! – Kommt, wir wollen das Evangelium Johannis beten.« Alles kniete nieder und die Hausfrau begann: »Im Anfang war das Wort und das Wort war bei Gott und Gott war das Wort.« Ein furchtbarer Donnerschlag. Alle fuhren zusammen; dann furchtbares Geschrei und Getümmel die Treppe heran. – »Um Gottes willen! Brennt es?« rief Frau von S. und sank mit dem Gesichte auf den Stuhl. Die Türe ward aufgerissen und herein stürzte die Frau des Juden Aaron, bleich wie der Tod, das Haar wild um den Kopf, von Regen triefend. Sie warf sich vor dem Gutsherrn auf die Knie. »Gerechtigkeit!« rief sie, »Gerechtigkeit! Mein Mann ist erschlagen!« und sank ohnmächtig zusammen. Es war nur zu wahr, und die nachfolgende Untersuchung bewies, dass der Jude Aaron durch einen Schlag an die Schläfe mit einem stumpfen Instrumente, wahrscheinlich einem Stab, sein Leben verloren hatte, durch einen einzigen Schlag. An der linken Schläfe war der blaue Fleck, sonst keine Verletzung zu finden. Die Aussagen der Jüdin und ihres Knechtes Samuel lauteten so: Aaron war vor drei Tagen am Nachmittag ausgegangen, um Vieh zu kaufen, und hatte dabei gesagt, er werde wohl über Nacht ausbleiben, da noch einige böse Schuldner in B. und S. zu mahnen seien. In diesem Falle werde er in B. beim Schlächter Salomon übernachten. Als er am folgenden Tag nicht heimkehrte, war seine Frau sehr besorgt geworden und hatte sich endlich heute um drei nachmittags in Begleitung ihres Knechtes und des großen Schlächterhundes auf den Weg gemacht. Beim Juden Salomon wusste man nichts von Aaron; er war gar nicht da gewesen. Nun waren sie zu allen Bauern gegangen, von denen sie wussten, dass Aaron einen Handel mit ihnen im Auge hatte. Nur zwei hatten ihn gesehen, und zwar an demselben Tage, an welchem er ausgegangen. Es war darüber sehr spät geworden. Die große Angst trieb das Weib nach Haus, wo sie ihren Mann wiederzufinden eine schwache Hoffnung nährte. So waren sie im Brederholz vom Gewitter überfallen worden und hatten unter einer großen, am Berghange stehenden Buche Schutz gesucht; der Hund hatte unterdessen auf eine auffallende Weise umhergestöbert und sich endlich, trotz allem Locken, im Wald verlaufen. Mit einemmale sieht die Frau beim Leuchten des Blitzes etwas Weißes neben sich im Moos. Es ist der Stab ihres Mannes, und fast im selben Augenblick bricht der Hund durchs Gebüsch und trägt etwas im Maul: es ist der Schuh ihres Mannes. Nicht lange, so ist in einem mit dürrem Laub gefüllten Graben der Leichnam des Juden gefunden. – Dies war die Angabe des Knechtes, von der Frau nur im allgemeinen unterstützt; ihre übergroße Spannung hatte nachgelassen und sie schien jetzt halb verwirrt oder vielmehr stumpfsinnig. – »Aug' um Auge, Zahn um Zahn!« dies waren die einzigen Worte, die sie zuweilen hervorstieß.

In derselben Nacht noch wurden die Schützen aufgeboten, um Friedrich zu verhaften. Der Anklage bedurfte es nicht, da Herr von S. selbst Zeuge eines Auftritts gewesen war, der den dringendsten Verdacht auf ihn werfen musste; zudem die Gespenstergeschichte von jenem Abend, das Aneinanderschlagen der Stäbe im Brederholz, der Schrei aus der Höhe. Da der Amtsschreiber gerade abwesend war, so betrieb Herr von S. selbst alles rascher, als sonst geschehen wäre. Dennoch begann die Dämmerung bereits anzubrechen, bevor die Schützen so geräuschlos wie möglich das Haus der armen Margreth umstellt hatten. Der Gutsherr selber pochte an; es währte kaum eine Minute, bis geöffnet ward und Margreth völlig angekleidet in der Türe erschien. Herr von S. fuhr zurück; er hätte sie fast nicht erkannt, so blass und steinern sah sie aus.

»Wo ist Friedrich?« fragte er mit unsicherer Stimme. – »Sucht ihn,« antwortete sie und setzte sich auf einen Stuhl. Der Gutsherr zögerte noch einen Augenblick. »Herein, herein!« sagte er dann barsch; »worauf warten wir?« Man trat in Friedrichs Kammer. Er war nicht da, aber das Bett noch warm. Man stieg auf den Söller, in den Keller, stieß ins Stroh, schaute hinter jedes Fass, sogar in den Backofen; er war nicht da. Einige gingen in den Garten, sahen hinter den Zaun und in die Apfelbäume hinauf; er war nicht zu finden. – »Entwischt!« sagte der Gutsherr mit sehr gemischten Gefühlen: der Anblick der alten Frau wirkte gewaltig auf ihn. »Gebt den Schlüssel zu jenem Koffer.« – Margreth antwortete nicht. – »Gebt den Schlüssel!« wiederholte der Gutsherr, und merkte jetzt erst, dass der Schlüssel steckte. Der Inhalt des Koffers kam zum Vorschein: des Entflohenen gute Sonntagskleider und seiner Mutter ärmlicher Staat; dann zwei Leichenhemden mit schwarzen Bändern, das eine für einen Mann, das andere für eine Frau gemacht. Herr von S. war tief erschüttert. Ganz zu unterst auf dem Boden des Koffers lag die silberne Uhr und einige Schriften von sehr leserlicher Hand, eine derselben von einem Manne unterzeichnet, den man in starkem Verdacht der Verbindung mit den Holzfrevlern hatte. Herr von S. nahm sie mit zur Durchsicht, und man verließ das Haus, ohne dass Margreth ein anderes Lebenszeichen von sich gegeben hätte, als dass sie unaufhörlich die Lippen nagte und mit den Augen zwinkerte.

Im Schlosse angelangt, fand der Gutsherr den Amtsschreiber, der schon am vorigen Abend heimgekommen war und behauptete, die ganze Geschichte verschlafen zu haben, da der gnädige Herr nicht nach ihm geschickt. – »Sie kommen immer zu spät,« sagte Herr von S. verdrießlich. »War denn nicht irgendein altes Weib im Dorfe, das Ihrer Magd die Sache erzählte? Und warum weckte man Sie dann nicht?« – »Gnädiger Herr,« versetzte Kapp, »allerdings hat meine Anne Marie den Handel um eine Stunde früher erfahren als ich; aber sie wusste, dass Ihre Gnaden die Sache selbst leiteten, und dann,« fügte er mit klagender Miene hinzu, »dass ich so todmüde war.« – »Schöne Polizei!« murmelte der Gutsherr, »jede alte Schachtel im Dorf weiß Bescheid, wenn es recht geheim zugehen soll.« Dann fuhr er heftig fort: »Das müsste wahrhaftig ein dummer Teufel von Delinquenten sein, der sich packen ließe!«

Beide schwiegen eine Weile. – »Mein Fuhrmann hatte sich in der Nacht verirrt,« hob der Amtsschreiber wieder an; »über eine Stunde lang hielten wir im Walde; es war ein Mordwetter; ich dachte, der Wind werde den Wagen umreißen. Endlich, als der Regen nachließ, fahren wir in Gottes Namen darauf los, immer in das Zellerfeld hinein, ohne eine Hand vor den Augen zu sehen. Da sagte der Kutscher: wenn wir nur nicht den Steinbrüchen zu nahe kommen! Mir war selbst bange; ich ließ halten und schlug Feuer, um wenigstens etwas Unterhaltung an meiner Pfeife zu haben. Mit einemmale hörten wir ganz nah, perpendikulär unter uns die Glocke schlagen. Ew. Gnaden mögen glauben, dass mir fatal zumute wurde. Ich sprang aus dem Wagen, denn seinen eigenen Beinen kann man trauen, aber denen der Pferde nicht. So stand ich, in Kot und Regen, ohne mich zu rühren, bis es gottlob sehr bald anfing zu dämmern. Und wo hielten wir? Dicht an der Heerser Tiefe und den Turm von Heerse gerade unter uns. Wären wir noch zwanzig Schritt weiter gefahren, wir wären alle Kinder des Todes gewesen.« – »Das war in der Tat kein Spaß,« versetzte der Gutsherr, halb versöhnt.

Er hatte unterdessen die mitgenommenen Papiere durchgesehen. Es waren Mahnbriefe um geliehene Gelder, die meisten von Wucherern. – »Ich hätte nicht gedacht,« murmelte er, »dass die Mergels so tief drin steckten.« – »Ja, und dass es so an den Tag kommen muss,« versetzte Kapp; »das wird kein kleiner Ärger für Frau Margreth sein,« – »Ach Gott, die denkt jetzt daran nicht!« – Mit diesen Worten stand der Gutsherr auf und verließ das Zimmer, um mit Herrn Kapp die gerichtliche Leichenschau vorzunehmen. – Die Untersuchung war kurz, gewaltsamer Tod erwiesen, der vermutliche Täter entflohen, die Anzeigen gegen ihn zwar gravierend, doch ohne persönliches Geständnis nicht beweisend, seine Flucht allerdings sehr verdächtig. So musste die gerichtliche Verhandlung ohne genügenden Erfolg geschlossen werden.

Die Juden der Umgegend hatten große Anteilnahme gezeigt. Das Haus der Witwe ward nie leer von Jammernden und Ratenden. Seit Menschengedenken waren nicht so viel Juden beisammen in L. gesehen worden. Durch den Mord ihres Glaubensgenossen aufs Äußerste erbittert, hatten sie weder Mühe noch Geld gespart, dem Täter auf die Spur zu kommen. Man weiß sogar, dass einer derselben, gemeinhin der Wucherjoel genannt, einem seiner Kunden, der ihm mehrere Hunderte schuldete und den er für einen besonders listigen Kerl hielt, Erlass der ganzen Summe angeboten hatte, falls er ihm zur Verhaftung des Mergel verhelfen wolle; denn der Glaube war allgemein unter den Juden, dass der Täter nur mit guter Behilfe entwischt und wahrscheinlich noch in der Umgegend sei. Als dennoch alles nichts half und die gerichtliche Verhandlung für beendet erklärt worden war, erschien am nächsten Morgen eine Anzahl der angesehensten Israeliten im Schloss, um dem gnädigen Herrn einen Handel anzutragen. Der Gegenstand war die Buche, unter der Aarons Stab gefunden und wo der Mord wahrscheinlich ver-

übt worden war. –»Wollt ihr sie fällen? So mitten im vollen Laube?«fragte
der Gutsherr. –»Nein, Ihro Gnaden, sie muss stehenbleiben im Winter und
Sommer, solange ein Span daran ist.« –»Aber wenn ich nun den Wald hau-
en lasse, so schadet es dem jungen Aufschlag.« –»Wollen wir sie doch
nicht um gewöhnlichen Preis.« – Sie boten 200 Taler. Der Handel ward geschlossen und allen Förstern streng eingeschärft, die Judenbuche auf keine
Weise zu schädigen. Darauf sah man an einem Abend wohl gegen sechzig
Juden, ihren Rabbiner an der Spitze, in das Brederholz ziehen, alle schweigend und mit gesenkten Augen. Sie blieben über eine Stunde im Wald und
kehrten dann ebenso ernst und feierlich zurück, durch das Dorf B. bis in das
Zellerfeld, wo sie sich zerstreuten und jeder seines Weges ging. Am
nächsten Morgen stand an der Buche mit dem Beil eingehauen:

אם תעבור במקום הזה יפגע בך כאשר אתה עשית לי

Und wo war Friedrich? Ohne Zweifel fort, weit genug, um die kurzen Arme
einer so schwachen Polizei nicht mehr fürchten zu dürfen. Er war bald ver-
schollen, vergessen. Ohm Simon redete selten von ihm, und dann schlecht;
die Judenfrau tröstete sich am Ende und nahm einen andern Mann. Nur die
arme Margreth blieb ungetröstet.

Etwa ein halbes Jahr nachher las der Gutsherr einige eben erhaltene Brie-
fe in Gegenwart des Amtsschreibers. –»Sonderbar, sonderbar!« sagte er.
»Denken Sie sich, Kapp, der Mergel ist vielleicht unschuldig an dem Mor-
de. Soeben schreibt mir der Präsident des Gerichtes zu P.: ›Le vrai n'est pas
toujours vraisemblable; das erfahre ich oft in meinem Beruf und jetzt neuer-
dings. Wissen Sie wohl, dass Ihr lieber Getreuer, Friedrich Mergel, den Juden mag ebenso wenig erschlagen haben, als ich oder Sie? Leider fehlen die
Beweise, aber die Wahrscheinlichkeit ist groß. Ein Mitglied der Schlem-
mingschen Bande (die wir jetzt, nebenbei gesagt, größtenteils unter Schloss
und Riegel haben), Lumpenmoises genannt, hat im letzten Verhöre ausgesagt, dass ihn nichts so sehr gereue, als der Mord eines Glaubensgenossen,
Aaron, den er im Wald erschlagen und doch nur sechs Groschen bei ihm gefunden habe. Leider ward das Verhör durch die Mittagsstunde unterbrochen,
und während wir tafelten, hat sich der Hund von einem Juden an seinem
Strumpfband erhängt. Was sagen Sie dazu? Aaron ist zwar ein verbreiteter
Name usw.‹ – Was sagen Sie dazu?« wiederholte der Gutsherr; »und wes-
halb wäre der Esel von einem Burschen denn gelaufen?« – Der Amtsschreiber dachte nach. –»Nun, vielleicht der Holzfrevel wegen, mit denen wir ja
gerade in Untersuchung waren. Heißt es nicht: der Böse läuft vor seinem eigenen Schatten? Mergels Gewissen war schmutzig genug auch ohne diesen

Flecken.« Dabei beruhigte man sich. Friedrich war hin, verschwunden und – Johannes Niemand, der arme, unbeachtete Johannes, am gleichen Tage mit ihm.

Eine schöne, lange Zeit war verflossen, achtundzwanzig Jahre, fast die Hälfte eines Menschenlebens; der Gutsherr war sehr alt und grau geworden, sein gutmütiger Gehilfe Kapp längst begraben. Menschen, Tiere und Pflanzen waren entstanden, gereift, vergangen, nur Schloss B. sah immer gleich grau und vornehm auf die Hütten herab, die wie alte hektische Leute immer fallen zu wollen schienen und immer standen. Es war am Vorabende des Weihnachtfestes, den 24sten Dezember 1788. Tiefer Schnee lag in den Hohlwegen, wohl an zwölf Fuß hoch, und eine durchdringende Frostluft machte die Fensterscheiben in der geheizten Stube gefrieren. Mitternacht war nahe, dennoch flimmerten überall matte Lichtchen aus den Schneehügeln, und in jedem Haus lagen die Einwohner auf den Knien, um den Eintritt des heiligen Christfestes mit Gebet zu erwarten, wie dies in katholischen Ländern Sitte ist, oder wenigstens damals allgemein war. Da bewegte sich von der Breder Höhe herab eine Gestalt langsam gegen das Dorf; der Wanderer schien sehr matt oder krank; er stöhnte schwer und schleppte sich äußerst mühsam durch den Schnee.

An der Mitte des Hanges stand er still, lehnte sich auf seinen Krückenstab und starrte unverwandt auf die Lichtpunkte. Es war so still überall, so tot und kalt; man musste an Irrlichter auf Kirchhöfen denken. Nun schlug es zwölf im Turm; der letzte Schlag verdröhnte langsam und im nächsten Hause erhob sich ein leiser Gesang, der, von Hause zu Hause schwellend, sich über das ganze Dorf zog:

> Ein Kindelein so löbelich
> Ist uns geboren heute,
> Von einer Jungfrau säuberlich,
> Des freun sich alle Leute;
> Und wär' das Kindelein nicht geborn,
> So wären wir alle zusammen verlorn:
> Das Heil ist unser aller.
> O du mein liebster Jesu Christ,
> Der du als Mensch geboren bist,
> Erlös uns von der Hölle!

Der Mann am Hange war in die Knie gesunken und versuchte mit zitternder Stimme einzufallen; es ward nur ein lautes Schluchzen daraus, und schwere, heiße Tropfen fielen in den Schnee. Die zweite Strophe begann; er betete leise mit; dann die dritte und vierte. Das Lied war geendigt und die Lichter

in den Häusern begannen sich zu bewegen. Da richtete der Mann sich müh-
selig auf und schlich langsam hinab ins Dorf. An mehreren Häusern keuchte
er vorüber, dann stand er vor einem still und pochte leise.
»Was ist denn das?« sagte drinnen eine Frauenstimme; »die Türe klappert
und der Wind geht doch nicht.« – Er pochte stärker: »Um Gottes willen,
lasst einen halberfrorenen Menschen ein, der aus der türkischen Sklaverei
kommt!« – Geflüster in der Küche. »Geht ins Wirtshaus,« antwortete eine
andere Stimme, »das fünfte Haus von hier!« – »Um Gottes Barmherzigkeit
willen, lasst mich ein! Ich habe kein Geld.« – Nach einigem Zögern ward
die Tür geöffnet und ein Mann leuchtete mit der Lampe hinaus. – »Kommt
nur herein!« sagte er dann, »Ihr werdet uns den Hals nicht abschneiden.«
    In der Küche befanden sich außer dem Manne eine Frau in den mittlern
Jahren, eine alte Mutter und fünf Kinder. Alle drängten sich um den Eintre-
tenden her und musterten ihn mit scheuer Neugier. Eine armselige Figur!
Mit schiefem Halse, gekrümmtem Rücken, die ganze Gestalt gebrochen und
kraftlos; langes, schneeweißes Haar hing um sein Gesicht, das den verzoge-
nen Ausdruck langen Leidens trug. Die Frau ging schweigend an den Herd
und legte frisches Reisig zu. – »Ein Bett können wir Euch nicht geben,«
sagte sie; »aber ich will hier eine gute Streu machen; Ihr müsst Euch schon
so behelfen.« – »Gott's Lohn!« versetzte der Fremde; »ich bin's wohl
schlechter gewohnt.« – Der Heimgekehrte ward als Johannes Niemand erkannt, und er selbst bestätigte, dass er derselbe sei, der einst mit Friedrich
Mergel entflohen.
    Das Dorf war am folgenden Tage voll von den Abenteuern des so lange
Verschollenen. Jeder wollte den Mann aus der Türkei sehen, und man wun-
derte sich beinahe, dass er noch aussehe wie andere Menschen. Das junge
Volk hatte zwar keine Erinnerungen von ihm, aber die Alten fanden seine
Züge noch ganz wohl heraus, so erbärmlich entstellt er auch war. »Johannes, Johannes, was seid Ihr grau geworden!« sagte eine alte Frau. »Und woher habt Ihr den schiefen Hals?« – »Vom Holz- und Wassertragen in der
Sklaverei,« versetzte er. – »Und was ist aus Mergel geworden? Ihr seid doch
zusammen fortgelaufen?« – »Freilich wohl; aber ich weiß nicht, wo er ist,
wir sind voneinander gekommen. Wenn Ihr an ihn denkt, betet für ihn,«
fügte er hinzu, »er wird es wohl nötig haben.«
    Man fragte ihn, warum Friedrich sich denn aus dem Staube gemacht, da
er den Juden doch nicht erschlagen? – »Nicht?« sagte Johannes und horchte
gespannt auf, als man ihm erzählte, was der Gutsherr geflissentlich verbrei-
tet hatte, um den Fleck von Mergels Namen zu löschen. »Also ganz umsonst,« sagte er nachdenkend, »ganz umsonst so viel ausgestanden!« Er
seufzte tief und fragte nun seinerseits nach manchem. Simon war lange tot,

aber zuvor noch ganz verarmt, durch Prozesse und böse Schuldner, die er nicht gerichtlich belangen durfte, weil es, wie man sagte, zwischen ihnen keine reine Sache war. Er hatte zuletzt Bettelbrot gegessen und war in einem fremden Schuppen auf dem Stroh gestorben. Margreth hatte länger gelebt, aber in völliger Geistesdumpfheit. Die Leute im Dorf waren es bald müde geworden, ihr beizustehen, da sie alles verkommen ließ, was man ihr gab, wie es denn die Art der Menschen ist, gerade die Hilflosesten zu verlassen, solche, bei denen der Beistand nicht nachhaltig wirkt und die der Hilfe immer gleich bedürftig bleiben. Dennoch hatte sie nicht eigentlich Not gelitten; die Gutsherrschaft sorgte sehr für sie, schickte ihr täglich das Essen und ließ ihr auch ärztliche Behandlung zukommen, als ihr kümmerlicher Zustand in völlige Abzehrung übergegangen war. In ihrem Hause wohnte jetzt der Sohn des ehemaligen Schweinehirten, der an jenem unglücklichen Abende Friedrichs Uhr so sehr bewundert hatte. – »Alles hin, alles tot!« seufzte Johannes.

Am Abend, als es dunkel geworden war und der Mond schien, sah man ihn im Schnee auf dem Kirchhofe umherhumpeln; er betete bei keinem Grabe, ging auch an keines dicht hinan, aber auf einige schien er aus der Ferne starre Blicke zu heften. So fand ihn der Förster Brandis, der Sohn des Erschlagenen, den die Gutsherrschaft abgeschickt hatte, ihn ins Schloss zu holen.

Beim Eintritt in das Wohnzimmer sah er scheu umher, wie vom Licht geblendet, und dann auf den Baron, der sehr zusammengefallen in seinem Lehnstuhl saß, aber noch immer mit den hellen Augen und dem roten Käppchen auf dem Kopfe wie vor achtundzwanzig Jahren; neben ihm die gnädige Frau, auch alt, sehr alt geworden.

»Nun, Johannes,« sagte der Gutsherr, »erzähl mir einmal recht ordentlich von deinen Abenteuern. Aber,« er musterte ihn durch die Brille, »du bist ja erbärmlich mitgenommen in der Türkei!« Johannes begann: wie Mergel ihn nachts von der Herde abgerufen und gesagt, er müsse mit ihm fort. – »Aber warum lief der dumme Junge denn? Du weißt doch, dass er unschuldig war?« – Johannes sah vor sich nieder: »Ich weiß nicht recht, mich dünkt, es war wegen Holzgeschichten. Simon hatte so allerlei Geschäfte; mir sagte man nichts davon, aber ich glaube nicht, dass alles war, wie es sein sollte.« – »Was hat denn Friedrich dir gesagt?« – »Nichts, als dass wir laufen müssten, sie wären hinter uns her. So liefen wir bis Heerse; da war es noch dunkel und wir versteckten uns hinter das große Kreuz am Kirchhofe, bis es etwas heller würde, weil wir uns vor den Steinbrüchen am Zellerfelde fürchteten; und wie wir eine Weile gesessen hatten, hörten wir mit einem Male über uns schnauben und stampfen und sahen lange Feuerstrahlen in der Luft gerade über dem Heerser Kirchturm. Wir sprangen auf und liefen, was wir konnten in Gottes Namen gerade aus, und wie es dämmerte, waren wir wirklich auf dem rechten Wege nach P.«

Johannes schien noch vor der Erinnerung zu schaudern, und der Gutsherr dachte an seinen seligen Kapp und dessen Abenteuer am Heerser Hange. – »Sonderbar!« lachte er, »so nah wart ihr einander! Aber fahr fort.« – Johannes erzählte nun, wie sie glücklich durch P. und über die Grenze gekommen. Von da an hatten sie sich als wandernde Handwerksburschen durchgebettelt bis Freiburg im Breisgau. »Ich hatte meinen Brotsack bei mir,« sagte er, »und Friedrich ein Bündelchen; so glaubte man uns.« – In Freiburg hatten sie sich von den Österreichern anwerben lassen; ihn hatte man nicht gewollt, aber Friedrich bestand darauf. So kam er unter den Train. »Den Winter über blieben wir in Freiburg,« fuhr er fort, »und es ging uns ziemlich gut; mir auch, weil Friedrich mich oft erinnerte und mir half, wenn ich etwas verkehrt machte. Im Frühling mussten wir marschieren, nach Ungarn, und im Herbst ging der Krieg mit den Türken los. Ich kann nicht viel davon erzählen, denn ich wurde gleich in der ersten Affäre gefangen und bin seitdem sechsundzwanzig Jahre in der türkischen Sklaverei gewesen!« – »Gott im Himmel! Das ist doch schrecklich!« sagte Frau von S. – »Schlimm genug; die Türken halten uns Christen nicht besser als Hunde; das schlimmste war, dass meine Kräfte unter der harten Arbeit vergingen; ich ward auch älter und sollte noch immer tun wie vor Jahren.«

Er schwieg eine Weile. »Ja,« sagte er dann, »es ging über Menschenkräfte und Menschengeduld; ich hielt es auch nicht aus. – Von da kam ich auf ein holländisches Schiff.« – »Wie kamst du denn dahin?« fragte der Gutsherr. – »Sie fischten mich auf, aus dem Bosporus,« versetzte Johannes. Der Baron sah ihn befremdet an und hob den Finger warnend auf; aber Johannes erzählte weiter. Auf dem Schiffe war es ihm nicht viel besser gegangen. »Der Skorbut riss ein; wer nicht ganz elend war, musste über Macht arbeiten, und das Schiffstau regierte ebenso streng wie die türkische Peitsche. Endlich,« schloss er, »als wir nach Holland kamen, nach Amsterdam, ließ man mich frei, weil ich unbrauchbar war, und der Kaufmann, dem das Schiff gehörte, hatte auch Mitleid mit mir und wollte mich zu seinem Pförtner machen. Aber« – er schüttelte den Kopf – »ich bettelte mich lieber durch bis hierher.« – »Das war dumm genug,« sagte der Gutsherr. – Johannes seufzte tief: »O Herr, ich habe mein Leben zwischen Türken und Ketzern zubringen müssen, soll ich nicht wenigstens auf einem katholischen Kirchhofe liegen?« Der Gutsherr hatte seine Börse gezogen: »Da, Johannes, nun geh und komm bald wieder. Du musst mir das alles noch ausführlicher erzählen; heute ging es etwas konfus durcheinander. Du bist wohl noch sehr müde?« – »Sehr müde,« versetzte Johannes; »und,« er deutete auf seine Stirn, »meine Gedanken sind zuweilen so kurios, ich kann nicht recht sagen, wie es so ist.« – »Ich weiß schon,« sagte der Baron, »von alter Zeit her. Jetzt geh. Hülsmeyers behalten dich wohl noch die Nacht über, morgen komm wieder.«

Herr von S. hatte das innigste Mitleiden mit dem armen Schelm; bis zum folgenden Tage war überlegt worden, wo man ihn einmieten könne; essen sollte er täglich im Schlosse, und für Kleidung fand sich auch wohl Rat. »Herr,« sagte Johannes, »ich kann auch noch wohl etwas tun; ich kann hölzerne Löffel machen, und Ihr könnt mich auch als Boten schicken.« Herr von S. schüttelte mitleidig den Kopf: »Das würde doch nicht sonderlich ausfallen.« – »O doch Herr, wenn ich erst im Gange bin – es geht nicht schnell, aber hin komme ich doch, und es wird mir auch nicht so sauer, wie man denken sollte.« – »Nun,« sagte der Baron zweifelnd, »willst du's versuchen? Hier ist ein Brief nach P. Es hat keine sonderliche Eile.«

Am folgenden Tage bezog Johannes sein Kämmerchen bei einer Witwe im Dorfe. Er schnitzelte Löffel, aß auf dem Schlosse und machte Botengänge für den gnädigen Herrn. Im ganzen ging's ihm leidlich; die Herrschaft war sehr gütig, und Herr von S. unterhielt sich oft lange mit ihm über die Türkei, den österreichischen Dienst und die See. – »Der Johannes könnte viel erzählen,« sagte er zu seiner Frau, »wenn er nicht so grundeinfältig wäre.« – »Mehr tiefsinnig als einfältig,« versetzte sie; »ich fürchte immer, er schnappt noch über.« – »Ei bewahre!« antwortete der Baron, »er war sein Leben lang ein Simpel; simple Leute werden nie verrückt.«

Nach einiger Zeit blieb Johannes auf einem Botengange über Gebühr lange aus. Die gute Frau von S. war sehr besorgt um ihn und wollte schon Leute aussenden, als man ihn die Treppe heraufstelzen hörte. – »Du bist lange ausgeblieben, Johannes,« sagte sie; »ich dachte schon, du hättest dich im Brederholz verirrt.« – »Ich bin durch den Föhrengrund gegangen.« – »Das ist ja ein weiter Umweg; warum gingst du nicht durchs Brederholz?« – Er sah trübe zu ihr auf: »Die Leute sagten mir, der Wald sei gefällt, und jetzt seien so viele Kreuz- und Querwege darin, da fürchtete ich, nicht wieder hinauszukommen. Ich werde alt und duselig,« fügte er langsam hinzu. – »Sahst du wohl,« sagte Frau von S. nachher zu ihrem Manne, »wie wunderlich und quer er aus den Augen sah? Ich sage dir, Ernst, das nimmt noch ein schlimmes Ende.«

Indessen nahte der September heran. Die Felder waren leer, das Laub begann abzufallen und mancher Hektische fühlte die Schere an seinem Lebensfaden. Auch Johannes schien unter dem Einfluss des nahen Äquinoktiums zu leiden; die ihn in diesen Tagen sahen, sagen, er habe auffallend

44

verstört ausgesehen und unaufhörlich leise mit sich selber geredet, was er auch sonst mitunter tat, aber selten. Endlich kam er eines Abends nicht nach Hause. Man dachte, die Herrschaft habe ihn verschickt, am zweiten auch nicht, am dritten Tage ward seine Hausfrau ängstlich. Sie ging ins Schloss und fragte nach. – »Gott bewahre,« sagte der Gutsherr, »ich weiß nichts von ihm; aber geschwind den Jäger gerufen und Försters Wilhelm! Wenn der armselige Krüppel,« setzte er bewegt hinzu, »auch nur in einen trockenen Graben gefallen ist, so kann er nicht wieder heraus. Wer weiß, ob er nicht gar eines von seinen schiefen Beinen gebrochen hat! – Nehmt die Hunde mit,« rief er den abziehenden Jägern nach, »und sucht vor allem in den Gräben; seht in die Steinbrüche!« rief er lauter.

Die Jäger kehrten nach einigen Stunden heim; sie hatten keine Spur gefunden. Herr von S. war in großer Unruhe: »Wenn ich mir denke, dass einer so liegen muss wie ein Stein, und kann sich nicht helfen! Aber er kann noch leben; drei Tage hält's ein Mensch wohl ohne Nahrung aus.« – Er machte sich selbst auf den Weg; in allen Häusern wurde nachgefragt, überall in die Hörner geblasen, gerufen, die Hunde zum Suchen angehetzt – umsonst! – Ein Kind hatte ihn gesehen, wie er am Rande des Brederholzes saß und an einem Löffel schnitzelte; »er schnitt ihn aber ganz entzwei,« sagte das kleine Mädchen. Das war vor zwei Tagen gewesen. Nachmittags fand sich wieder eine Spur: abermals ein Kind, das ihn an der andern Seite des Waldes bemerkt hatte, wo er im Gebüsch gesessen, das Gesicht auf den Knien, als ob er schliefe. Das war noch am vorigen Tage. Es schien, er hatte sich immer um das Brederholz herumgetrieben.

»Wenn nur das verdammte Buschwerk nicht so dicht wäre! da kann keine Seele hindurch,« sagte der Gutsherr. Man trieb die Hunde in den jungen Schlag; man blies und hallote und kehrte endlich missvergnügt heim, als man sich überzeugt, dass die Tiere den ganzen Wald abgesucht hatten. – »Lasst nicht nach! Lasst nicht nach!« bat Frau von S.; »besser ein paar Schritte umsonst, als dass etwas versäumt wird.« – Der Baron war fast ebenso beängstigt wie sie. Seine Unruhe trieb ihn sogar nach Johannes' Wohnung, obwohl er sicher war, ihn dort nicht zu finden. Er ließ sich die Kammer des Verschollenen aufschließen. Da stand sein Bett noch ungemacht, wie er es verlassen hatte; dort hing sein guter Rock, den ihm die gnädige Frau aus dem alten Jagdkleide des Herrn hatte machen lassen; auf dem Tische ein Napf, sechs neue hölzerne Löffel und eine Schachtel. Der Gutsherr öffnete sie; fünf Groschen lagen darin, sauber in Papier gewickelt, und vier silberne Westenknöpfe; der Gutsherr betrachtete sie aufmerksam. »Ein Andenken von Mergel,« murmelte er und trat hinaus, denn ihm ward ganz beengt in dem dumpfen, engen Kämmerchen. Die Nachsuchungen wurden fortgesetzt, bis man sich überzeugt hatte, Johannes sei nicht mehr in der Gegend, wenigstens nicht lebendig. So war er denn zum zweitenmal verschwunden; ob man ihn wiederfinden würde – vielleicht einmal nach Jahren seine Knochen in einem trockenen Graben? Ihn lebend wieder zu sehen, dazu war wenig Hoffnung, und jedenfalls nach achtundzwanzig Jahren gewiss nicht.

Vierzehn Tage später kehrte der junge Brandis morgens von einer Besichtigung seines Reviers durch das Brederholz heim. Es war ein für die Jahreszeit ungewöhnlich heißer Tag; die Luft zitterte, kein Vogel sang, nur die Raben krächzten langweilig aus den Ästen und hielten ihre offenen Schnäbel der Luft entgegen. Brandis war sehr ermüdet. Bald nahm er seine von der Sonne durchglühte Kappe ab, bald setzte er sie wieder auf. Es war alles gleich unerträglich, das Arbeiten durch den kniehohen Schlag sehr beschwerlich. Ringsumher kein Baum außer der Judenbuche. Dahin strebte er denn auch aus allen Kräften und ließ sich todmatt auf das beschattete Moos darunter nieder. Die Kühle zog so angenehm durch seine Glieder, dass er die Augen schloss. »Schändliche Pilze!« murmelte er halb im Schlaf. Es gibt nämlich in jener Gegend eine Art sehr saftiger Pilze, die nur ein paar Tage stehen, dann einfallen und einen unerträglichen Geruch verbreiten. Brandis glaubt solche unangenehmen Nachbarn zu spüren, er wandte sich ein paar Mal hin und her, mochte aber doch nicht aufstehen; sein Hund sprang unterdessen umher, kratzte am Stamm der Buche und bellte hinauf. – »Was hast du da, Bello? Eine Katze?« murmelte Brandis. Er öffnete die Wimper halb und die Judenschrift fiel ihm ins Auge, sehr ausgewachsen, aber doch noch ganz kenntlich. Er schloss die Augen wieder; der Hund fuhr fort zu bellen und legte endlich seinem Herrn die kalte Schnauze ans Gesicht. – »Lass mich in Ruh'! Was hast du denn?« Hierbei sah Brandis, wie er so auf dem Rücken lag, in die Höhe, sprang dann mit einem Satze auf und wie besessen ins Gestrüpp hinein. Totenbleich kam er auf dem Schlosse an: in der Judenbuche hänge ein Mensch; er habe die Beine gerade über seinem Gesichte hängen sehen. – »Und du hast ihn nicht abgeschnitten, Esel?« rief der Baron. – »Herr,« keuchte Brandis, »wenn Ew. Gnaden dagewesen wären, so wüssten Sie wohl, dass der Mensch nicht mehr lebt. Ich glaubte anfangs, es seien die Pilze.« Dennoch trieb der Gutsherr zur größten Eile und zog selbst mit hinaus.

Sie waren unter der Buche angelangt. »Ich sehe nichts,« sagte Herr von S. – »Hierher müssen Sie treten, hierher, an diese Stelle!« – Wirklich, dem war so: der Gutsherr erkannte seine eigenen abgetragenen Schuhe. – »Gott, es ist Johannes! – Setzt die Leiter an! – So – nun herunter! – Sacht, sacht! Lasst ihn nicht fallen! – Lieber Himmel, die Würmer sind schon daran! Macht

46

dennoch die Schlinge auf und die Halsbinde.« – Eine breite Narbe ward sichtbar; der Gutsherr fuhr zurück. – »Mein Gott!« sagte er; er beugte sich wieder über die Leiche, betrachtete die Narbe mit großer Aufmerksamkeit und schwieg eine Weile in tiefer Erschütterung. Dann wandte er sich zu den Förstern: »Es ist nicht recht, dass der Unschuldige für den Schuldigen leide; sagt es nur allen Leuten: der da« – er deutete auf den Toten – »war Friedrich Mergel.« – Die Leiche ward auf dem Schindanger verscharrt.

Dies hat sich nach allen Hauptumständen wirklich so begeben im September des Jahrs 1788. – Die hebräische Schrift an dem Baume heißt:

»Wenn du dich diesem Orte nahest, so wird es dir ergehen, wie du mir getan hast.«

Jeremias Gotthelf

Die schwarze Spinne

Erstdruck in »Bilder und Sagen aus der Schweiz«, Solothurn 1842.

Über die Berge hob sich die Sonne, leuchtete in klarer Majestät in ein freundliches, aber enges Tal und weckte zu fröhlichem Leben die Geschöpfe, die geschaffen sind, an der Sonne ihres Lebens sich zu freuen. Aus vergoldetem Waldessaume schmetterte die Amsel ihr Morgenlied, zwischen funkelnden Blumen in perlendem Grase tönte der sehnsüchtigen Wachtel eintönend Minnelied, über dunkeln Tannen tanzten brünstige Krähen ihren Hochzeitreigen oder krächzten zärtliche Wiegenlieder über die dornichten Bettchen ihrer ungefiederten Jungen.

In der Mitte der sonnenreichen Halde hatte die Natur einen fruchtbaren, beschirmten Boden eingegraben; mittendrin stand stattlich und blank ein schönes Haus, eingefasst von einem prächtigen Baumgarten, in welchem noch einige Hochäpfelbäume prangten in ihrem späten Blumenkleide; halb stund das vom Hausbrunnen bewässerte üppige Gras noch, halb war es bereits dem Futtergange zugewandert. Um das Haus lag ein sonntäglicher Glanz, den man mit einigen Besenstrichen, angebracht samstagabends zwischen Tag und Nacht, nicht zu erzeugen vermag, der ein Zeugnis ist des köstlichen Erbgutes angestammter Reinlichkeit, die alle Tage gepflegt werden muss, der Familienehre gleich, welcher eine einzige unbewachte Stunde Flecken bringen kann, die Blutflecken gleich unauslöschlich bleiben von Geschlecht zu Geschlecht, jeder Tünche spottend.

Nicht umsonst glänzte die durch Gottes Hand erbaute Erde und das von Menschenhänden erbaute Haus im reinsten Schmucke; über beide erglänzte heute ein Stern am blauen Himmel, ein hoher Feiertag. Es war der Tag, an welchem der Sohn wieder zum Vater gegangen war zum Zeugnis, dass die Leiter noch am Himmel stehe, auf welcher Engel auf-, und niedersteigen und die Seele des Menschen, wenn sie dem Leibe sich entwindet und ihr Heil und Augenmerk beim Vater droben war und nicht hier auf Erden; es war der Tag, an welchem die ganze Pflanzenwelt dem Himmel entgegenwächst und blüht in voller Üppigkeit, dem Menschen ein alle Jahre neu werdendes Sinnbild seiner eigenen Bestimmung. Wunderbar klang es über die Hügel her, man wusste nicht, woher das Klingen kam, es tönte wie von allen Seiten; es kam von den Kirchen her draußen in den weiten Tälern; von dort her kündeten die Glocken, dass die Tempel Gottes sich öffnen allen, deren Herzen offen seien der Stimme ihres Gottes.

Ein reges Leben bewegte sich um das schöne Haus. In des Brunnens Nähe wurden mit besonderer Sorgfalt Pferde gestriegelt, stattliche Mütter, umgaukelt von lustigen Füllen; im breiten Brunnentroge stillten behaglich blickende Kühe ihren Durst, und zweimal musste der Bube Besen und Schaufel nehmen, weil er die Spuren ihrer Behaglichkeit nicht sauber genug weggeräumt. Herzhaft wuschen am Brunnen mit einem handlichen Zwilchfetzen stämmige Mägde ihre rotbrächten Gesichter, die Haare in zwei Knäuel über den Ohren zusammengedreht, trugen mit eilfertiger Emsigkeit Wasser durch die geöffnete Türe, und in mächtigen Stößen hob sich gerade und hoch in die blaue Luft empor aus kurzem Schornsteine die dunkle Rauchsäule.

Langsam und gebeugt ging an einem Hakenstock der Großvater um das Haus, sah schweigend dem Treiben der Knechte und Mägde zu, streichelte hier ein Pferd, wehrte dort einer Kuh ihren schwerfälligen Mutwillen, zeigte mit dem Stecken dem unachtsamen Buben noch hier und dort vergessene Strohhalme und nahm dazu fleißig aus der langen Weste tiefer Tasche das Feuerzeug, um seine Pfeife, an der er des Morgens trotz ihres schweren Atems so wohl lebte, wieder anzuzünden.

Auf rein gefegter Bank vor dem Haus neben der Türe saß die Großmutter, schönes Brot schneidend in eine mächtige Kachel, dünn und in eben rechter Größe jeden Bissen, nicht so unachtsam wie Köchinnen oder Stubenmägde, die manchmal Stücke machen, an denen ein Walfisch ersticken müsste. Wohlgenährte, stolze Hühner und schöne Tauben stritten sich um die Brosamen zu ihren Füßen, und wenn ein schüchternes Täubchen zu kurz kam, so warf ihm die Großmutter ein Stücklein eigens zu, es tröstend mit freundlichen Worten über den Unverstand und das Ungestüm der andern.

Drinnen in der weiten, reinen Küche knisterte ein mächtiges Feuer von Tannenholz, in weiter Pfanne knallten Kaffeebohnen, die eine stattliche Frau mit hölzerner Kelle durcheinanderrührte, nebenbei knarrte die Kaffeemühle zwischen den Knien einer frisch gewaschenen Magd; unter der offenen Stubentür aber stund, den offenen Kaffeesack noch in der Hand, eine schöne, etwas blasse Frau und sagte: »Du, Hebamme, röste mir den Kaffee heute nicht so schwarz, sie könnten sonst meinen, ich hätte das Pulver sparen mögen. Des Göttis Frau ist gar grausam misstrauisch und legt einem alles zu Ungunsten aus. Es kommt heute auf ein halbes Pfund mehr oder weniger nicht an. Vergiss auch ja nicht, das Weinwarm zu rechter Zeit bereit zu halten! Der Großvater würde meinen, es wäre nicht Kindstaufe, wenn man den Gevatterleuten nicht ein Weinwarm aufstellen würde, ehe sie zur Kirche gehen. Spare nichts daran, hörst du! Dort in der Schüssel auf der Kachelbank ist Safran und Zimmet, der Zucker ist hier auf dem Tische, und nimm Wein, dass es dich dünkt, es sei wenigstens halb zu viel; an einer Kindstaufe braucht man nie Kummer zu haben, dass sich die Sache nicht brauche.«

Man hört, es soll heute die Kindtaufe gehalten werden im Hause, und die Hebamme versieht das Amt der Köchin ebenso geschickt als früher das Amt der Wehmutter; aber sputen muss sie sich, wenn sie zur rechten Zeit fertig werden und am einfachen Herde alles kochen soll, was die Sitte fordert.

Aus dem Keller kam mit einem mächtigen Stück Käse in der Hand ein stämmiger Mann, nahm vom blanken Kachelbank den ersten besten Teller, legte den Käse darauf und wollte ihn in die Stube auf den Tisch tragen von braunem Nussbaumholz. »Aber Benz, aber Benz«, rief die schöne, blasse Frau, »wie würden sie lachen, wenn wir keinen bessern Teller hätten an der Kindstaufe!« Und zum glänzenden Schrank aus Kirschbaumholz, Buffet genannt, ging sie, wo hinter Glasfenstern des Hauses Zierden prangten. Dort nahm sie einen schönen Teller, blau gerändert, in der Mitte einen großen Blumenstrauß, der umgeben war von sinnigen Sprüchen, zum Beispiel:

O Mensch, fass in Gedanken:
Drei Batzen gilt ds Pfund Anken.

Gott gibt dem Menschen Gnad,
Ich aber wohn im Maad.

In der Hölle, da ist es heiß,
Und der Hafner schafft mit Fleiß.

Die Kuh, die frisst das Gras;
Der Mensch, der muss ins Grab.

Neben den Käse stellte sie die mächtige Züpfe, das eigentümliche Berner Backwerk, geflochten wie die Zöpfe der Weiber, schön braun und gelb aus dem feinsten Mehl, Eiern und Butter gebacken, groß wie ein Jähriges und fast ebenso schwer; und oben und unten pflanzte sie noch zwei Teller. Hoch aufgetürmt lagen auf denselben die appetitlichen Küchlein, Habküchlein auf dem einen, Eierküchlein auf dem andern. Heiße, dicke Nidel stund in schön geblümten Häfen zugedeckt auf dem Ofen, und in der dreibeinigen, glänzenden Kanne mit gelbem Deckel kochte der Kaffee. So harrte auf die erwarteten Gevatterleute ein Frühstück, wie es Fürsten selten haben und keine Bauern auf der Welt als die Berner. Tausende von Engländern rennen durch die Schweiz, aber weder einem der abgejagten Lords noch einer der steifbeinichten Ladies ist je ein solches Frühstück geworden.

»Wenn sie nur bald kämen, es wäre alles bereit«, seufzte die Hebamme. »Es geht jedenfalls eine gute Zeit, bis alles fertig ist und ein jedes seine Sache gehabt hat, und der Pfarrer ist grausam pünktlich und gibt scharfe Verweise, wenn man nicht da ist zu rechter Zeit.« »Der Großvater erlaubt auch nie, das Wägeli zu nehmen«, sagte die junge Frau. »Er hat den Glauben, dass ein Kind, welches man nicht zur Taufe trage, sondern führe, träge werde und sein Lebtag seine Beine nie recht brauchen lerne. Wenn nur die Gotte da wäre, die versäumt am längsten, die Göttene machen es kürzer und könnten immerhin nachlaufen.« Die Angst nach den Gevatterleuten verbreitete sich durchs ganze Haus. »Kommen sie noch nicht?« hörte man allenthalben; in allen Ecken des Hauses schauten Gesichter nach ihnen aus, und der Türk bellte aus Leibeskräften, als ob er sie herbeirufen wollte. Die Großmutter aber sagte: »Ehemals ist das doch nicht so gewesen, da wusste man, dass man an solchen Tagen zu rechter Zeit aufzustehen habe und der Herr niemanden warte.« Endlich stürzte der Bub in die Küche mit der Nachricht, die Gotte komme.

Sie kam, schweißbedeckt und beladen wie das Neujahrkindlein. In der einen Hand hatte sie die schwarzen Schnüre eines großen, blumenreichen Wartsäckleins, in welchem, in ein fein weißes Handtuch gewickelt, eine große Züpfe stach, ein Geschenk für die Kindbetterin. In der andern Hand trug sie ein zweites Säcklein, und in demselben war eine Kleidung für das Kind nebst etwelchen Stücken zu eigenem Gebrauch, namentlich schöne weiße Strümpfe, und unter dem einen Arm hatte sie noch eine Drucke mit dem Kränzchen und der Spitzenkappe mit den prächtigen schwarzseidenen Haarschnüren. Freudig tönten ihr die Gottwillchen entgegen von allen Seiten, und kaum hatte sie Zeit, von ihren Bürden eine abzustellen, um den entgegengestreckten Händen freundlich zu begegnen. Von allen Seiten streckten sich dienstbare Hände nach ihren Lasten, und unter der Türe stand die junge Frau, und da ging ein neues Grüßen an, bis die Hebamme in die Stube mahnte: Sie könnten ja drinnen einander sagen, was der Brauch sei.

Und mit handlichen Manieren setzte die Hebamme die Gotte hinter den Tisch, und die junge Frau kam mit dem Kaffee, wie sehr auch die Gotte sich weigerte und vorgab, sie hätte schon gehabt. Des Vaters Schwester täte es nicht, dass sie ungegessen aus dem Hause ginge, das schade jungen Mädchen gar übel, sage sie. Aber sie sei schon alt, und die Jungfrauen möchten auch nicht zu rechter Zeit auf, deswegen sei sie so spät; wenn es an ihr allein gelegen hätte, sie wäre längstens da. In den Kaffee wurde die dicke Nidel gegossen, und wie sehr die Gotte sich wehrte und sagte, sie liebe es gar nicht, warf ihr doch die Frau ein Stück Zucker in denselben. Lange wollte es die Gotte nicht zulassen, dass ihretwegen die Züpfe angehauen würde, indessen musste sie sich ein tüchtiges Stück vorlegen lassen und essen. Käse wollte sie lange nicht, es hätte dessen gar nicht nötig, sagte sie. Sie werde meinen, es sei nur halbmagern, und deshalb schätze sie ihn nicht, sagte die Frau, und die Gotte musste sich ergeben. Aber Küchli wollte sie durchaus nicht, die wüsste sie gar nicht wohin tun, sagte sie. Sie glaube nur, sie seien nicht sauber, und werde an bessere gewöhnt sein, erhielt sie endlich zur Antwort. Was sollte sie anders machen als Küchli essen! Während dem Nöten aller Art hatte sie abgemessen in kleinen Schlücken das erste Kacheli ausgetrunken, und nun erhob sich ein eigentlicher Streit. Die Gotte kehrte das Kacheli um, wollte gar keinen Platz mehr haben für fernere Guttaten und sagte: Man solle sie doch in Ruhe lassen, sonst müsste sie sich noch verschwören. Da sagte die Frau, es sei ihr doch so leid, dass sie ihn so schlecht finde, sie hätte doch der Hebamme dringlichst befohlen, ihn so gut als möglich zu machen; sie vermöchte sich dessen wahrhaftig nichts, dass er so schlecht sei, dass ihn niemand trinken möge, und an der Nidle sollte es doch auch nicht fehlen, sie hätte dieselbe abgenommen, wie sie es sonst nicht alle Tage im Brauch hätte. Was sollte die arme Gotte anders machen als noch ein Kacheli sich einschenken lassen!

Ungeduldig war schon lange die Hebamme herumgetrippelt, und endlich bändigte sie das Wort nicht länger, sondern sagte: »Wenn ich dir etwas helfen kann, so sage es nur, ich habe wohl Zeit dazu.« »He, pressiere doch nicht«, sagte die Frau. Die arme Gotte aber, die rauchte wie ein Dampfkessel, verstand den Wink, versorgte den heißen Kaffee so schnell als möglich und sagte zwischen den Absätzen, zu denen der glühende Trank sie zwang: »Ich wäre schon lange zweg, wenn ich nicht mehr hätte nehmen müssen, als ich hinunterbringen kann, aber ich komme jetzt.«

Sie stund auf, packte die Säcklein aus, übergab Züpfe, Kleidung, Einbund – ein blanker Neutaler, eingewickelt in den schön gemalten Taufspruch – und machte manche Entschuldigung, dass alles nicht besser sei. Darein aber redete die Hausmutter mit manchem Ausruf, wie das keine Art und Gattung hätte, sich so zu verköstigen, wie man es fast nicht nehmen dürfte, und wenn man das gewusst hätte, so hätte man sie gar nicht ansprechen dürfen. Nun ging auch das Mädchen an sein Werk, verbeiständet von der Hebamme und der Hausfrau, und wendete das Möglichste an, eine schöne Gotte zu sein von Schuh und Strümpfen an bis hinauf zum Kränzchen auf der kostbaren Spitzenkappe. Die Sache ging umständlich zu, trotz der Ungeduld der Hebamme, und immer war der Gotte die Sache nicht gut genug und bald dies, bald das nicht am rechten Ort. Da kam die Großmutter herein und sagte: »Ich muss doch auch kommen und sehen, wie schön unsere Gotte sei.« Nebenbei ließ sie fallen, dass es schon das zweite Zeichen geläutet habe und beide Götteni draußen in der äußern Stube seien.

Draußen saßen allerdings die zwei männlichen Paten, ein alter und ein junger, den neumodischen Kaffee, den sie alle Tage haben konnten, verschmähend, hinter dem dampfenden Weinwarm, dieser altertümlichen, aber guten Bernersuppe, bestehend aus Wein, geröstetem Brot, Eiern, Zucker, Zimmet und Safran, diesem ebenso altertümlichen Gewürze, das an einem Kindstaufeschmaus in der Suppe, im Voressen, im süßen Tee vorkommen muss. Sie ließen es sich wohlschmecken, und der alte Götti, den man Vetter nannte, hatte allerlei Späße mit dem Kindbettimann und sagte ihm, dass sie ihm heute nicht schonen wollten, und dem Weinwarm an gönne er es ihnen; daran sei nichts gespart, man merke, dass er seinen zwölfmäßigen Sack letzten Dienstag dem Boten mit nach Bern gegeben, um ihm Safran zu bringen. Als sie nicht wussten, was der Vetter damit meine, sagte er: Letzthin habe sein Nachbar Kindbetti haben müssen; da habe er dem Boten einen großen Sack mitgegeben und sechs Kreuzer mit dem Auftrag, er solle ihm doch in diesem Sack für sechs Kreuzer von dem gelben Pulver bringen, ein Mäß oder anderthalbes, von dem man an den Kindstaufen in allem haben müsse, seine Weiber wollten es einmal so haben.

Da kam die Gotte hinein wie eine junge Morgensonne und wurde von den Mitgevattern Gottwillchen geheißen und zum Tisch gezogen und ein großer Teller voll Weinwarm vor sie gestellt, und den sollte sie essen, sie hätte wohl noch Zeit, während man das Kind zurecht mache. Das arme Kind wehrte sich mit Händen und Füßen, behauptete, es hätte gegessen für manchen Tag, es könne nicht mehr schnaufen. Aber da half alles nichts. Alt und Jung war mit Spott und Ernst hinter ihm, bis es zum Löffel griff, und seltsam, ein Löffel nach dem andern fand noch sein Plätzchen. Doch da kam schon wieder die Hebamme mit dem schön eingewickelten Kinde, zog ihm das gestickte Käppchen an mit dem rosenroten Seidenbande, legte dasselbe in das schöne Dachbettlein, steckte ihm das süße Lulli ins Mäulchen und sagte: Sie begehre niemand zu versäumen und hätte gedacht, sie wolle alles zurechtmachen, man könne dann immer gehen, wann man wolle. Man umstand das Kind und rühmte es wie billig, und es war auch ein wunderappetitlich Bübchen. Die Mutter freute sich des Lobes und sagte: »Ich wäre auch so gerne mit zur Kirche gekommen und hätte es Gott empfehlen helfen; und wenn man selbst dabei ist, wenn das Kind getauft wird, so sinnet man um so besser daran, was man versprochen hat. Zudem ist es mir so unbequem, wenn ich noch eine ganze Woche lang nicht vor die Dachtraufe darf, jetzt, wo man alle Hände voll zu tun hat mit dem Anpflanzen.« Aber die Großmutter sagte, so weit sei es doch noch nicht, dass ihre Sohnsfrau wie eine arme Frau in den ersten acht Tagen ihren Kirchgang tun müsse, und die Hebamme setzte hinzu, sie hätte es gar nicht gerne, wenn junge Weiber mit den Kindern zur Kirche gingen. Sie hätten immer Angst, es gehe daheim etwas Krummes, hätten doch nicht die rechte Andacht in der Kirche, und auf dem Heimweg pressierten sie zu stark, damit ja nichts versäumt werde, erhitzten sich, und gar manche sei übel krank geworden und gar gestorben.

Da nahm die Gotte das Kind im Dachbett auf die Arme, die Hebamme legte das schöne weiße Tauftuch mit den schwarzen Quasten in den Ecken über das Kind, sorgfältig den schönen Blumenstrauß an der Gotte Brust schonend, und sagte: »So geht jetzt in Gottes heiligem Namen!« Und die

Großmutter legte die Hände ineinander und betete still einen inbrünstigen Segen. Die Mutter aber ging mit dem Zuge hinaus bis unter die Türe und sagte: »Mein Bübli, mein Bübli, jetzt sehe ich dich drei ganze Stunden nicht, wie halte ich das aus!« Und alsbald schoss es ihr in die Augen, rasch fuhr sie mit dem Fürtuch darüber und ging ins Haus.

Rasch schritt die Gotte die Halde ab den Kirchweg entlang, auf ihren starken Armen das muntere Kind, hintendrein die zwei Götteni, Vater und Großvater, deren keinem in Sinn kam, die Gotte ihrer Last zu entledigen, obgleich der jüngere Götti in einem stattlichen Maien auf dem Hut das Zeichen der Ledigkeit trug und in seinem Auge etwas wie großes Wohlgefallen an der Gotte, freilich alles hinter der Blende großer Gelassenheit verborgen. Der Großvater berichtete, welch schrecklich Wetter es gewesen sei, als man ihn zur Kirche getragen; vor Hagel und Blitz hätten die Kirchgänger kaum geglaubt, mit dem Leben davonzukommen. Hintenher hätten die Leute ihm allerlei geweissaget dieses Wetters wegen, die einen einen schrecklichen Tod, die anderen großes Glück im Kriege; nun sei es ihm gegangen in aller Stille wie den andern auch, und im fünfundsiebenzigsten Jahr werde er weder frühe sterben noch großes Glück im Kriege machen.

Mehr als halben Weges waren sie gegangen, als ihnen die Jungfrau nachgesprungen kam, welche das Kind nach Hause zu tragen hatte, sobald es getauft war, während Eltern und Gevatterleute nach alter schöner Sitte noch der Predigt beiwohnten. Die Jungfrau hatte auch anwenden wollen nach Kräften, um auch schön zu sein. Ob dieser handlichen Arbeit hatte sie sich verspätet und wollte jetzt der Gotte das Kind abnehmen; aber diese ließ es nicht, wie man ihr auch zuredete. Das war eine gar zu gute Gelegenheit, dem schönen ledigen Götti zu zeigen, wie stark ihre Arme seien und wie viel sie erleiden möchten. Starke Arme an einer Frau sind einem rechten Bauer viel anständiger als zarte, als so liederliche Stäbchen, die jeder Bysluft, wenn er ernstlich will, auseinanderwehen kann; starke Arme an einer Mutter sind schon vielen Kindern zum Heil gewesen, wenn der Vater starb und die Mutter die Rute allein führen, alleine den Haushaltungswagen aus allen Löchern heben musste, in die er geraten wollte.

Aber auf einmal ist's, als ob jemand die starke Gotte an den Zöpfen halte oder sie vor den Kopf schlage; sie prallt ordentlich zurück, gibt der Jungfrau das Kind, bleibt dann zurück und stellt sich, als ob sie mit dem Strumpfband zu tun hätte. Dann kömmt sie nach, gesellt sich den Männern bei, mischt sich in die Gespräche, will den Großvater unterbrechen, ihn bald mit diesem, bald mit jenem ablenken von dem Gegenstand, den er gefasst hat. Der aber hält, wie alte Leute meist gewohnt sind, seinen Gegenstand fest und knüpft unverdrossen den abgerissenen Faden immer neu wieder an. Nun macht sie sich an des Kindes Vater und versucht diesen durch allerlei Frauen zu Privatgesprächen zu verführen; allein der ist einsilbig und lässt den angesponnenen Faden immer wieder fallen. Vielleicht hat er seine eigenen Gedanken, wie jeder Vater sie haben sollte, wenn man ihm ein Kind zur Taufe trägt und namentlich das erste Bübchen. Je näher man der Kirche kam, desto mehr Leute schlossen dem Zuge sich an; die einen warteten schon mit den Psalmenbüchern in der Hand am Wege, andere sprangen eiliger die engen Fußwege hinunter, und einer großen Prozession ähnlich rückten sie ins Dorf.

Zunächst der Kirche stand das Wirtshaus, die so oft in naher Beziehung stehen und Freud und Leid miteinander teilen, und zwar in allen Ehren. Dort stellte man ab, machte das Bübchen trocken, und der Kindbettimann bestellte eine Maß, wie sehr auch alle einredeten, er solle doch das nicht machen, sie hätten ja erst gehabt, was das Herz verlangt, und möchten weder Dickes noch Dünnes. Indessen, als der Wein einmal da war, tranken doch alle, vornehmlich die Jungfrau; die wird gedacht haben, sie müsse Wein trinken, wenn jemand ihr Wein geben wolle, und das geschehe durch ein langes Jahr durch nicht manchmal. Nur die Gotte war zu keinem Tropfen zu bewegen trotz allem Zureden, das kein Ende nehmen wollte, bis die Wirtin sagte: Man solle doch nachlassen mit Nötigen, das Mädchen werde ja zusehends blässer, und Hoffmannstropfen täten ihm nöter als Wein. Aber die Gotte wollte deren auch nicht, wollte kaum ein Glas bloßes Wasser, musste sich endlich einige Tropfen aus einem Riechfläschchen aufs Nastuch schütten lassen, zog unschuldigerweise manchen verdächtigen Blick sich zu und konnte sich nicht rechtfertigen, konnte sich nicht helfen lassen. An grässlicher Angst litt die Gotte und durfte sie nicht merken lassen. Es hatte ihr niemand gesagt, welchen Namen das Kind erhalten solle und den die Gotte nach alter Übung dem Pfarrer, wenn sie ihm das Kind übergibt, einzuflüstern hat, da derselbe die eingeschriebenen Namen, wenn viele Kinder zu taufen sind, leicht verwechseln kann.

In der Hast ob den vielen zu besorgenden Dingen und der Angst, zu spät zu kommen, hatte man die Mitteilung dieses Namens vergessen, und nach diesem Namen zu fragen, hatte ihr ihres Vaters Schwester, die Base, ein für allemal streng verboten, wenn sie ein Kind nicht unglücklich machen wolle; denn sobald eine Gotte nach des Kindes Namen frage, so werde dieses zeitlebens neugierig. Diesen Namen wusste sie also nicht, durfte nicht darnach fragen, und wenn ihn der Pfarrer auch vergessen hatte und laut und öffentlich darnach fragte oder im Verschuss den Buben Mädeli oder Bäbeli taufte, wie würden da die Leute lachen, und welche Schande wäre dies ihr Leben lang! Das kam ihr immer schrecklicher vor; dem starken Mädchen zitterten die Beine wie Bohnenstauden im Wind, und vom blassen Gesichte rann ihm der Schweiß bachweise.

Jetzt mahnte die Wirtin zum Aufbruch, wenn sie vom Pfarrer nicht wollten angerebelt werden; aber zur Gotte sagte sie: »Du, Meitschi, stehst das nicht aus, du bist ja weiß wie ein frischgewaschenes Hemd.« Das sei vom Laufen, meinte diese, es werde ihr wieder bessern, wenn sie an die frische Luft komme. Aber es wollte ihr nicht bessern, ganz schwarz schienen ihr alle Leute in der Kirche, und nun fing noch das Kind zu schreien an, mörderlich und immer mörderlicher. Die arme Gotte begann es zu wiegen in ihren Armen, heftiger und immer heftiger, je lauter es schrie, dass Blätter stoben von ihrem Maien an der Brust. Auf dieser Brust ward es ihr enger und schwerer, laut hörte man ihr Atemfassen. Je höher ihre Brust sich hob, um so höher flog das Kind in ihren Armen, und je höher es flog, um so lauter schrie es, und je lauter es schrie, um so gewaltiger las der Pfarrer die Gebete. Die Stimmen prasselten ordentlich an den Wänden, und die Gotte wusste nicht mehr, wo sie war; es sauste und brauste um sie wie Meereswogen, und die Kirche tanzte mit ihr in der Luft herum. Endlich sagte der Pfarrer »Amen«, und jetzt war der schreckliche Augenblick da, jetzt sollte es sich entscheiden, ob sie zum Spott werden sollte für Kind und Kindeskinder; jetzt musste sie das Tuch abheben, das Kind dem Pfarrer geben, den Namen ihm ins rechte Ohr flüstern. Sie deckte ab, aber zitternd und bebend, reichte das Kind dar, und der Pfarrer nahm es, sah sie nicht an, frug sie nicht mit scharfem Auge, tauchte die Hand ins Wasser, netzte des plötzlich schweigenden Kindes Stirne und taufte kein Mädeli, kein Bäbeli, sondern einen Hans Uli, einen ehrlichen, wirklichen Hans Uli.

Da war's der Gotte, als ob nicht nur sämtliche Emmentaler Berge ihr vom Herzen fielen, sondern Sonne, Mond und Sterne, und aus einem feurigen Ofen sie jemand trage in ein kühles Bad; aber die ganze Predigt durch bebten ihr die Glieder und wollten nicht wieder stille werden. Der Pfarrer predigte recht schön und eindringlich, wie eigentlich das Leben der Menschen nichts anders sein solle als eine Himmelfahrt; aber zu rechter Andacht brachte es die Gotte nicht, und als man aus der Predigt kam, hatte sie schon den Text vergessen. Sie mochte gar nicht warten, bis sie ihre geheime Angst offenbaren konnte und den Grund ihres blassen Gesichtes. Viel Lachens gab es, und manchen Witz musste sie hören über die Neugierde und wie sich die Weiber davor fürchten und sie doch allen ihren Mädchen anhängten, während sie den Buben nichts täte. Da hätte sie nur getrost fragen können.

Schöne Haberäcker, niedliche Flachsplätze, herrliches Gedeihen auf Wiese und Acker zogen aber bald die Aufmerksamkeit auf sich und fesselten die Gemüter. Sie fanden manchen Grund, langsam zu gehn, stille zu stehn; und doch hatte die schöne, steigende Maiensonne allen warm gemacht, als sie heimkamen, und ein Glas kühlen Weins tat jedermann wohl, wie sehr man sich auch dagegen sträubte. Dann setzte man sich vors Haus, während in der Küche die Hände emsig sich rührten, das Feuer gewaltig prasselte. Die Hebamme glühte wie einer der drei aus dem feurigen Ofen. Schon vor elf rief man zum Essen, aber nur die Diensten, speiste die vorweg und zwar reichlich; aber man war doch froh, wenn sie, die Knechte namentlich, einem aus dem Wege kamen.

Etwas langsam floss den vor dem Hause Sitzenden das Gespräch, doch versiegte es nicht; vor dem Essen stören die Gedanken des Magens die Gedanken der Seele, indessen lässt man nicht gerne diesen innern Zustand inne werden, sondern bemäntelt ihn mit langsamen Worten über gleichgültige Gegenstände. Schon stand die Sonne überm Mittag, als die Hebamme mit flammendem Gesicht, aber immer noch blanker Schürze unter der Tür erschien und die allen willkommene Nachricht brachte, dass man essen könnte, wenn alle da wären. Aber die meisten der Geladenen fehlten noch, und die schon früher nach ihnen gesandten Boten brachten wie die Knechte im Evangelium allerlei Bescheid, mit dem Unterschied jedoch, dass eigentlich alle kommen wollten, nur jetzt noch nicht; der eine hatte Werkleute, der andere Leute bestellt, und der dritte musste noch wohin – aber warten solle man nicht auf sie, sondern nur fortfahren in der Sache. Rätig war man bald, dieser Mahnung zu folgen, denn wenn man auf alle warten müsste, sagte man, so könne das gehen, bis der Mond käme; nebenbei freilich brummte die Hebamme: Es sei doch nichts Dümmeres als ein solches Wartenlassen, im Herzen wäre doch jeder gerne da, und zwar je eher, je lieber, aber es solle niemand merken. So müsse man die Mühe haben, alles wieder an die Wärme zu stellen, wisse nie, ob man genug habe, und werde nie fertig.

War aber schon der Rat wegen den Abwesenden schnell gefasst, so war man doch mit den Anwesenden noch nicht fertig, hatte bedenkliche Mühe, sie in die Stube zum Sitzen zu bringen, denn keiner wollte der erste sein, bei diesem nicht, bei jenem nicht. Als endlich alle saßen, kam die Suppe auf den Tisch, eine schöne Fleischsuppe, mit Safran gefärbt und gewürzt und mit dem schönen weißen Brot, das die Großmutter eingeschnitten, so dick gesättigt, dass von der Brühe wenig sichtbar war. Nun entblößten sich alle Häupter, die Hände falteten sich, und lange und feierlich betete jedes für sich zu dem Geber jeder guten Gabe. Dann erst griff man langsam zum blechernen Löffel, wischte denselben am schönen, feinen Tischtuch aus und ließ sich an die Suppe, und mancher Wunsch wurde laut: Wenn man alle Tage eine solche hätte, so begehrte man nichts anderes. Als man mit der Suppe fertig war, wischte man die Löffel am Tischtuch wieder aus, die

Züpfe wurde herumgeboten, jeder schnitt sich sein Stück ab und sah zu, wie die Voressen an Safranbrühe aufgetragen wurden, Voressen von Hirn, von Schaffleisch, saure Leber. Als die erledigt waren in bedächtigem Zugreifen, kam, in Schüsseln hoch aufgeschichtet, das Rindfleisch, grünes und dürres, jedem nach Belieben, kamen dürre Bohnen und Kannenbirenschnitze, breiter Speck dazu und prächtige Rückenstücke von dreizentnerigen Schweinen, so schön rot und weiß und saftig. Das folgte sich langsam alles, und wenn ein neuer Gast kam, so wurde von der Suppe her alles wieder aufgetragen, und jeder musste da anfangen wo die andern auch, keinem wurde ein einziges Gericht geschenkt. Zwischendurch schenkte Benz, der Kindbettimann, aus den schönen weißen Flaschen, welche eine Maß enthielten und mit Wappen und Sprüchen reich geziert waren, fleißig ein. Wohin seine Arme nicht reichen mochten, trug er andern das Schenkamt auf, nötete ernstlich zum Trinken, mahnte sehr oft: »Machet doch aus, er ist dafür da, dass man ihn trinkt.« Und wenn die Hebamme eine Schüssel hineintrug, so brachte er ihr sein Glas, und andere brachten die ihren ihr auch, so dass wenn sie allemal gehörig hätte Bescheid tun wollen, es in der Küche wunderlich hätte zugehen können.

Der jüngere Götti musste manche Spottrede hören, dass er die Gotte nicht besser zum Trinken zu halten wisse; wenn er das Gesundheitmachen nicht besser verstehe, so kriege er keine Frau. Oh, Hans Uli werde keine begehren, sagte endlich die Gotte, die ledigen Bursche hätten heutzutage ganz andere Sachen im Kopf als das Heiraten, und die meisten vermöchten es nicht einmal mehr. He, sagte Hans Uli, das dünke ihn nichts anders. Solche Schlärpli, wie heutzutage die meisten Mädchen seien, geben gar teure Frauen; die meisten meinten ja, um eine brave Frau zu werden, hätte man nichts nötig als ein blauseidenes Tüchlein um den Kopf, Händschli im Sommer und gestickte Pantöffeli im Winter. Wenn einem die Kühe fehlten im Stalle, so sei man freilich übel geschlagen, aber man könne doch ändern; wenn man aber eine Frau habe, die einen um Haus und Hof bringe, so sei es austubaket, die müsse man behalten. Es sei einem daher nützlicher, man sinne anderen Sachen nach als dem Heiraten und lasse Mädchen Mädchen sein.

»Ja, ja, du hast ganz recht«, sagte der ältere Götti, ein kleines, unscheinbares Männchen in geringen Kleidern, den man aber sehr in Ehren hielt und ihm Vetter sagte, denn er hatte keine Kinder, wohl aber einen bezahlten Hof und hunderttausend Schweizerfranken am Zins; »ja, du hast recht«, sagte der, »mit dem Weibervolk ist gar nichts mehr. Ich will nicht sagen, dass nicht hie und da noch eine ist, die einem Hause wohl ansteht, aber die sind dünn gesäet. Sie haben nur Narrenwerk und Hoffart im Kopf, ziehen sich an wie Pfauen, ziehen auf wie sturme Störche, und wenn eine einen halben Tag arbeiten soll, so hat sie drei Tage lang Kopfweh und liegt vier Tage im Bett, ehe sie wieder bei ihr selber ist. Als ich um meine Alte buhlte, da war es noch anders, da musste man noch nicht so im Kummer sein, man kriege statt einer braven Hausmutter nur einen Hausnarr oder gar einen Hausteufel.«

»He, he, Götti Uli«, sagte die Gotte, die schon lange reden wollte, aber nicht dazu gekommen war, »es würde einen meinen, es seien nur zu deinen Zeiten rechte Bauerntöchter gewesen. Du kennst sie nur nicht und achtest dich der Mädchen nicht mehr, wie es so einem alten Manne auch wohl ansteht; aber es gibt sie noch immer so gut als zur Zeit, wo deine Alte noch jung gewesen ist. Ich will mich nicht rühmen, aber mein Vater hat schon manchmal gesagt, wenn ich so fortfahre, so tue ich noch die Mutter selig durch, und die ist doch eine berühmte Frau gewesen. So schwere Schweine wie voriges Jahr hat mein Vater noch nie auf den Markt geführt. Der Metzger hat ihm manchmal gesagt: Er möchte das Meitschi sehen, welches die gemästet habe. Aber über die heutigen Buben hat man zu klagen; was um der lieben Welt willen ist dann mit diesen? Tubaken, im Wirtshaus sitzen, die weißen Hüte auf der Seite tragen und die Augen aufsperren wie Stadttore, allen Kegelten, allen Schießeten, allen schlechten Meitschene nachstreichen, das können sie; aber wenn einer eine Kuh melken oder einen Acker fahren soll, so ist er fertig, und wenn er ein Werkholz in die Finger nimmt, so tut er dumm wie ein Herr oder gar wie ein Schreiber. Ich habe mich schon manchmal hoch verredet ich wolle keinen Mann, oder ich wisse dann für gewiss, wie ich mit ihm fahren könne, und wenn schon hie und da noch einer einen Bauer abgibt, so weiß man doch noch lange nicht, was er für ein Mann wird.« Da lachten die andern gar sehr, trieben dem Mädchen das Blut ins Gesicht und das Gespött mit ihm: Wie lange es wohl meine, dass man einen auf die Probe nehmen müsse, bis man für gewiss wisse, was er für ein Mann werde.

So unter Lachen und Scherz nahm man viel Fleisch zu sich, vergaß auch die Kannenbirenschnitze nicht, bis endlich der ältere Götti sagte: Es dünke ihn, man sollte einstweilen genug haben und etwas vom Tische weg; die Beine würden unter dem Tische ganz steif, und eine Pfeife schmecke nie besser, als wenn man zuvor Fleisch gegessen hätte. Dieser Rat erhielt allgemeinen Beifall, wie auch die Kindbettileute einredeten, man solle doch nicht vom Tische weg; wenn man einmal davon sei, so bringe man die Menschen fast nicht mehr dazu. »Habe doch nicht Kummer, Base«, sagte der Vetter, »wenn du etwas Gutes auf den Tisch stellst, so hast du mit geringer Mühe uns wieder dabei, und wenn wir uns ein wenig strecken, so geht es um so handlicher wieder mit dem Essen.«

Die Männer machten nun die Runde in den Ställen, taten einen Blick auf die Bühne, ob noch altes Heu vorhanden sei, rühmten das schöne Gras und schauten in die Bäume hinauf, wie groß der Segen wohl sein möge, der von ihnen zu hoffen sei. Unter einem der noch blühenden Bäume machte der Vetter Halt und sagte: Da schicke es sich wohl am besten, abzusitzen und ein Pfeifchen anzustecken; es sei gut kühl da, und wenn die Weiber wieder etwas Gutes angerichtet hätten, so sei man nahe bei der Hand. Bald gesellte sich die Gotte zu ihnen, die mit den andern Weibern den Garten und die Pflanzplätze besehen hatte. Der Gotte kamen die andern Weiber nach, und eine nach der andern ließ sich nieder ins Gras, vorsichtig die schönen Kittel in Sicherheit bringend, dagegen ihre Unterröcke mit dem hellen roten Rande der Gefahr aussetzend, ein Andenken zu erhalten vom grünen Grase.

Der Baum, um den die ganze Gesellschaft sich lagerte, stand oberhalb des Hauses am sanften Anfang der Halde. Zuerst ins Auge fiel das schöne, neue Haus; über dasselbe weg konnten die Blicke schweifen an den jenseitigen Talesrand, über manchen schönen, reichen Hof und weiterhin über grüne Hügel und dunkle Täler weg.

»Du hast da ein stattliches Haus, und alles ist gut angegeben dabei«, sagte der Vetter, »jetzt könnt ihr auch sein darin und habt Platz für alles; ich konnte nie begreifen, wie man sich in einem so schlechten Hause so lange leiden kann, wenn man Geld und Holz genug zum Bauen hat, wie ihr zum Exempel.« »Vexier nicht, Vetter«, sagte der Großvater, »es hat von beidem nichts zu rühmen; dann ist das Bauen eine wüste Sache, man weiß wohl, wie man anfängt, aber nie, wie man aufhört, und manchmal ist einem noch dies im Wege oder das, an jedem Orte etwas anders.«

»Mir gefällt das Haus ganz ausnehmend wohl«, sagte eine der Frauen. »Wir sollten auch schon lange ein neues haben, aber wir scheuen immer die Kosten. Sobald mein Mann aber kommt, muss er dieses recht besehen; es dünkt mich, wenn wir so eins haben könnten, ich wäre im Himmel. Aber fragen möchte ich doch, nehmt es nicht für ungut, warum da gleich neben dem ersten Fenster der wüste schwarze Fensterposten ist, der steht dem ganzen Hause übel an.«

Der Großvater machte ein bedenkliches Gesicht, zog noch härter an seiner Pfeife und sagte endlich: Es hätte an Holz gefehlt beim Aufrichten, kein anderes sei gleich bei der Hand gewesen, da habe man in Not und Eile einiges vom alten Hause genommen. »Aber«, sagte die Frau, »das schwarze Stück Holz war ja noch dazu zu kurz, oben und unten ist es angesetzt, und jeder Nachbar hätte euch von Herzen gerne ein ganz neues Stück gegeben.« »Ja, wir haben es halt nicht besser gsinnet und durften unsere Nachbaren nicht immer von neuem plagen, sie hatten uns schon genug geholfen mit

Holz und Fahren«, antwortete der Alte. »Hör, Ätti«, sagte der Vetter, »mache nicht Schneckentänze, sondern gib die Wahrheit an und aufrichtigen Bericht. Schon manches habe ich raunen hören, aber Punktum das Wahre nie vernehmen können. Jetzt schickte es sich so wohl, bis die Weiber den Braten zweg haben; du würdest uns damit so kurze Zeit machen, darum gib aufrichtigen Bericht.« Noch manchen Schneckentanz machte der Großvater, ehe er sich dazu verstund; aber der Vetter und die Weiber ließen nicht nach, bis er es endlich versprach, jedoch unter dem ausdrücklichen Vorbehalt, dass ihm dann lieber wäre, was er erzähle, bliebe unter ihnen und käme nicht weiter. So etwas scheuen gar viele Leute an einem Hause, und er möchte in seinen alten Tagen nicht gerne seinen Leuten böses Spiel machen.

»Allemal, wenn ich dieses Holz betrachte«, begann der ehrwürdige Alte, »so muss ich mich verwundern, wie das wohl zuging, dass aus dem fernen Morgenlande, wo das Menschengeschlecht entstanden sein soll, Menschen bis hierher kamen und diesen Winkel in diesem engen Graben fanden, und muss denken, was die, welche bis hierher verschlagen oder gedrängt wurden, alles ausgestanden haben werden und wer sie wohl mögen gewesen sein. Ich habe viel darüber nachgefragt, aber nichts erfahren können, als dass diese Gegend schon sehr früh bewohnt gewesen, ja Sumiswald, noch ehe unser Heiland auf der Welt war, eine Stadt gewesen sein soll; aber aufgeschrieben steht das nirgends. Doch das weiß man, dass es schon mehr als sechshundert Jahre her ist, dass das Schloss steht, wo jetzt das Spital ist, und wahrscheinlich um dieselbe Zeit stund auch hier schon ein Haus und gehörte samt einem großen Teil der Umgegend zu dem Schlosse, musste dorthin Zehnten und Bodenzinse geben, Frondienste leisten, ja die Menschen waren leibeigen und nicht eigenen Rechts, wie jetzt jeder ist, sobald er zu Jahren kommt. Gar ungleich hatten es damals die Menschen, und nahe beieinander wohnten Leibeigene, welche die besten Händel hatten, und solche, die schwer, fast unerträglich gedrückt wurden, ihres Lebens nicht sicher waren. Ihr Zustand hing jeweilen von ihren Herren ab; die waren gar ungleich und doch fast unumschränkt Meister über ihre Leute, und diese fanden keinen, dem sie so leichtlich und wirksam klagen konnten. Die, welche zu diesem Schlosse gehörten, sollen es schlimmer gehabt haben zu Zeiten als die meisten, welche zu andern Schlössern gehörten. Die meisten andern Schlösser gehörten einer Familie, kamen von dem Vater auf den Sohn, da kannten der Herr und seine Leute sich von Jugend auf, und gar mancher war seinen Leuten wie ein Vater. Dieses Schloss kam nämlich früh in die Hände von Rittern, die man die Teutschen nannte, und der, welcher hier zu befehlen hatte, den nannte man den Komtur. Diese Obern wechselten nun, und bald war einer da aus dem Sachsenland und bald einer aus dem Schwabenland;

da kam keine Anhänglichkeit auf, und ein jeder brachte Brauch und Art mit aus seinem Lande.«

Nun sollten sie eigentlich in Polen und im Preußenland mit den Heiden streiten, und dort, obgleich sie eigentlich geistliche Ritter waren, gewöhnten sie sich fast an ein heidnisch Leben und gingen mit andern Menschen um, als ob kein Gott im Himmel wäre, und wenn sie dann heimkamen, so meinten sie noch immer, sie seien im Heidenland, und trieben das gleiche Leben fort. Denn die, welche lieber im Schatten lustig lebten als im wüsten Lande blutig stritten, oder die, welche ihre Wunden heilen, ihren Leib stärken mussten, kamen auf die Güter, welche der Orden, so soll man die Gesellschaft der Ritter genannt haben, in Deutschland und in der Schweiz besaß, und taten jeder nach seiner Art und was ihm wohlgefiel.

Einer der Wüstesten soll der Hans von Stoffeln gewesen sein aus dem Schwabenlande, und unter ihm soll es sich zugetragen haben, was ihr von mir wissen wollt und was sich bei uns von Vater auf den Sohn vererbt hat.

Diesem Hans von Stoffeln fiel es ein, dort hinten auf dem Bärhegenhubel ein großes Schloss zu bauen; dort, wo man noch jetzt, wenn es wild Wetter geben will, die Schlossgeister ihre Schätze sonnen sieht, stand das Schloss. Sonst bauten die Ritter ihre Schlösser über den Straßen, wie man jetzt die Wirtshäuser an die Straßen baut, beides, um die Leute besser plündern zu können, auf verschiedene Weise freilich. Warum aber der Ritter dort auf dem wilden, wüsten Hubel in der Einöde ein Schloss haben wollte, wissen wir nicht; genug, er wollte es, und die Bauern, welche zum Schlosse gehörten, mussten es bauen. Der Ritter fragte nach keinem von der Jahreszeit gebotenen Werk, nicht nach dem Heuet, nicht nach der Ernte, nicht nach dem Säet. So und so viel Züge mussten fahren, so und so viel Hände mussten arbeiten, zu der und der Zeit sollte der letzte Ziegel gedeckt, der letzte Nagel geschlagen sein. Dazu schenkte er keine Zehntgarbe, kein Mäß Bodenzins, kein Fasnachthuhn, ja nicht einmal ein Fasnachtei; Barmherzigkeit kannte er keine, die Bedürfnisse armer Leute kannte er nicht. Er ermunterte sie auf heidnische Weise mit Schlägen und Schimpfen, und wenn einer müde wurde, langsamer sich rührte oder gar ruhen wollte, so war der Vogt hinter ihm mit der Peitsche, und weder Alter noch Schwachheit ward verschont. Wenn die wilden Ritter oben waren, so hatten sie ihre Freude dran, wenn die Peitsche recht knallte, und sonst trieben sie noch manchen Schabernack mit den Arbeitern; wenn sie ihre Arbeit mutwillig verdoppeln konnten, so sparten sie es nicht und hatten dann große Freude an ihrer Angst, an ihrem Schweiß.

Endlich war das Schloss fertig, fünf Ellen dick die Mauern; niemand wusste, warum es da oben stand, aber die Bauern waren froh, dass es einmal stand, wenn es doch stehen musste, der letzte Nagel geschlagen, der letzte

Ziegel oben war. Sie wischten sich den Schweiß von den Stirnen, sahen mit betrübtem Herzen sich um in ihrem Besitztum, sahen seufzend, wie weit der unselige Bau sie zurückgebracht. Aber war doch ein langer Sommer vor ihnen und Gott über ihnen, darum fassten sie Mut und kräftig den Pflug und trösteten Weib und Kind, die schweren Hunger gelitten und denen Arbeit eine neue Pein schien.

Aber kaum hatten sie den Pflug ins Feld geführt, so kam Botschaft, dass alle Hofbauern eines Abends zur bestimmten Stunde im Schlosse zu Sumiswald sich einfinden sollten. Sie bangten und hofften. Freilich hatten sie von den gegenwärtigen Bewohnern des Schlosses noch nichts Gutes genossen, sondern lauter Mutwillen und Härte, aber es dünkte sie billig, dass die Herren ihnen etwas täten für den unerhörten Frondienst, und weil es sie so dünkte, so meinten viele, es dünke die Herren auch so und sie werden an selbem Abend ihnen ein Geschenk machen oder einen Nachlass verkünden wollen.

Sie fanden sich am bestimmten Abend zeitig und mit klopfendem Herzen ein, mussten aber lange warten im Schlosshofe, den Knechten zum Gespött. Die Knechte waren auch im Heidenland gewesen. Zudem wird es gewesen sein wie jetzt, wo jedes halbbatzige Herrenknechtlein das Recht zu haben meint, gestandene Bauern verachten zu können und verhöhnen zu dürfen.

Endlich wurden sie in den Rittersaal entboten; vor ihnen öffnete sich die schwere Türe, drinnen saßen um den schweren Eichentisch die schwarzbraunen Ritter, wilde Hunde zu ihren Füßen, und obenan der von Stoffeln, ein wilder, mächtiger Mann, der einen Kopf hatte wie ein doppelt Bernmäß, Augen machte wie Pflugsräder und einen Bart hatte wie eine alte Löwenmähne. Keiner ging gerne zuerst hinein, einer stieß den andern vor. Da lachten die Ritter, dass der Wein über die Humpen spritzte, und wütend stürzten die Hunde vor; denn wenn diese zitternde, zagende Glieder sehen, so meinen sie, dieselben gehören einem zu jagenden Wilde. Den Bauern aber ward nicht gut zumute, es dünkte sie, wenn sie nur wieder daheim wären, und einer drückte sich hinter den andern. Als endlich Hunde und Ritter schwiegen, erhob der von Stoffeln seine Stimme, und sie tönte wie aus einer hundertjährigen Eiche.»Mein Schloss ist fertig, doch noch eines fehlt, der Sommer kommt, und droben ist kein Schattengang. In Zeit eines Monates sollt ihr mir einen pflanzen, sollt hundert ausgewachsene Buchen nehmen aus dem Münneberg mit Ästen und Wurzeln und sollt sie mir pflanzen auf Bärhegen, und wenn eine einzige Buche fehlt, so büßt ihr mir es mit Gut und Blut. Drunten steht Trunk und Imbiss, aber morgen soll die erste Buche auf Bärhegen stehn.« Als von Trunk und Imbiss einer hörte, meinte er, der Ritter sei gnädig und gut gelaunt, und begann zu reden von ihrer notwendigen Arbeit und dem Hunger von Weib und Kind und vom Winter, wo die Sache besser zu machen wäre. Da begann der Zorn des Ritters Kopf größer und größer zu schwellen, und seine Stimme brach los wie der Donner aus einer Fluh, und er sagte ihnen: Wenn er gnädig sei, so seien sie übermütig. Wenn im Polenland einer das nackte Leben habe, so küsse er einem die Füße, hier hätten sie Kind und Rind, Dach und Fach und doch nicht satt. »Aber gehorsamer und genügsamer mache ich euch, so wahr ich Hans von Stoffeln bin, und wenn in Monatsfrist die hundert Buchen nicht oben stehen, so lasse ich euch peitschen, bis kein Fingerlang mehr ganz an euch ist, und Weiber und Kinder werfe ich den Hunden vor.«

Da wagte keiner mehr eine Einrede, aber auch keiner begehrte von dem Trunk und Imbiss; sie drängten sich, als der zornige Befehl gegeben war, zur Türe hinaus, und jeder wäre gerne der erste gewesen, und weithin folgte ihnen des Ritters donnernde Stimme nach, der andern Ritter Gelächter, der Knechte Spott, der Rüden Geheul.

Als der Weg sich beugte, vom Schlosse sie nicht mehr konnten gesehen werden, setzten sie sich an des Weges Rand und weinten bitterlich; keiner hatte einen Trost für den andern, und keiner hatte den Mut zu rechtem Zorn, denn Not und Plage hatten den Mut ihnen ausgelöscht, so dass sie keine Kraft mehr zum Zorne hatten, sondern nur noch zum Jammer. Über drei Stunden weit sollten sie durch wilde Wege die Buchen führen mit Ästen und Wurzeln den steilen Berg hinauf, und neben diesem Berge wuchsen viele und schöne Buchen, und die mussten sie stehen lassen! In Monatsfrist sollte das Werk geschehen sein, zwei Tage drei, den dritten vier Bäume sollten sie schleppen durchs lange Tal, den steilen Berg auf mit ihrem ermatteten Vieh. Und über alles dieses war es der Maimond, wo der Bauer sich rühren muss auf seinem Acker, fast Tag und Nacht ihn nicht verlassen darf, wenn er Brot will und Speise für den Winter.

Wie sie da so ratlos weinten, keiner den andern ansehen, in den Jammer des andern sehen durfte, weil der seinige schon über ihm zusammenschlug, und keiner heim durfte mit der Botschaft, keiner den Jammer heimtragen mochte zu Weib und Kind, stund plötzlich vor ihnen, sie wussten nicht woher, lang und dürre ein grüner Jägersmann. Auf dem kecken Barett schwankte eine rote Feder, im schwarzen Gesicht flammte ein rotes Bärtchen, und zwischen der gebogenen Nase und dem zugespitzten Kinn, fast unsichtbar wie eine Höhle unter überhangendem Gestein, öffnete sich ein Mund und frug: »Was gibt es, ihr guten Leute, dass ihr dasitzet und heulet, dass es Steine aus dem Boden sprengt und Äste ab den Bäumen?« Zweimal frug er also, und zweimal erhielt er keine Antwort. Da ward noch schwärzer des Grünen schwarz Gesicht, noch röter das rote Bärtchen, es schien darin zu knistern und zu spretzeln wie Feuer im Tannenholz; wie ein Pfeil spitzte sich der Mund, dann tat er sich auseinander und frug ganz holdselig und mild »Aber ihr guten Leute, was hilft es euch, dass ihr dasitzet und heulet? Ihr könnt da heulen, bis es eine neue Sündflut gibt oder euer Geschrei die Sterne aus dem Himmel sprengt; aber damit wird euch wahrscheinlich wenig geholfen sein. Wenn euch aber Leute fragen, was ihr hättet, Leute, die es gut mit euch meinen, euch vielleicht helfen könnten, so solltet ihr, statt zu heulen, antworten und ein vernünftig Wort reden, das hülfe euch viel mehr.«

Da schüttelte ein alter Mann das weiße Haupt und sprach: »Haltet es nicht für ungut, aber das, worüber wir weinen, nimmt kein Jägersmann uns ab, und wenn das Herz einmal im Jammer verschwollen ist, so kommen keine Worte mehr daraus.«

Da schüttelte sein spitziges Haupt der Grüne und sprach: »Vater, Ihr redet nicht dumm, aber so ist es doch nicht. Man mag schlagen, was man will, Stein oder Baum, so gibt es einen Ton von sich, es klaget. So soll auch der Mensch klagen, soll alles klagen, soll dem ersten Besten klagen, vielleicht hilft ihm der erste Beste. Ich bin nur ein Jägersmann, wer weiß, ob ich nicht daheim ein tüchtiges Gespann habe, Holz und Steine oder Buchen und Tannen zu führen!«

Als die armen Bauern das Wort Gespann hörten, fiel es ihnen allen ins Herz, ward da zu einem Hoffnungsfunken, und alle Augen sahen auf ihn, und dem Alten ging der Mund noch weiter auf, er sprach: Es sei nicht immer richtig, dem ersten Besten zu sagen, was man auf dem Herzen hätte; da man ihm es aber anhöre, dass er es gut meine, dass er vielleicht helfen könne, so wolle man kein Hehl vor ihm haben. Mehr als zwei Jahre hätten sie schwer gelitten unter dem neuen Schlossbau, kein Hauswesen sei in der ganzen Herrschaft, welches nicht bitterlich im Mangel sei. Jetzt hätten sie frisch aufgeatmet, in der Meinung, endlich freie Hände zu haben zur eigenen Arbeit, hätten mit neuem Mut den Pflug ins Feld geführt, und soeben hätte der Komtur ihnen befohlen, aus im Münneberg gewachsenen Buchen in Monatsfrist beim neuen Schloss einen neuen Schattengang zu pflanzen. Sie wüssten nicht, wie das vollbringen in dieser Frist mit ihrem abgekarrten Vieh, und wenn sie es vollbrächten, was hülfe es ihnen? Anpflanzen könnten sie nicht und müssten nachher Hungers sterben, im Fall die harte Arbeit sie nicht schon tötete. Diese Botschaft dürften sie nicht heimtragen, möchten nicht zum alten Elend noch den neuen Jammer schütten.

Da machte der Grüne ein gar mitleidiges Gesicht, hob drohend die lange, magere, schwarze Hand gegen das Schloss empor und vermaß sich zu schwerer Rache gegen solche Tyrannei. Ihnen aber wolle er helfen. Sein Gespann, wie keines sei im Lande, solle vom Kilchstalden weg, diesseits

Sumiswald, ihnen alle Buchen, so viele sie dorthin zu bringen vermöchten, auf Bärhegen führen, ihnen zulieb, den Rittern zum Trotz und um geringen Lohn.

Da horchten hoch auf die armen Männer bei diesem unerwarteten Anerbieten. Konnten sie um den Lohn einig werden, so waren sie gerettet, denn bis an den Kilchstalden konnten sie die Buchen führen, ohne dass ihre Landarbeit darüber versäumt und sie zugrunde gingen. Darum sagte der Alte: »So sag an, was du verlangst, auf dass wir mit dir des Handels einig werden mögen.« Da machte der Grüne ein pfiffig Gesicht; es knisterte in seinem Bärtchen, und wie Schlangenaugen funkelten sie seine Augen an, und ein gräulich Lachen stand in beiden Mundwinkeln, als er ihn voneinander tat und sagte: »Wie ich gesagt, ich begehre nicht viel, nicht mehr als ein ungetauftes Kind.«

Das Wort zuckte durch die Männer wie ein Blitz, eine Decke fiel von ihren Augen, und wie Spreu im Wirbelwind stoben sie auseinander.

Da lachte hell auf der Grüne, dass die Fische im Bache sich bargen, die Vögel das Dickicht suchten, und grausig schwankte die Feder am Hut, und auf und nieder ging das Bärtchen. »Besinnt euch oder sucht bei euren Weibern Rat, in der dritten Nacht findet ihr hier mich wieder!« So rief er den Fliehenden mit scharf tönender Stimme nach, dass die Worte in ihren Ohren hängen blieben, wie Pfeile mit Widerhaken hängen bleiben im Fleische.

Blass und zitternd an der Seele und an allen Gliedern stäubten die Männer nach Hause; Keiner sah nach dem andern sich um, Keiner hätte den Hals gedreht, nicht um alle Güter der Welt. Als so verstört die Männer dahergestoben kamen wie Tauben, vom Vogel gejagt, zum Taubenschlag, da drang mit ihnen der Schrecken in alle Häuser, und alle bebten vor der Kunde, welche den Männern die Glieder also durcheinanderwarf.

In zitternder Neugierde schlichen die Weiber den Männern nach, bis sie dieselben an den Orten hatten, wo man im Stillen ein vertraut Wort reden konnte. Da musste jeder Mann seinem Weibe erzählen, was sie im Schloss vernommen, das hörten sie mit Wut und Fluch; sie mussten erzählen, wer ihnen begegnet, was er ihnen angetragen. Da ergriff namenlose Angst die Weiber, ein Wehgeschrei tönte über Berg und Tal, einer jeden ward, als hätte ihr eigen Kind der Ruchlose begehrt. Ein einziges Weib schrie nicht den andern gleich. Das war ein grausam handlich Weib, eine Lindauerin soll es gewesen sein, und hier auf dem Hofe hat es gewohnt. Es hatte wilde, schwarze Augen und fürchtete sich nicht viel vor Gott und Menschen. Böse war es schon geworden, dass die Männer dem Ritter nicht rundweg das Begehren abgeschlagen; wenn es dabei gewesen, es hätte ihm es sagen wollen, sagte es. Als sie vom Grünen hörte und seinem Antrag und wie die Männer davongestoben, da ward sie erst recht böse und schalt die Männer über ihre Feigheit und dass sie dem Grünen nicht kecker ins Gesicht gesehen; vielleicht hätte er mit einem andern Lohn sich auch begnügt, und da die Arbeit für das Schloss sei, würde es ihren Seelen nichts schaden, wenn der Teufel sie mache. Sie ergrimmte in der Seele, dass sie nicht dabei gewesen, und wäre es nur, damit sie einmal den Teufel gesehen und auch wüsste, was er für ein Aussehen hätte. Darum weinte dieses Weib nicht, sondern redete in seinem Grimm harte Worte gegen den eigenen Mann und gegen alle andern Männer.

Des folgenden Tages, als in stilles Gewimmer das Wehgeschrei verglommen war, saßen die Männer zusammen, suchten Rat und fanden keinen. Anfangs war die Rede von neuem Bitten bei dem Ritter; aber niemand wollte bitten gehen, keinem schien Leib und Leben feil. Einer wollte Weiber und Kinder schicken mit Geheul und Jammer, der aber verstummte schnell, als die Weiber zu reden begannen; denn schon damals waren die Weiber in der Nähe, wenn die Männer im Rate saßen. Sie wussten keinen Rat, als in Gottes Namen Gehorsam zu versuchen; sie wollten Messen lesen lassen, um Gottes Beistand zu gewinnen, wollten Nachbaren um nächtliche geheime Hilfe ansprechen, denn eine offenbare hätten ihnen ihre Herren nicht erlaubt, wollten sich teilen; die Hälfte sollte bei den Buchen schaffen, die andere Hälfte Hafer säen und des Viehes warten. Sie hofften auf diese Weise und mit Gottes Hilfe täglich wenigstens drei Buchen auf Bärhegen hinauf zu schaffen; vom Grünen redete niemand, ob niemand an ihn dachte, ist nicht verzeichnet worden.

Sie teilten sich ein, rüsteten die Werkzeuge, und als der erste Maitag über seine Schwelle kam, sammelten die Männer sich am Münneberg und begannen mit gefasstem Mute die Arbeit. In weitem Ringe mussten die Buchen umgraben, sorgfältig die Wurzeln geschont, sorgfältig die Bäume, damit sie sich nicht verletzten, zur Erde gelassen werden. Noch war der Morgen nicht hoch am Himmel, als drei zur Abfahrt bereit lagen, denn immer drei sollten zusammen geführt werden, damit man auf dem schweren Weg mit Hand und Vieh sich gegenseitig helfen könne. Aber schon stund die Sonne im Mittag, und noch waren sie mit den drei Buchen nicht zum Walde hinaus, schon stand sie hinter den Bergen, und noch waren die Züge nicht über Sumiswald hinaus; erst der neue Morgen fand sie am Fuße des Berges, auf dem das Schloss stand und die Buchen sollten gepflanzet werden. Es war, als ob ein eigener Unstern Macht hätte über sie. Ein Missgeschick nach dem andern traf sie: die Geschirre zerrissen, die Wagen brachen, Pferde und Ochsen fielen oder verweigerten den Gehorsam. Noch ärger ging es am zweiten Tage. Neue Not brachte immerfort neue Mühe, unter rastloser Arbeit keuchten die Armen, und keine Buche war noch oben, keine vierte Buche über Sumiswald hinaus geschafft.

Der von Stoffeln schalt und fluchte; je mehr er schalt und fluchte, um so größer ward der Unstern, um so stättiger das Vieh. Die andern Ritter lachten und höhnten und freuten sich gar sehr über das Zappeln der Bauern, den Zorn des von Stoffeln. Sie hatten gelacht über des von Stoffeln neues Schloss auf dem nackten Gipfel. Da hatte der geschworen: In Monatsfrist müsste ein schöner Laubgang droben sein. Darum fluchte er, darum lachten die Ritter, und weinen taten die Bauern.

Eine fürchterliche Mutlosigkeit erfasste diese, keinen Wagen hatten sie mehr ganz, keinen Zug unbeschädigt, in zwei Tagen nicht drei Buchen zur Stelle gebracht, und alle Kraft war erschöpft.

Nacht war es geworden, schwarze Wolken stiegen auf, es blitzte zum ersten Male in diesem Jahre. An den Weg hatten sich die Männer gesetzt; es war die gleiche Beugung des Weges, in welcher sie vor drei Tagen gesessen waren, sie wussten es aber nicht. Da saß der Hornbachbauer, der Lindauerin Mann, mit zwei Knechten, und andere mehr saßen auch bei ihnen. Sie wollten da auf Buchen warten, die von Sumiswald kommen sollten, wollten ungestört sinnen über ihr Elend, wollten ruhen lassen ihre zerschlagenen Glieder. Da kam rasch, dass es fast pfiff, wie der Wind pfeift, wenn er aus den Kammern entronnen ist, ein Weib daher, einen großen Korb auf dem Kopfe. Es war Christine, die Lindauerin, des Hornbachbauern Eheweib, zu dem derselbe gekommen war, als er einmal mit seinem Herrn zu Felde gezogen war. Sie war nicht von den Weibern, die froh sind, daheim zu sein, in der Stille ihre Geschäfte zu beschicken, und die sich um nichts kümmern als um Haus und Kind. Christine wollte wissen, was ging, und wo sie ihren Rat nicht dazu geben konnte, da ginge es schlecht, so meinte sie.

Mit der Speise hatte sie daher keine Magd gesandt, sondern den schweren Korb auf den eigenen Kopf genommen und die Männer lange gesucht umsonst; bittere Worte ließ sie fallen darüber, sobald sie dieselben gefunden. Unterdessen war sie aber nicht müßig, die konnte noch reden und schaffen zu gleicher Zeit. Sie stellte den Korb ab, deckte den Kübel ab, in welchem das Hafermus war, legte das Brot und den Käse zurecht und steckte jedem gegenüber für Mann und Knecht die Löffel ins Mus und hieß auch die andern zugreifen, die noch speislos waren. Dann frug sie nach der Männer Tagewerk und wie viel geschafft worden in den zwei Tagen. Aber Hunger und Worte waren den Männern ausgegangen, und keiner griff zum Löffel, und keiner hatte eine Antwort. Nur ein leichtfertig Knechtlein, dem es gleichgültig war, regne oder sonnenscheine es in der Ernte, wenn nur das Jahr umging und der Lohn kam und zu jeder Essenszeit das Essen auf den Tisch, griff zum Löffel und berichtete Christine, dass noch keine Buche gepflanzet sei und alles gehe, als ob sie verhext wären.

Da schalt die Lindauerin, dass das eitel Einbildung wäre und die Männer nichts als Kindbetterinnen; mit Schaffen und Weinen, mit Hocken und Heulen werde man keine Buchen auf Bärhegen bringen. Ihnen würde nur ihr Recht widerfahren, wenn der Ritter seinen Mutwillen an ihnen ausließe; aber um Weib und Kinder willen müsse die Sache anders zur Hand genommen werden. Da kam plötzlich über die Achsel des Weibes eine lange schwarze Hand, und eine gellende Stimme rief: »Ja, die hat recht!« Und mitten unter ihnen stand mit grinsendem Gesicht der Grüne, und lustig schwankte die rote Feder auf seinem Hute. Da hob der Schreck die Männer von dannen, sie stoben die Halde auf wie Spreu im Wirbelwinde.

Nur Christine, die Lindauerin, konnte nicht fliehen; sie erfuhr es, wie man den Teufel leibhaftig kriegt, wenn man ihn an die Wand male. Sie blieb stehen wie gebannt, musste schauen die rote Feder am Barett und wie das rote Bärtchen lustig auf- und niederging im schwarzen Gesichte. Gellend lachte der Grüne den Männern nach, aber gegen Christine machte er ein zärtlich Gesicht und fasste mit höflicher Gebärde ihre Hand. Christine wollte sie wegziehen, aber sie entrann dem Grünen nicht mehr; es war ihr, als zische Fleisch zwischen glühenden Zangen. Und schöne Worte begann er zu reden, und zu den Worten zwitzerte lüstern sein rot Bärtchen auf und ab. So ein schön Weibchen habe er lange nicht gesehen, sagte er, das Herz lache ihm im Leibe; zudem habe er sie gerne mutig, und gerade die seien ihm die Liebsten, welche stehen bleiben dürften, wenn die Männer davonliefen.

Wie er so redete, kam Christinen der Grüne immer weniger schreckhaft vor. Mit dem sei doch noch zu reden, dachte sie, und sie wüsste nicht, warum davonlaufen, sie hätte schon viel Wüstere gesehen. Der Gedanke kam ihr immer mehr: mit dem ließe sich etwas machen, und wenn man recht mit ihm zu reden wüsste, so täte er einem wohl einen Gefallen, oder am Ende könnte man ihn übertölpeln wie die andern Männer auch. Er wüsste gar nicht, fuhr der Grüne fort, warum man sich so vor ihm scheue; er meine es doch so gut mit allen Menschen, und wenn man so grob gegen ihn sei, so müsse man sich nicht wundern, wenn er den Leuten nicht immer täte, was ihnen am liebsten wäre. Da fasste Christine ein Herz und antwortete: Er erschrecke aber die Leute auch, dass es schrecklich wäre. Warum habe er ein ungetauft Kind verlangt, er hätte doch von einem andern Lohn reden können, das komme den Leuten gar verdächtig vor; ein Kind sei immer ein Mensch, und ungetauft eins aus den Händen geben, das werde kein Christ tun. »Das ist mein Lohn, an den ich gewohnt bin, und um anderen fahre ich nicht, und was frägt man doch so einem Kinde nach, das noch niemand kennt! So jung gibt man sie am liebsten weg, hat man doch noch keine Freude an ihnen gehabt und keine Mühe mit ihnen. Ich aber habe sie je jünger, je lieber; je früher ich ein Kind erziehen kann auf meine Manier, um so weiter bringe ich es, dazu habe ich aber das Taufen gar nicht nötig und will es nicht.« Da sah Christine wohl, dass er mit keinem andern Lohn sich werde begnügen wollen; aber es wuchs in ihr immer mehr der Gedanke: das wäre doch der Einzige, der nicht zu betrügen wäre.

Darum sagte sie: Wenn aber einer etwas verdienen wolle, müsste er sich mit dem Lohne begnügen, den man ihm geben könne; sie aber hätten gegenwärtig in keinem Hause ein ungetauft Kind, und in Monatsfrist gebe es keins, und in dieser Zeit müssten die Buchen geliefert sein. Da schwänzelte gar höflich der Grüne und sagte: »Ich begehre das Kind ja nicht im Voraus. Sobald man mir verspricht, das erste zu liefern ungetauft, welches geboren wird, so bin ich schon zufrieden.« Das gefiel Christine gar wohl. Sie wusste, dass es in geraumer Zeit kein Kind geben werde in ihrer Herren Gebiet. Wenn nun einmal der Grüne sein Versprechen gehalten und die Buchen gepflanzt seien, so brauche man ihm gar nichts mehr zu geben, weder ein Kind noch was anderes man lasse Messen lesen zu Schutz und Trutz und lache tapfer den Grünen aus, so dachte Christine. Sie dankte daher schon ganz herzhaft für das gute Anerbieten und sagte: Es sei zu bedenken, und sie wolle mit den Männern darüber reden. »Ja«, sagte der Grüne, »da ist gar nichts mehr weder zu denken noch zu reden. Für heute habe ich euch bestellt, und jetzt will ich den Bescheid; ich habe noch an gar vielen Orten zu tun und bin nicht bloß wegen euch da. Du musst mir zu- oder absagen, nachher will ich von dem ganzen Handel nichts mehr wissen.« Christine wollte die Sache verdrehen, denn sie nahm sie nicht gerne auf sich, sie wäre sogar gerne zärtlich geworden, um Stundung zu erhalten; allein der Grüne war nicht aufgelegt, wankte nicht, »jetzt oder nie«, sagte er. Sobald aber der Handel geschlossen sei um ein einzig Kind, so wolle er in jeder Nacht so viel Buchen auf Bärhegen führen, als man ihm vor Mitternacht unten an den Kirchstalden liefere, dort wollte er sie in Empfang nehmen. »Nun, schöne Frau, bedenke dich nicht«, sagte der Grüne und klopfte Christine holdselig auf die Wange. Da klopfte doch ihr Herz, sie hätte lieber die Männer hineingestoßen, um hintendrein ihnen Schuld geben zu können. Aber die Zeit drängte, kein Mann war da als Sündenbock, und der Glaube verließ sie nicht, dass sie listiger als der Grüne sei und wohl ein Einfall kommen werde, ihn mit langer Nase abzuspeisen. Darum sagte Christine: Sie für ihre Person wolle zugesagt haben; wenn aber dann später die Männer nicht wollten, so vermöchte sie sich dessen nicht, und er solle es sie nicht entgelten lassen. Mit dem Versprechen, zu tun, was sie könne, sei er hinlänglich zufrieden, sagte der Grüne. Jetzt schauderte es Christine doch an Leib und Seele; jetzt, meinte sie, komme der schreckliche Augenblick, wo sie mit Blut von ihrem Blute dem Grünen den Akkord unterschreiben müsse. Aber der Grüne machte es viel leichtlicher und sagte: Von hübschen Weibern begehre er nie eine Unterschrift, mit einem Kuss sei er zufrieden. Somit spitzte er seinen Mund gegen Christines Gesicht, und Christine konnte nicht fliehen, war wiederum wie gebannt, steif und starr. Da berührte der spitzige Mund Christines Gesicht, und ihr war, als ob von spitzigem Eisen aus Feuer durch Mark und Bein fahre, durch Leib und Seele; und ein gelber Blitz fuhr zwischen ihnen durch und zeigte Christine freudig verzerrt des Grünen teuflisch Gesicht, und ein Donner fuhr über sie, als ob der Himmel zersprungen wäre.

Verschwunden war der Grüne, und Christine stund wie versteinert, als ob tief in den Boden hinunter ihre Füße Wurzeln getrieben hätten in jenem schrecklichen Augenblick. Endlich war sie ihrer Glieder wieder mächtig, aber im Gemüte brauste und sauste es ihr, als ob ein mächtiges Wasser seine Fluten wälze über turmhohen Felsen hinunter in schwarzen Schlund. Wie man im Donner der Wasser die eigene Stimme nicht hört, so ward Christine der eigenen Gedanken sich nicht bewusst im Tosen, das donnerte in ihrem Gemüte. Unwillkürlich floh sie den Berg hinan, und immer glühender fühlte sie ein Brennen an ihrer Wange, da wo des Grünen Mund sie berührt; sie rieb, sie wusch, aber der Brand nahm nicht ab.

Es war eine wilde Nacht. In Lüften und Klüften heulte und toste es, als ob die Geister der Nacht Hochzeit hielten in den schwarzen Wolken, die Winde die wilden Reigen spielten zu ihrem grausen Tanze, die Blitze die Hochzeitfackeln wären und der Donner der Hochzeitsegen. In dieser Jahreszeit hatte man eine solche Nacht noch nie erlebt.

In finsterem Bergestale regte es sich um ein großes Haus, und viele drängten sich um sein schirmend Obdach. Sonst treibt im Gewittersturm die Angst um den eigenen Herd den Landmann unter das eigene Dach, und sorgsam wachend, solange das Gewitter am Himmel steht, wahret und hütet er das eigene Haus. Aber jetzt war die gemeinsame Not größer als die Angst vor dem Gewitter. Diese trieb sie in diesem Hause zusammen, an welchem vorbeigehen mussten die, welche der Sturm aus dem Münneberg trieb, und die, welche von Bärhegen sich geflüchtet. Den Graus der Nacht ob dem eigenen Elend vergessend, hörte man sie klagen und grollen über ihr Missgeschick. Zu allem Unglück war noch das Toben der Natur gekommen. Pferde und Ochsen waren scheu geworden, betäubt, hatten Wagen zertrümmert, sich über Felsen gestürzt, und schwer verwundet stöhnte mancher in tiefem Schmerze, laut auf schrie mancher, dem man zerrissene Glieder einzog und zusammenband. In das Elend hinein flüchteten sich auch in schauerlicher Angst die, welche den Grünen gesehen, und erzählten bebend die wiederholte Erscheinung. Bebend hörte die Menge, was die Männer erzählten, drängte sich aus dem weiten, dunkeln Raume dem Feuer zu, um welches die Männer saßen; und wenn der Wind durch die Sparren fuhr oder Donner über dem Hause rollte, so schrie laut auf die Menge und meinte, es breche durchs Dach der Grüne, sich zu zeigen in ihrer Mitte. Als er aber nicht kam, als der Schreck vor ihm verging, als das alte Elend blieb und der Jammer der Leidenden lauter wurde, da stiegen allmählig die Gedanken auf, die den Menschen, der in der Not ist, so gerne um seine Seele bringen. Sie begannen zu rechnen, wie viel mehr wert sie alle seien als ein einzig ungetauft Kind; sie vergaßen immer mehr, dass die Schuld an einer Seele tausendmal schwerer wiege als die Rettung von tausend und abermals tausend Menschenleben.

Diese Gedanken wurden allmählig laut und begannen sich zu mischen als verständliche Worte in das Schmerzensgestöhn der Leidenden. Man fragte näher nach dem Grünen, grollte, dass man ihm nicht besser Rede gestanden; genommen hätte er niemand, und je weniger man ihn fürchte, um so weniger tue er den Menschen. Dem ganzen Tale hätten sie vielleicht helfen können, wenn sie das Herz am rechten Orte gehabt hätten. Da begannen die Männer sich zu entschuldigen. Sie sagten nicht, dass es sich mit dem Teufel nicht spaßen lasse, dass wer ihm ein Ohr leihe, bald den ganzen Kopf ihm geben müsse, sondern sie redeten von des Grünen schrecklicher Gestalt, seinem Flammenbarte, der feurigen Feder auf seinem Hute, einem Schlossturme gleich, und dem schrecklichen Schwefelgeruch, den sie nicht hätten ertragen mögen. Christines Mann aber, der gewöhnt worden war, dass sein Wort erst durch die Zustimmung seiner Frau Kraft erhielt, sagte, sie sollten nur seine Frau fragen, die könne ihnen sagen, ob es jemand hätte aushalten mögen; und dass die ein couragiertes Weib sei, wüssten alle. Da sahen alle nach Christine sich um, aber keiner sah sie. Es hatte jeder nur an seine Rettung gedacht und an andere nicht, und wie jetzt jeder im Trockenen saß, so meinte er, die andern säßen ebenso. Jetzt erst fiel allen ein, dass sie Christine seit jenem schrecklichen Augenblick nicht mehr gesehen, und ins Haus war sie nicht gekommen. Da begann der Mann zu jammern und alle andern mit ihm, denn es ward ihnen allen, als ob Christine allein zu helfen wüsste.

Plötzlich ging die Türe auf, und Christine stand mitten unter ihnen; die Haare trieften, rot waren ihre Wangen, und ihre Augen brannten noch dunkler als sonst in unheimlichem Feuer. Eine Teilnahme, deren Christine sonst nicht gewohnt war, empfing sie, und jeder wollte ihr erzählen, was man gedacht und gesagt und wie man Kummer um sie gehabt. Christine sah bald, was alles zu bedeuten hatte, und verbarg ihre innere Glut hinter spöttische

Worte, warf den Männern ihre übereilte Flucht vor und wie keiner um ein
arm Weib sich bekümmert und keiner sich umgesehen, was der Grüne mit
ihr beginne. Da brach der Sturm der Neugierde aus, und jeder wollte zuerst
wissen, was nun der Grüne mit ihr angefangen, und die Hintersten hoben
sich hochauf, um besser zu hören und die Frau näher zu sehen die dem Grünen so nahe gestanden. Sie sollte nichts sagen meinte Christine zuerst, man
hätte es nicht um sie verdient, als Fremde sie übel geplaget im Tal, die Weiber ihr einen übeln Namen angehängt, die Männer sie allenthalben im Stich
gelassen, und wenn sie nicht besser gesinnet wäre als alle und wenn sie
nicht mehr Mut als alle hätte, so wäre noch jetzt weder Trost noch Ausweg
da. So redete Christine noch lange, warf harte Worte gegen die Weiber, die
ihr nie hätten glauben wollen, dass der Bodensee größer sei als der Schloss-
teich, und je mehr man ihr anhielt, um so härter schien sie zu werden und
stützte sich besonders darauf, dass, was sie zu sagen hätte, man ihr übel aus-
legen, und wenn die Sache gut käme, ihr keinen Dank haben werde; käme
sie aber übel, so lüde man ihr alle Schuld auf und die ganze Verantwortung.

Als endlich die ganze Versammlung vor Christine wie auf den Knien lag
mit Bitten und Flehen und die Verwundeten laut aufschrien und anhielten,
da schien Christine zu erweichen und begann zu erzählen, wie sie standge-
halten und mit dem Grünen Abrede getroffen; aber von dem Kusse sagte sie
nichts, nichts davon, wie er auf der Wange gebrannt und wie es ihr getoset
im Gemüte. Aber sie erzählte, was sie seither gesinnet im verschlagenen
Gemüte. Das Wichtigste sei, dass die Buchen nach Bärhegen geschafft würden; seien die einmal oben, so könne man immer noch sehen, was man machen wolle, die Hauptsache sei, dass bis dahin, soviel ihr bekannt, unter ihnen kein Kind werde geboren werden. Vielen lief es kalt über den Rücken
bei der Erzählung, aber dass man dann noch immer sehen könne, was man
machen wolle, das gefiel allen wohl.

Nur ein junges Weibchen weinte gar bitterlich, dass man unter seinen Augen die Hände hätte waschen können, aber sagen tat es nichts. Ein alt, ehr-
würdig Weib dagegen, hochgestaltet und mit einem Gesicht, vor dem man
sonst sich beugen oder vor ihm fliehen musste, trat in die Mitte und sprach:
Gottvergessen wäre es gehandelt, auf das Ungewisse das Gewisse stellen
und spielen mit dem ewigen Leben. Wer mit dem Bösen sich einlasse, komme vom Bösen nimmer los, und wer ihm den Finger gebe, den behalte er
mit Leib und Seele. Aus diesem Elend könne niemand helfen als Gott; wer
ihn aber verlasse in der Not, der versinke in der Not. Aber diesmal verachte-
te man der Alten Rede, und schweigen hieß man das junge Weibchen; mit
Weinen und Heulen sei einem diesmal nicht geholfen, da bedürfe man Hilfe
anderer Art, hieß es.

Rätig wurde man bald, die Sache zu versuchen. Bös könne das kaum gehen im bösesten Fall; aber nicht das erste Mal sei es, dass Menschen die schlimmsten Geister betrogen, und wenn sie selbst nichts wüssten, so fände wohl ein Priester Rat und Ausweg. Aber in finsterm Gemüte soll mancher gedacht haben, wie er später bekannte: gar viel Geld und Umtriebe wage er nicht eines ungetauften Kindes wegen.

Als der Rat nach Christines Sinn gefasst wurde, da war es, als ob alle Wirbelwinde über dem Hause zusammenstießen, die Heere der wilden Jäger vorübersausten; die Posten des Hauses wankten, die Balken bogen sich, Bäume splitterten am Hause wie Speere auf einer Ritterbrust. Blass wurden drinnen die Menschen, Grauen überfiel sie, aber den Rat lösten sie nicht; bei grauendem Morgen begannen sie seine Ausführung.

Schön und hell war der Morgen, Gewitter und Hexenwerke verschwunden; die Äxte hieben noch einmal so scharf als sonst, der Boden war locker, und jede Buche fiel gerade, wie man sie haben wollte, kein Wagen brach mehr, das Vieh war willig und stark und die Menschen geschützt vor jedem Unfall wie durch unsichtbare Hand.

Nur eines war sonderbar. Unterhalb Sumiswald führte damals noch kein Weg ins hintere Tal, dort war noch Sumpf, den die zügellose Grüne bewässerte; man musste den Stalden auf durchs Dorf fahren an der Kirche vorbei. Sie fuhren wie an den frühern Tagen immer drei Züge auf einmal, um einander helfen zu können mit Rat, Kraft und Vieh, und hatten nun nur durch Sumiswald zu fahren, außerhalb des Dorfes den Kirchstalden ab, an dem eine kleine Kapelle stand; unterhalb desselben auf ebenem Wege hatten sie die Buchen abzulegen. Sobald sie den Stalden auf waren und auf ebenem Wege gegen die Kirche kamen, so ward das Gewicht der Wagen nicht leichter, sondern schwerer und schwerer; sie mussten Tiere vorspannen, so viele sie deren hatten, mussten unmenschlich auf sie schlagen, mussten selbst Hand an die Speichen legen, dazu scheuten die sanftesten Rosse, als ob etwas Unsichtbares vom Kirchhofe her ihnen im Wege stehe, und ein dumpfer Glockenton, fast wie der verirrte Schall einer fernen Totenglocke, kam von der Kirche her, dass ein eigentümlich Grauen die stärksten Männer ergriff und jedes Mal Menschen und Tiere bebten, wenn man gegen die Kirche kam. War man einmal vorbei, so konnte man ruhig fahren, ruhig abladen, ruhig zu frischer Ladung wieder gehen.

Sechs Buchen lud man selbigen Tags nebeneinander ab an die verabredete Stelle, sechs Buchen waren am folgenden Morgen zu Bärhegen oben gepflanzet, und durchs ganze Tal hin hatte niemand eine Achse gehört, die sich umgedreht um ihre Spule, niemand der Fuhrleute üblich Geschrei, der Pferde Wiehern, der Ochsen einförmig Gebrüll. Aber sechs Buchen standen oben, die konnte sehen, wer wollte, und es waren die sechs Buchen, die man unten an dem Stalden hingelegt hatte, und nicht andere.

Da war das Staunen groß im ganzen Tale, und die Neugierde regte sich bei männiglich. Absonderlich die Ritter nahm es wunder, welche Pacht die Bauern geschlossen und auf welche Weise die Buchen zur Stelle geschafft würden. Sie hätten gerne auf heidnische Weise den Bauern das Geheimnis ausgepresst. Allein sie sahen bald, dass die Bauern auch nicht alles wüssten, da sie selbst halb erschrocken waren. Zudem wehrte der von Stoffeln. Dem war es nicht nur gleichgültig, wie die Buchen nach Bärhegen kamen, im Gegenteil, wenn nur die Buchen heraufkamen, so sah er gerne, dass die Bauern dabei geschont wurden. Er hatte wohl gesehen, dass der Spott der Ritter ihn zu einer Unbesonnenheit verleitet hatte, denn wenn die Bauern zugrunde gingen, die Felder unbestellt blieben, so hatte die Herrschaft den größten Schaden dabei; allein, was der von Stoffeln einmal gesagt hatte, dabei blieb es. Die Erleichterung, welche die Bauern sich verschafft, war ihm daher ganz recht und ganz gleichgültig, ob sie dafür ihre Seelen verschrieben; denn was gingen ihn der Bauern Seelen an, wenn einmal der Tod ihre Leiber genommen! Er lachte jetzt über seine Ritter und schützte die Bauern vor ihrem Mutwillen.

Diese wollten den Handel doch ergründen und sandten Knappen zur Wache; die fand man des Morgens halb tot in Gräben, wohin eine unsichtbare Hand sie geschleudert. Da zogen zwei Ritter hin auf Bärhegen. Es waren kühne Degen, und wo ein Wagnis zu bestehen gewesen im Heidenland, da hatten sie es bestanden. Am Morgen fand man sie erstarrt am Boden, und als sie der Rede wieder mächtig waren, sagten sie, ein roter Ritter mit feuriger Lanze hätte sie niedergerannt. Hie und da konnte eine neugierige Weibsseele sich nicht enthalten, wenn es Mitternacht war, durch eine Spalte oder Luke nach dem Wege im Tale zu sehen. Alsbald wehete ein giftiger Wind sie an; das Gesicht schwoll auf, wochenlang konnte man weder Nase noch Augen sehen, den Mund mit Mühe finden. Da verging den Leuten das Spähen, und kein Auge sah mehr zu Tal, wenn Mitternacht über demselben lag.

Einmal aber kam plötzlich einen Mann das Sterben an; er bedurfte des letzten Trostes, aber niemand durfte den Priester holen, denn Mitternacht war nahe, und der Weg führte am Kilchstalden vorbei. Da lief ein unschuldig Bübchen, Gott und Menschen lieb, aus Angst um den Vater ungeheißen Sumiswald zu. Als er gegen den Kilchstalden kam, sah er von dort die Buchen auffahren vom Boden, jede von zwei feurigen Eichhörnchen gezogen, und nebenbei sah er reiten auf schwarzem Bocke einen grünen Mann; eine feurige Geisel hatte er in der Hand, einen feurigen Bart im Gesicht, und auf dem Hut schwankte glutrot eine Feder. So sei der Zug gefahren hoch durch die Lüfte über alle Ecken weg und schnell wie ein Augenblick. Solches sah der Knabe, und niemand tat ihm was.

Noch waren nicht drei Wochen vergangen, so stunden neunzig Buchen auf Bärhegen, machten einen schönen Schattengang, denn alle schlugen üppig aus, keine einzige verdorrte. Aber die Ritter und auch der von Stoffeln ergingen sich nicht oft darin, es wehte sie allemal ein heimlich Grauen an; sie hätten von der Sache lieber nichts mehr gewusst, aber keiner machte ihr ein Ende, es tröstete ein jeder sich: Fehle es, so trage der andere die Schuld.

Den Bauern aber wohlete es mit jeder Buche, welche oben war, denn mit jeder Buche wuchs die Hoffnung, dem Herrn zu genügen, den Grünen zu betrügen; er hatte ja kein Unterpfand, und war die hundertste einmal oben, was frugen sie dann dem Grünen nach! Indessen waren sie der Sache noch nicht sicher; alle Tage fürchteten sie, er spiele ihnen einen Schabernack und lasse sie im Stich. Am Urbanustage brachten sie ihm die letzten Buchen an den Kilchstalden und Alt und Jung schlief wenig in selber Nacht; man konnte fast nicht glauben, dass er ohne Umstände und ohne Kind oder Pfand die Arbeit vollende.

Am folgenden Morgen lange vor der Sonne waren Alt und Jung auf den Beinen, in allen regte sich die gleiche neugierige Angst, aber lange wagte sich keiner auf den Platz, wo die Buchen lagen; man wusste nicht, lag dort eine Beize für die, welche den Grünen betrügen wollten.

Ein wilder Küherbub, der Zieger von der Alp gebracht, wagte es endlich, sprang voran und fand keine Buchen mehr, und keine Hinterlist tat auf dem Platz sich kund. Noch trauten sie dem Spiele nicht; ihnen vorauf musste der Küherbub nach Bärhegen. Dort war alles in Ordnung, hundert Buchen standen in Reih und Glied, keine war verdorrt, keinem von ihnen lief das Gesicht auf, keinem tat ein Glied weh. Da stieg der Jubel hoch in ihren Herzen, und viel Spott gegen den Grünen und gegen die Ritter floss. Zum dritten Mal sandten sie aus den wilden Küherbub und ließen dem von Stoffeln sagen, es sei auf Bärhegen nun alles in Ordnung, er möchte kommen und die Buchen zählen. Dem aber ward es gräulich, und er ließ ihnen sagen, sie sollten machen, dass sie heimkämen. Gerne hätte er ihnen sagen lassen, sie sollten den ganzen Schattengang wieder wegschaffen, aber er tat es nicht, seiner Ritter wegen; es sollte nicht heißen, er fürchte sich, aber er wusste nicht um der Bauern Pacht und wer sich in den Handel mischen könnte.

Als der Küherbub den Bescheid brachte, da schwollen die Herzen noch trotziger auf; die wilde Jugend tanzte im Schattengang, wildes Jodeln hallte von Kluft zu Kluft, von Berg zu Berg, hallte an den Mauern des Schlosses Sumiswald wider. Bedächtige Alte warnten und baten, aber trotzige Herzen achten bedächtiger Alten Warnung nicht; wenn dann das Unglück da ist, so sollen es die Alten mit ihrem Zagen und Warnen herbeigezogen haben. Die Zeit ist noch nicht da, wo man erkennt, dass der Trotz das Unglück aus dem Boden stampft. Der Jubel zog sich über Berg und Tal in alle Häuser, und wo noch eines Fingers lang Fleisch im Rauch hing, da ward es gekocht, und wo noch eine Hand groß Butter im Hafen war, da wurde geküchelt.

Das Fleisch ward gegessen, die Küchli schwanden, der Tag war verronnen, und ein anderer Tag stieg am Himmel auf. Immer näher kam der Tag, an welchem ein Weib ein Kind gebären sollte; und je näher der Tag kam, um so dringlicher kam die Angst wieder: der Grüne werde sich wieder künden, fordern, was ihm gehöre, oder ihnen eine Beize legen.

Den Jammer jenes jungen Weibes, welches das Kind gebären sollte, wer will ihn ermessen! Im ganzen Hause tönte er wider, ergriff nach und nach alle Glieder des Hauses, und Rat wusste niemand, wohl aber, dass dem, mit dem man sich eingelassen, nicht zu trauen sei. Je näher die verhängnisvolle Stunde kam, um so näher drängte das arme Weibchen sich zu Gott, umklammerte nicht mit den Armen allein, sondern mit dem Leibe und der Seele und aus ganzem Gemüte die heilige Mutter, bittend um Schutz um ihres gebenedeiten Sohnes willen. Und ihr ward immer klarer, dass im Leben und Sterben in jeder Not der größte Trost bei Gott sei, denn wo der sei, da dürfe der Böse nicht sein und hätte keine Macht.

Immer deutlicher trat der Glaube vor dessen Seele, dass wenn ein Priester des Herren mit dem Allerheiligsten, dem heiligen Leibe des Erlösers, bei der Geburt zugegen wäre und bewaffnet mit kräftigen Bannsprüchen, so dürfte kein böser Geist sich nahen und alsbald könnte der Priester das neugeborne Kind mit dem Sakrament der Taufe versehen, was die damalige Sitte erlaubte; dann wäre das arme Kind der Gefahr für immer entrissen, welche die Vermessenheit der Väter über ihn's gebracht. Dieser Glaube stieg auch bei den andern auf, und der Jammer des jungen Weibes ging ihnen zu Herzen; aber sie scheuten sich, dem Priester ihre Pacht mit dem Satan zu bekennen, und niemand war seither zur Beichte gegangen, und niemand hatte ihm Rede gestanden. Es war ein gar frommer Mann, selbst die Ritter des Schlosses trieben keine Kurzweil mit ihm, er aber sagte ihnen die Wahrheit. Wenn einmal die Sache getan sei, so könne er sie nicht mehr hindern, hatten die Bauern gedacht; aber jetzt war doch niemand gerne der Erste, der es ihm sagte, das Gewissen sagte ihnen wohl warum.

Endlich drang einem Weibe der Jammer zu Herzen; es lief hin und offenbarte dem Priester den Handel und des armen Weibes Wunsch. Gewaltig entsetzte sich der fromme Mann, aber mit leeren Worten verlor er die Zeit nicht; kühn trat er für eine arme Seele in den Kampf mit dem gewaltigen Widersacher. Er war einer von denen, die den härtesten Kampf nicht scheuen, weil sie gekrönt werden wollen mit der Krone des ewigen Lebens und weil sie wohl wissen, es werde keiner gekrönet, er kämpfe dann recht.

Ums Haus, in welchem das Weib ihrer Stunde harrte, zog er den heiligen Bann mit geweihtem Wasser, den böse Geister nicht überschreiten dürfen, segnete die Schwelle ein, die ganze Stube, und ruhig gebar das Weib, und ungestört taufte der Priester das Kind. Ruhig blieb es auch draußen, am klaren Himmel flimmerten die hellen Sterne, leise Lüfte spielten in den Bäumen. Ein wiehernd Gelächter wollten die einen gehört haben von ferne her; die andern aber meinten, es seien nur die Käuzlein gewesen an des Waldes Saum.

Alle, die da waren, aber freuten sich höchlich, und alle Angst war verschwunden, auf immer, wie sie meinten; hatten sie den Grünen einmal angeführt, so konnten sie es immer tun mit dem gleichen Mittel.

Ein großes Mahl ward zugerichtet, weither wurden die Gäste entboten. Umsonst mahnte der Priester des Herrn von Schmaus und Jubel ab, mahnte, zu zagen und zu beten, denn noch sei der Feind nicht besiegt, Gott nicht gesühnt. Es sei ihm im Geiste, als dürfe er ihnen keine Buße zur Sühnung auferlegen, als nahe sich eine Buße gewaltig und schwer aus Gottes selbsteigener Hand. Aber sie hörten ihn nicht, wollten ihn befriedigen mit Speise und Trank. Er aber ging betrübt weg, bat für die, welche nicht wüssten, was sie täten, und rüstete sich, mit Beten und Fasten zu kämpfen als ein getreuer Hirt für die anvertraute Herde.

Mitten unter den Jubilierenden ist auch Christine gesessen, aber sonderbar stille mit glühenden Wangen, düstern Augen; seltsam sah man es zucken in ihrem Gesichte. Christine war bei der Geburt zugegen gewesen als erfahrne Wehmutter, war bei der plötzlichen Taufe zu Gevatter gestanden mit frechem Herzen ohne Furcht; aber wie der Priester das Wasser sprengte über das Kind und es taufte in den drei höchsten Namen, da war es ihr, als drücke man ihr plötzlich ein feurig Eisen auf die Stelle, wo sie des Grünen Kuss empfangen. In jähem Schrecken war sie zusammengezuckt, das Kind fast zur Erde gefallen, und seither hatte der Schmerz nicht abgenommen, sondern ward glühender von Stunde zu Stunde. Anfangs war sie stille gesessen, hatte den Schmerz erdrückt und heimlich die schweren Gedanken gewälzet in ihrer erwachten Seele; aber immer häufiger fuhr sie mit der Hand nach dem brennenden Fleck, auf dem ihr eine giftige Wespe zu sitzen schien, die ihr einen glühenden Stachel bohre bis ins Mark hinein. Als keine Wespe zu verjagen war, die Stiche immer heißer wurden, die Gedanken immer schrecklicher, da begann Christine ihre Wange zu zeigen, zu fragen, was darauf zu sehen sei, und immer von neuem frug Christine; aber niemand sah etwas, und bald mochte niemand mehr mit dem Spähen auf den Wangen die

Lust sich verkürzen. Endlich konnte sie noch ein alt Weib erbitten; eben krähte der Hahn, der Morgen graute, da sah die Alte auf Christines Wange einen fast unsichtbaren Fleck. Es sei nichts, sagte die, das werde schon vergehn, und ging weiter.

Und Christine wollte sich trösten, es sei nichts und werde bald vergehn; aber die Pein nahm nicht ab, und unmerklich wuchs der kleine Punkt, und alle sahen ihn und frugen sie, was es da Schwarzes gebe in ihrem Gesichte. Sie dachten nichts Besonders, aber die Reden fuhren ihr wie Stiche ins Herz, weckten die schweren Gedanken wieder auf, und immer und immer musste sie denken, dass auf den gleichen Fleck der Grüne sie geküsst und dass die gleiche Glut, die damals wie ein Blitz durch ihr Gebein gefahren, jetzt bleibend in demselben brenne und zehre. So wich der Schlaf von ihr, das Essen schmeckte ihr wie Feuerbrand, unstet lief sie hierhin, dorthin, suchte Trost und fand keinen; denn der Schmerz wuchs immer noch, und der schwarze Punkt ward größer und schwärzer, einzelne dunkle Streifen liefen von ihm aus, und nach dem Munde hin schien sich auf dem runden Flecke ein Höcker zu pflanzen.

So litt und lief Christine manchen langen Tag und manche lange Nacht und hatte keinem Menschen die Angst ihres Herzens geoffenbaret und was sie vom Grünen auf diese Stelle erhalten; aber wenn sie gewusst hätte, auf welche Weise sie dieser Pein los werden könnte, sie hätte alles im Himmel und auf Erden geopfert. Sie war von Natur ein vermessen Weib, jetzt aber erwildet in wütendem Schmerze.

Da geschah es, dass wiederum ein Weib ein Kind erwartete. Diesmal war die Angst nicht groß, die Leute wohlgemut; sobald sie zu rechter Zeit für den Priester sorgten, meinten sie des Grünen spotten zu können. Nur Christine war es nicht so. Je näher der Tag der Geburt kam, desto schrecklicher ward der Brand auf ihrer Wange, desto mächtiger dehnte der schwarze Punkt sich aus; deutliche Beine streckte er von sich aus, kurze Haare trieb er empor, glänzende Punkte und Streifen erschienen auf seinem Rücken, und zum Kopfe ward der Höcker, und glänzend und giftig blitzte es aus demselben wie aus zwei Augen hervor. Laut auf schrien alle, wenn sie die giftige Kreuzspinne sahen auf Christines Gesicht, und voll Angst und Grauen flohen sie, wenn sie sahen, wie sie fest saß im Gesichte und aus demselben herausgewachsen. Allerlei redeten die Leute, der eine riet dies, der andere ein anderes; aber alle mochten Christine gönnen, was es auch sein mochte, und alle wichen ihr aus und flohen sie, wo es nur möglich war. Je mehr die Leute flohen, desto mehr trieb es Christine ihnen nach, sie fuhr von Haus zu Haus; sie fühlte wohl, der Teufel mahne sie an das verheißene Kind, und um das Opfer den Leuten einzureden mit unumwundenen Worten, fuhr sie ihnen nach in Höllenangst. Aber das kümmerte die andern wenig; was Christine peinigte, tat ihnen nicht weh, was sie litt, hatte nach ihrer Meinung sie verschuldet, und wenn sie ihr nicht mehr entrinnen konnten, so sagten sie zu ihr: »Da siehe du zu. Keiner hat ein Kind verheißen, darum gibt auch keiner eins.« Mit wütender Rede setzte sie dem eigenen Manne zu. Dieser floh wie die andern, und wenn er nicht mehr fliehen konnte, so sprach er Christine kaltblütig zu, das werde schon besser, das sei ein Malzeichen, wie gar viele Menschen deren hätten; wenn es einmal ausgewachsen sei, so höre der Schmerz auf, und leicht sei es dann abzubinden.

Unterdessen aber hörte der Schmerz nicht auf, jedes Bein war ein Höllenbrand, der Spinne Leib die Hölle selbst, und als des Weibes erwartete Stunde kam, da war es Christine, als umwalle sie ein Feuermeer, als wühlten feurige Messer in ihrem Mark, als führen feurige Wirbelwinde durch ihr Gehirn. Die Spinne aber schwoll an, bäumte sich auf, und zwischen den kurzen Borsten hervor quollen giftig ihre Augen. Als Christine in ihrer glühenden Pein nirgends Teilnahme, die Kreißende wohl bewacht fand, da stürzte sie einer Wirbelsinnigen gleich den Weg entlang, den der Priester kommen musste.

Raschen Schrittes kam derselbe die Halde entlang, begleitet vom handfesten Sigrist; die heiße Sonne und der steile Weg hemmten die Schritte nicht, denn es galt, eine Seele zu retten, ein unendlich Unglück zu wenden, und von entferntem Kranken kommend, bangte dem Priester vor schrecklicher Säumnis. Verzweifelnd warf Christine sich ihm in den Weg, umfasste seine Knie, bat um Lösung aus ihrer Hölle, um das Opfer des Kindes, das noch kein Leben kenne, und die Spinne schwoll noch höher auf, funkelte schrecklich schwarz in Christines rot angelaufenem Gesichte, und mit grässlichen Blicken glotzte sie nach des Priesters heiligen Geräten und Zeichen. Dieser aber schob Christine rasch zur Seite und schlug das heilige Zeichen; er sah da den Feind wohl, aber er ließ den Kampf, um eine Seele zu retten. Christine aber fuhr auf, stürmte ihm nach und versuchte das Äußerste; doch des Sigristen starke Hand hielt das wütende Weib vom Priester ab, und zur Zeit noch konnte er das Haus schützen, in geweihte Hände das Kind empfangen und in die Hände dessen legen, den die Hölle nie überwältigt.

Draußen hatte unterdessen Christine einen schrecklichen Kampf gekämpfet. Sie wollte das Kind ungetauft in ihre Hände, wollte hinein ins Haus, aber starke Männer wehrten es. Windstöße stießen an das Haus, der fahle Blitz umzüngelte es, aber die Hand des Herrn war über ihm; es wurde das Kind getauft, und Christine umkreiste vergeblich und machtlos das Haus. Von immer wilderer Höllenqual ergriffen, stieß sie Töne aus, die nicht Tönen glichen aus einer Menschenbrust; das Vieh schlotterte in den Ställen

82

und riss sich von den Stricken, die Eichen im Walde rauschten auf, sich entsetzend.

Im Hause begann der Jubel über den neuen Sieg, des Grünen Ohnmacht, seiner Helfershelferin vergeblich Ringen; draußen aber lag Christine von entsetzlicher Pein zu Boden geworfen, und in ihrem Gesichte begannen Wehen zu kreißen, wie sie noch keine Wöchnerin erfahren auf Erden, und die Spinne im Gesichte schwoll immer höher auf und brannte immer glühender durch ihr Gebein.

Da war es Christine, als ob plötzlich das Gesicht ihr platze, als ob glühende Kohlen geboren würden in demselben, lebendig würden, ihr gramselten über das Gesicht weg, über alle Glieder weg, als ob alles an ihm lebendig würde und glühend gramsle über den ganzen Leib weg. Da sah sie in des Blitzes fahlem Scheine langbeinig, giftig, unzählbar schwarze Spinnchen laufen über ihre Glieder, hinaus in die Nacht, und den entschwundenen liefen langbeinig, giftig, unzählbar andere nach. Endlich sah sie keine mehr den frühern folgen, der Brand im Gesichte legte sich, die Spinne ließ sich nieder, ward zum fast unsichtbaren Punkte wieder, schaute mit erlöschenden Augen ihrer Höllenbrut nach, die sie geboren hatte und ausgesandt zum Zeichen, wie der Grüne mit sich spaßen lasse.

Matt, einer Wöchnerin gleich, schlich Christine nach Hause; wenn schon die Glut so heiß nicht mehr brannte auf dem Gesichte, die Glut im Herzen hatte nicht abgenommen, wenn schon die matten Glieder nach Ruhe sich sehnten, der Grüne ließ ihr keine Ruhe mehr; wen er einmal hat, dem macht er es so.

Drinnen im Hause aber, da jubelten sie und freuten sich und hörten lange nicht, wie das Vieh brüllte und tobte im Stalle. Endlich fuhren sie doch auf, man ging, nachzusehen; schreckensblass kamen die wieder, die gegangen waren, und brachten die Kunde, die schönste Kuh liege tot, die übrigen tobten und wüteten, wie sie es nie gesehen. Da sei es nicht richtig, etwas Absonderliches walte da. Da verstummte der Jubel, alles lief nach dem Vieh, dessen Gebrüll erscholl über Berg und Tal, aber keiner hatte Rat. Gegen den Zauber versuchte man weltliche und geistliche Künste, aber alle umsonst; ehe noch der Tag graute, hatte der Tod sämtliches Vieh im Stalle gestreckt. Wie es aber hier stumm wurde, so begann es hier zu brüllen und dort zu brüllen; die da waren, hörten, wie in ihre Ställe die Not gebrochen, wehlich das Vieh seine Meister zu Hilfe rief in seiner grausen Angst. Als ob die Flamme aus ihrem Dache schlüge, eilten sie heim, aber Hilfe brachten sie keine; hier wie dort streckte der Tod das Vieh, Wehgeschrei von Menschen und Tieren erfüllte Berge und Täler, und die Sonne, welche das Tal so fröhlich verlassen, sah in entsetzlichen Jammer hinein.

Als die Sonne schien, sahen endlich die Menschen, wie es in den Ställen, in denen das Vieh gefallen war, wimmle von zahllosen schwarzen Spinnen. Diese krochen über das Vieh, das Futter, und was sie berührten, war vergiftet, und was lebendig war, begann zu toben, ward bald vom Tode gestreckt. Von diesen Spinnen konnte man keinen Stall, in dem sie waren, säubern, es war, als wüchsen sie aus dem Boden herauf, konnte keinen Stall, in dem sie noch nicht waren, vor ihnen behüten, unversehens krochen sie aus allen Wänden, fielen haufenweise von der Diele. Man trieb das Vieh auf die Weiden, man trieb es nur dem Tode in den Rachen. Denn wie eine Kuh auf eine Weide den Fuß setzte, so begann es lebendig zu werden am Boden; schwarze, langbeinige Spinnen sprossten auf, schreckliche Alpenblumen, krochen auf am Vieh, und ein fürchterlich wehlich Geschrei erscholl von den Bergen nieder zu Tale. Und alle diese Spinnen sahen der Spinne auf Christines Gesicht ähnlich wie Kinder der Mutter, und solche hatte man noch keine gesehen.

Das Geschrei der armen Tiere war auch zum Schlosse gedrungen, und bald kamen ihm auch Hirten nach, verkündend, dass ihr Vieh gefallen von den giftigen Tieren, und in immer höherem Zorne vernahm der von Stoffeln, wie Herde um Herde verloren gegangen, vernahm, welche Pacht man mit dem Grünen gehabt, wie man ihn zum zweiten Male betrogen und wie die Spinnen ähnlich seien, wie Kinder der Mutter, der Spinne in der Lindauerin Gesicht, die mit dem Grünen den Bund gemacht alleine und nie rechten Bericht darüber gegeben. Da ritt der von Stoffeln in grimmem Zorn den Berg hinauf und donnerte die Armen an, dass er nicht um ihretwillen Herde um Herde verlieren wolle; was er geschädigt worden, müssten sie ersetzen, und was sie versprochen, das müssten sie halten, was sie freiwillig getan, das müssten sie tragen. Schaden leiden ihretwegen wolle er nicht, oder leide er, so müssten sie ihn büßen tausendfältig. Sie könnten sich vorsehen. So redete er zu ihnen, unbekümmert um das, was er ihnen zumutete; und dass er sie dazu getrieben, fiel ihm nicht ein, nur was sie getan, rechnete er ihnen zu.

Den meisten schon war es gedämmert, dass die Spinnen eine Plage des Bösen seien, eine Mahnung, die Pacht zu halten, und dass Christine Näheres darum wissen müsste, ihnen nicht alles gesagt hätte, was sie mit dem Grünen verhandelt. Nun zitterten sie wieder vor dem Grünen, lachten seiner nicht mehr, zitterten vor ihrem weltlichen Herrn; wenn sie diese befriedigten, was sagte der geistliche Herr dazu, erlaubte er es, und hätte dann der keine Buße für sie, So in der Angst versammelten sich die Angesehensten in einsamer Scheuer, und Christine musste kommen und klaren Bescheid geben, was sie eigentlich verhandelt.

Christine kam, verwildert, rachedurstig, aufs neue von der wachsenden Spinne gefoltert.

Als sie das Zagen der Männer sah und keine Weiber, da erzählte sie Punktum, was ihr begegnet: wie der Grüne sie schnell beim Worte genommen und ihr zum Pfand einen Kuss gegeben, den sie nicht mehr geachtet als andere; wie ihr jetzt auf selbigem Fleck die Spinne gewachsen sei unter Höllenpein vom Augenblick an, als man das erste Kind getauft; wie die Spinne, eben als man das zweite Kind getauft und den Grünen genarrt, unter Höllenwehen die Spinnen geboren in ungemessner Zahl; denn narren lasse er sich nicht ungestraft, wie sie es fühle in tausendfachen Todesschmerzen. Jetzt wachse die Spinne wieder, die Pein mehre sich, und wenn das nächste Kind nicht des Grünen werde, so wisse niemand, wie grässlich die einbrechende Plage sei, wie grässlich des Ritters Rache.

So erzählte Christine, und die Herzen der Männer bebten, und lange wollte keiner reden. Nach und nach kamen aus den angstgepressten Kehlen abgebrochene Laute hervor, und wenn man sie zusammensetzte, so meinten sie gerade, was Christine meinte, aber kein Einzelner hatte seine Einwilligung gegeben in ihren Rat. Nur einer stund auf und redete kurz und deutlich: Das Beste schiene ihm, Christine totzuschlagen; sei einmal die tot, so könnte der Grüne an der Toten sich halten, hätte keine Handhabe mehr an den Lebendigen. Da lachte Christine wild auf, trat ihm unter das Gesicht und sagte: Er solle zuschlagen, ihr sei es recht, aber der Grüne wolle nicht sie, sondern ein ungetauft Kind, und wie er sie gezeichnet, ebenso gut könne er die Hand zeichnen, die an ihr sich vergreife. Da zuckte es in des Mannes Hand, der allein geredet, er setzte sich und hörte schweigend den Rat der andern. Und abgebrochen, wo keiner alles sagte, sondern jeder nur etwas, das wenig bedeuten sollte, kam man überein, das nächste Kind zu opfern; aber keiner wollte seine Hand bieten dazu, niemand das Kind an den Kilchstalden tragen, wo man die Buchen hingelegt hatte. Zum allgemeinen Besten, wie sie meinten, den Teufel zu brauchen, hatte keiner sich gescheut, aber persönliche Bekanntschaft mit ihm zu machen, begehrte keiner. Da erbot sich Christine willig dazu, denn hatte man einmal mit dem Teufel zu tun gehabt, so konnte es das zweite Mal wenig mehr schaden. Man wusste wohl, wer das nächste Kind gebären sollte, aber man redete nichts davon, und der Vater desselben war nicht zugegen. Verständigt mit und ohne Worte ging man auseinander.

Das junge Weib, welches in jener grauenvollen Nacht, wo Christine Bericht vom Grünen brachte, gezaget und geweinet hatte, es wusste damals nicht warum, erwartete nun das nächste Kind. Die frühern Vorgänge machten es nicht getrost und zuversichtlich, eine unnennbare Angst lag auf seinem Herzen, es konnte sie weder mit Beten noch Beichten wegbringen. Ein verdächtiges Schweigen schien ihm ihns zu umringen, niemand sprach von der Spinne mehr, verdächtig schienen ihm alle Augen, die auf ihm ruhten, schienen ihm zu berechnen die Stunde, in welcher sie seines Kindes habhaft werden, den Teufel versöhnen könnten.

So einsam und verlassen fühlte es sich gegen die unheimliche Macht um sich; keinen Beistand hatte es als seine Schwiegermutter, eine fromme Frau, die zu ihm stund, aber was vermag eine alte Frau gegen eine wilde Menge! Es hatte seinen Mann, der hatte alles Gute wohl versprochen; aber wie jammerte der um sein Vieh und gedachte so wenig des armen Weibes Angst! Es hatte der Priester verheißen, zu kommen, so schnell und so früh zu kommen, als man ihn verlange, aber was konnte begegnen vom Augenblicke an, da man gesandt, bis dass er kam; und das arme Weib hatte keinen zuverlässigen Boten als den eigenen Mann, der ihm Schutz und Wache sein sollte, und das arme Weibchen wohnte dazu noch mit Christine in einem Hause, und ihre Männer waren Brüder, und keine eigenen Verwandte hatte es, als Waise war es ins Haus gekommen! Man kann sich des armen Weibes Herzensangst denken; nur im Beten mit der frommen Mutter fand es einiges Vertrauen, das alsbald wieder schwand, sobald es in die bösen Augen sah.

Unterdessen war die Krankheit noch immer da, sie unterhielt den Schrecken. Freilich, nur hie und da fiel ein Stück, zeigten die Spinnen sich. Aber sobald bei jemand der Schreck nachließ, sobald irgendeiner dachte oder sagte: Das Übel lasse von selbsten nach, und man sollte sich wohl bedenken, ehe man an einem Kinde sich versündige, so flammte auf Christines Höllenpein, die Spinne blähte sich hoch auf, und dem, der so gedacht oder geredet, kehrte mit neuer Wut der Tod in seine Herde ein. Ja, je näher die erwartete Stunde kam, um so mehr schien die Not wieder zuzunehmen, und sie erkannten, dass sie bestimmte Abrede treffen müssten, wie sie des Kindes sicher und sonder Fehl sich bemächtigen könnten. Den Mann fürchteten sie am meisten, und Gewalt gegen ihn zu brauchen, war ihnen zuwider. Da übernahm Christine, ihn zu gewinnen, und sie gewann ihn. Er wollte um die Sache nicht wissen, wollte seinem Weibe zu Willen sein, den Priester holen, aber nicht eilen, und was in seiner Abwesenheit vorgehe, darnach wolle er nicht fragen; so fand er sich mit seinem Gewissen ab, mit Gott wollte er sich durch Messen abfinden, und für des armen Kindes Seele sei vielleicht auch noch etwas zu tun, dachte er, vielleicht gewinne der fromme Priester es dem Teufel wieder ab, dann seien sie aus dem Handel, hätten das Ihre getan und den Bösen doch geprellt. So dachte der Mann, und jedenfalls, es möge nun gehen, wie es wolle, so hätte er an der ganzen Sache keine Schuld, sobald er nicht mit selbsteigenen Händen dabei tätig sei.

So war das arme Weibchen verkauft und wusste es nicht, hoffte mit Bangen nach Rettung, und beschlossen im Rate der Menschen war der Stoß in sein Herz; aber was der droben beschlossen hatte, das deckten noch die Wolken, die vor der Zukunft liegen.

Es war ein gewitterhaftes Jahr und die Ernte gekommen; alle Kräfte wurden angespannt, um in den heitern Stunden das Korn unter das sichere Dach zu bringen. Es war ein heißer Nachmittag gekommen, schwarze Häupter streckten die Wolken über die dunklen Berge empor, ängstlich ums Dach flatterten die Schwalben, und dem armen Weibchen ward es so eng und bang allein im Hause, denn selbst die Großmutter war draußen auf dem Acker, zu helfen mit dem Willen mehr als mit der Tat. Da zuckte zweischneidend der Schmerz ihm durch Mark und Bein, es dunkelte vor seinen Augen, es fühlte das Nahen seiner Stunde und war allein. Die Angst trieb es aus dem Hause, schwerfällig schritt es dem Acker zu, aber bald musste es sich niedersetzen; es wollte in die Ferne die Stimme schicken, aber diese wollte nicht aus der beklemmten Brust. Bei ihm war ein klein Bübchen, das erst seine Beinchen brauchen lernte, das nie noch auf eigenen Beinen auf dem Acker gewesen war, sondern nur auf der Mutter Arm. Dieses Bübchen musste das arme Weib als seinen Boten brauchen, wusste nicht, ob es den Acker finden, ob seine Beinchen dahin ihn tragen würden. Aber das treue Bübchen sah, in welcher Angst die Mutter war, und lief und fiel und stand wieder auf, und die Katze jagte sein Kaninchen, Tauben und Hühner liefen ihm um die Füße, stoßend und spielend sprang sein Lamm ihm nach, aber das Bübchen sah alles nicht, ließ sich nicht säumen und richtete treulich seine Botschaft aus.

Atemlos erschien die Großmutter, aber der Mann säumte; nur das Fuder solle er noch ausladen, hieß es. Eine Ewigkeit verstrich, endlich kam er, und wiederum verstrich eine Ewigkeit, endlich ging er langsam auf den langen Weg, und in Todesangst fühlte das arme Weib, wie seine Stunde schneller und schneller nahte.

Frohlockend hatte Christine draußen auf dem Acker allem zugesehen. Heiß brannte wohl die Sonne zu der schweren Arbeit, aber die Spinne brannte fast gar nicht mehr, und leicht schien ihr der Gang in den nächsten Stunden. Sie trieb fröhlich die Arbeit und eilte mit dem Heimgehn nicht, wusste sie doch, wie langsam der Bote war. Erst als die letzte Garbe geladen war und Windstöße das nahende Gewitter verkündeten, eilte Christine ihrer Beute zu, die ihr gesichert war; so meinte sie. Und als sie heimging, da winkte sie bedeutungsvoll manchem Begegnenden, sie nickten ihr zu, trugen rasch die Botschaft heim; da schlotterte manches Knie und manche Seele wollte beten in unwillkürlicher Angst aber sie konnte nicht.

Drinnen im Stübchen wimmerte das arme Weib, und zu Ewigkeiten wurden die Minuten, und die Großmutter vermochte den Jammer nicht zu stillen mit Beten und Trösten. Sie hatte das Stübchen wohl verschlossen und schweres Gerät vor die Türe gestellt. Solange sie alleine im Hause waren, war es noch dabeizusein, aber als sie Christine heimkommen sahen, als sie ihren schleichenden Tritt an der Tür hörten, als sie draußen noch manch andern Tritt hörten und heimliches Flüstern, kein Priester sich zeigte, kein anderer treuer Mensch und näher und näher der sonst so ersehnte Augenblick trat, da kann man sich denken, in welcher Angst die armen Weiber schwammen wie in siedendem Öle, ohne Hilfe und ohne Hoffnung. Sie hörten, wie Christine nicht von der Türe wich; es fühlte das arme Weib seiner wilden Schwägerin feurige Augen durch die Türe hindurch, und sie brannten es durch Leib und Seele. Da wimmerte das erste Lebenszeichen eines Kindes durch die Tür, unterdrückt so schnell als möglich, aber zu spät. Die Tür flog auf von wütendem, vorbereitetem Stoße, und wie auf seinen Raub der Tiger stürzt, stürzt Christine auf die arme Wöchnerin. Die alte Frau, die dem Sturm sich entgegenwirft, fällt nieder, in heiliger Mutterangst rafft die Wöchnerin sich auf, aber der schwache Leib bricht zusammen, in Christines Händen ist das Kind; ein grässlicher Schrei bricht aus dem Herzen der Mutter, dann hüllt sie in schwarzen Schatten die Ohnmacht.

Zagen und Grauen ergriff die Männer, als Christine mit dem geraubten Kinde herauskam. Das Ahnen einer grausen Zukunft ging ihnen auf, aber keiner hatte Mut, die Tat zu hemmen, und die Furcht vor des Teufels Plagen war stärker als die Furcht vor Gott. Nur Christine zagte nicht, glühend leuchtete ihr Gesicht, wie es dem Sieger leuchtet nach überstandenem Kampfe, es war ihr, als ob die Spinne in sanftem Jucken sie liebkose; die Blitze, die auf ihrem Weg zum Kilchstalden sie umzüngelten, schienen ihr fröhliche Lichter, der Donner ein zärtlich Grollen, ein lieblich Säuseln der racheschnaubende Sturm.

Hans, des armen Weibes Mann, hatte sein Versprechen nur zu gut gehalten. Langsam war er seines Weges gegangen, hatte bedächtig jeden Acker beschauet, jedem Vogel nachgesehen, den Fischen im Bache abgewartet, wie sie sprangen und Mücken fingen vor dem einbrechenden Gewitter. Dann juckte er vorwärts, rasche Schritte tat er, einen Ansatz zum Springen nahm er; es war etwas in ihm, das ihn trieb, das ihm die Haare auf dem Kopfe emportrieb: es war das Gewissen, das ihm sagte, was ein Vater verdiene, der Weib und Kind verrate, es war die Liebe, die er doch noch hatte zu seinem Weibe und seiner Leibesfrucht. Aber dann hielt ihn wieder ein anderes, und das war stärker als das erste, es war die Furcht vor den Menschen, die Furcht vor dem Teufel und die Liebe zu dem, was dieser ihm nehmen konnte. Dann ging er wieder langsamer, langsam wie ein Mensch, der seinen letzten Gang tut, der zu seiner Richtstätte geht. Vielleicht war es auch so, weiß doch gar mancher Mensch nicht, dass er den letzten Gang tut; wenn er es wüsste, er täte ihn nicht oder anders.

So war es spät geworden, ehe er auf Sumiswald kam. Schwarze Wolken jagten über den Münneberg her, schwere Tropfen fielen, vermengten im Staube, und dumpf begann das Glöcklein im Turme die Menschen zu mahnen, dass sie denken möchten an Gott und ihn bitten, dass er sein Gewitter nicht zum Gerichte werden lasse über sie. Vor seinem Hause stand der Priester, zu jeglichem Gang gerüstet, damit er bereit sei, wenn sein Herr, der über seinem Haupte daherfuhr, zu einem Sterbenden oder einem brennenden Haus oder sonst wohin ihn rufe. Als er Hans kommen sah, erkannte er den Ruf zum schweren Gang, schürzte sein Gewand und sandte Botschaft seinem läutenden Sigrist, dass er sich ablösen lasse am Glockenstrang und sich einfinde zu seiner Begleitung. Unterdessen stellte er Hans einen Labetrunk hin, so wohltätig nach raschem Lauf in schwüler Luft, dessen Hans nicht bedürftig war; aber der Priester ahnte die Tücke des Menschen nicht. Bedächtig labte sich Hans. Zögernd fand der Sigrist sich ein und nahm gerne teil an dem Tranke, den Hans ihm bot. Gerüstet stand vor ihnen der Priester, verschmähend jeden Trank, den er zu solchem Gang und Kampf nicht bedurfte. Er hieß ungerne von der Kanne weggehen, die er aufgestellt, ungerne verletzte er die Rechte des Gastes; aber er kannte ein Recht, das höher war als das Gastrecht, das säumige Trinken fuhr ihm zornig durch die Glieder.

Er sei fertig, sagte er endlich, ein bekümmert Weib harre, und über ihm sei eine grauenvolle Untat, und zwischen das Weib und die Untat müsste er stehn mit heiligen Waffen, darum sollten sie nicht säumen, sondern kommen; droben werde wohl noch etwas sein für den, der den Durst hier unten nicht gelöscht. Da sprach Hans, des harrenden Weibes Mann, es eile nicht so sehr, bei seinem Weibe gehe jede Sache schwer. Und alsbald flammte ein Blitz in die Stube, dass alle geblendet waren, und ein Donner brach los über dem Hause, dass jeder Posten am Haus, jedes Glied im Hause bebte. Da sprach der Sigrist, als er seinen Segensspruch vollendet: »Hört, wie es macht draußen, und der Himmel hat selbst bestätigt, was Hans gesagt, dass wir warten sollen, und was nützte es, wenn wir gingen; lebendig kämen wir doch nimmer hinauf, und er selbst hat ja gesagt, dass es bei seinem Weibe nicht solche Eile habe.«

Und allerdings stürmte ein Gewitter daher, wie man in Menschengedenken nicht oft erlebt. Aus allen Schlünden und Gründen stürmte es heran, stürmte von allen Seiten, von allen Winden getrieben über Sumiswald zusammen, und jede Wolke ward zum Kriegesheer, und eine Wolke stürmte an die andere, eine Wolke wollte der andern Leben, und eine Wolken-schlacht begann, und das Gewitter stund, und Blitz auf Blitz ward entbun-den, und Blitz auf Blitz schlug zur Erde nieder, als ob sie sich einen Durch-gang bahnen wollten durch der Erde Mitte auf der Erde andere Seite. Ohne Unterlass brüllte der Donner, zornesvoll heulte der Sturm, geborsten war der Wolken Schoß, Fluten stürzten nieder. Als so plötzlich und gewaltig die Wolkenschlacht losbrach, da hatte der Priester dem Sigristen nicht geant-wortet, aber sich nicht niedergesetzt, und ein immer steigendes Bangen er-griff ihn; ein Drang kam ihn an, sich hinauszustürzen in der Elemente To-ben, aber seiner Gefährten wegen zauderte er. Da war ihm, als höre er durch des Donners schreckliche Stimme eines Weibes markdurchschneidenden Weheruf. Da ward ihm plötzlich der Donner zu Gottes schrecklichem Scheltwort seiner Säumnis, er machte sich auf, was auch die beiden andern sagen mochten. Er schritt, gefasst auf alles, hinaus in die feurigen Wetter, in des Sturmes Wut, der Wolken Fluten; langsam, unwillig kamen die beiden ihm nach.

Es sauste und brauste und tosete, als sollten diese Töne zusammen-schmelzen zur letzten Posaune, die der Welten Untergang verkündet, und feurige Garben fielen über das Dorf, als sollte jede Hütte aufflammen; aber der Diener dessen, der dem Donner seine Stimme gibt und den Blitz zu sei-nem Knechte hat, hat sich vor diesem Mitknecht des gleichen Herren nicht zu fürchten, und wer auf Gottes Wegen geht, kann getrost Gottes Wettern das Seine überlassen. Darum schritt der Priester unerschrocken durch die Wetter dem Kilchstalden zu, die geweihten heiligen Waffen trug er bei sich, und bei Gott war sein Herz. Aber nicht in gleichem Mute folgten ihm die andern, denn nicht am gleichen Orte war ihr Herz; sie wollten nicht den Kilchstalden ab, nicht in solchem Wetter, nicht in später Nacht, und Hans hatte noch einen besondern Grund, warum er nicht wollte. Sie baten den Priester, umzukehren, auf andern Wegen zu gehen; Hans wusste nähere, der Sigrist bessere; beide warnten vor den Wassern im Tale, der aufgeschwolle-nen Grüne. Aber der Priester hörte nicht, achtete ihre Rede nicht; von einem wunderbaren Drange getrieben, eilte er auf den Flügeln des Gebetes dem Kilchstalden zu, sein Fuß stieß an keinen Stein, sein Auge ward durch kei-nen Blitz geblendet; bebend und weit hinter ihm, gedeckt, wie sie meinten, durch das Heiligste, das der Priester selbsten trug, folgten Hans und der Si-grist ihm nach.

Als sie aber hinauskamen vor das Dorf, wo ins Tal hinunter der Stalden sich senkt, da steht der Priester plötzlich still und schirmt mit der Hand die Augen. Unterhalb der Kapelle schimmert in des Blitzes Schein eine rote Fe-der, und des Priesters scharfes Auge sieht aus grünem Hage hervorragen ein schwarzes Haupt, und auf diesem schwankt die rote Feder. Und wie er noch länger schaut, sieht er am jenseitigen Abhang in schnellstem Laufe, wie gejagt von des Windes wildestem Stoße, daherfliegen eine wilde Gestalt dem dunkeln Haupte zu, auf dem einer Fahne gleich die rote Feder schwankte.

Da loderte im Priester auf der heilige Kampfesdrang, der, sobald sie den Bösen ahnen, über die kommt, die gottgeweihten Herzens sind, wie der Trieb über das Samenkorn kommt, wenn das Leben in es dringt, wie er in die Blume dringt, wenn sie sich entfalten soll, wie er über den Helden kommt, wenn sein Feind das Schwert erhebt. Und wie der Lechzende in des Stromes kühle Flut, wie der Held zur Schlacht stürzte der Priester den Stalden nieder, stürzte zum kühnsten Kampf, drang zwischen den Grünen und Christine, die eben das Kindlein in des andern Arme legen wollte, mitten hinein, schmetterte zwischen sie die drei höchsten heiligen Namen, hält das Heiligste dem Grünen ans Gesicht, sprengt heiliges Wasser über das Kind und trifft Christine zugleich. Da fährt mit fürchterlichem Wehegeheul der Grüne von dannen, wie ein glutroter Streifen zuckt er dahin, bis die Erde ihn verschlingt; vom geweihten Wasser berührt, schrumpft mit entsetzlichem Zischen Christine zusammen wie Wolle im Feuer, wie Kalk im Wasser, schrumpft zischend, flammensprühend zusammen bis auf die schwarze, hochaufgeschwollene, grauenvolle Spinne in ihrem Gesicht, schrumpft mit dieser zusammen, zischt in diese hinein, und diese sitzt nun giftstrotzend, trotzig mitten auf dem Kinde und sprüht aus ihren Augen zornige Blitze dem Priester entgegen. Dieser sprengt ihr Weihwasser entgegen, es zischt wie auf heißem Stein gewöhnliches Wasser; immer größer wird die Spinne, streckt immer weiter ihre schwarzen Beine aus über das Kind, glotzt immer giftiger den Priester an; da fasst dieser in feurigem Glaubensmut nach ihr mit kühner Hand. Es ist, als wenn er griffe in glühende Stacheln hinein, aber unerschüttert greift er fest, schleudert das Ungeziefer weg, fasst das Kind und eilt mit ihm sonder Weile der Mutter zu. Und wie sein Kampf zu Ende war, stillte sich auch der Kampf der Wolken, sie eilten wieder in ihre dunkeln Kammern; bald flimmerte in stillem Sternenlicht das Tal, in dem kurz zuvor die wildeste Schlacht getobt, und fast atemlos ereilte der Priester das Haus, in welchem an Mutter und Kind die Freveltat begangen worden.

Dort war die Mutter noch ohnmächtig, mit dem gellenden Schrei hatte sie ihr Leben fortgesendet; neben ihr saß betend die Alte, sie traute noch auf Gott, dass er mächtiger sei als der Teufel böse. Mit dem Kinde brachte der Priester der Mutter auch das Leben zurück. Als sie erwachend das Kindlein wieder sah, durchfloss sie eine Wonne, wie sie nur die Engel im Himmel kennen, und auf der Mutter Armen taufte der Priester das Kind im Namen Gottes des Vaters, des Sohnes und des Heiligen Geistes; und jetzt war es

entrissen des Teufels Gewalt auf immer, bis es sich ihm freiwillig übergeben wollte. Aber vor dem hütete es Gott, in dessen Gewalt jetzt seine Seele
übergeben worden, während der Leib von der Spinne vergiftet blieb.
Bald schied seine Seele wieder, und wie mit Brandflecken war das Leib-
chen gezeichnet. Die arme Mutter weinte wohl, aber wo jeder Teil wieder
dahin gehet, wo er hingehört, zu Gott die Seele, zur Erde der Leib, da findet
sich der Trost ein, früher dem, später jenem.

Sobald der Priester sein heilig Amt verrichtet hatte, begann er ein seltsam
Jucken zu fühlen in Hand und Arm, womit er die Spinne weggeschleudert.
Kleine schwarze Flecken sah er auf der Hand, sichtbarlich wurden sie größer und schwollen auf, Todesschauer rieselte ihm durchs Herz. Er segnete
die Weiber und eilte heim; die heiligen Waffen wollte er als getreuer Strei-
ter wieder dahin bringen, wo sie hingehörten, damit sie einem andern nach
ihm zur Hand seien. Hochauf schwoll der Arm, schwarze Beulen quollen
immer höher auf; er kämpfte mit des Todes Mattigkeit, aber er erlag ihr
nicht.

Als er an den Kilchstalden kam, da sah er Hans, den gottvergessenen Vater, von dem man nicht wusste, wo er geblieben, mitten im Weg auf dem
Rücken liegen. Hochgeschwollen und brandschwarz war sein Gesicht, und
mitten auf demselben saß groß und schwarz und grausig die Spinne. Als der
Pfarrer kam, blähte sie sich auf, giftig bäumten sich die Haare auf ihrem Rücken, giftig und sprühend glotzten ihre Augen ihn an; sie tat wie die Katze,
wenn sie sich rüstet zu einem Sprung in ihres Todfeindes Gesicht. Da begann der Priester einen guten Spruch und hob die heiligen Waffen, und die
Spinne schrak zusammen, kroch langbeinig vom schwarzen Gesicht, verlor
sich in zischendem Gras. Darauf ging der Pfarrer vollends heim, stellte das
Allerheiligste an seinen Ort, und während wilde Schmerzen den Leib zum
Tode rissen, harrte in süßem Frieden seine Seele ihres Gottes, für den sie
recht gestritten in kühnem Gotteskampfe, und lange ließ Gott sie nicht harren.

Aber solch süßer Friede, der still des Herren harrt, war hinten im Tale,
war oben auf den Bergen nicht. Von dem Augenblick an, als Christine mit
dem geraubten Kinde den Berg hinuntergefahren war dem Teufel zu, war
heilloser Schreck in alle Herzen gefahren. Während dem fürchterlichen Un-
gewitter bebten die Menschen in den Schrecken des Todes, denn ihre Herzen wussten wohl, wenn Gottes Hand vernichtend über sie komme, so sei es
mehr als wohlverdient. Als das Gewitter vorüber war, lief die Kunde von
Haus zu Haus, wie der Pfarrer das Kindlein zurückgebracht und getauft,
aber kein Hans, keine Christine gesehen worden. Der grauende Morgen fand
lauter bleiche Gesichter, und die schöne Sonne färbte sie nicht, denn alle

92

wussten wohl, dass nun erst das Schrecklichste kommen werde. Da hörte man, dass mit schwarzen Beulen der Pfarrer gestorben, man fand Hans mit schrecklichem Gesicht, und von der grässlichen Spinne, in die Christine verwandelt worden, hörte man seltsam verwirrte Worte.

Es war ein schöner Erntetag, aber keine Hand rührte sich zur Arbeit; die Leute liefen zusammen, wie man es pflegt am Tage nach dem Tage, an welchem ein großes Unglück begegnet ist. Sie fühlten erst jetzt in ihren bebenden Seelen so recht, was es heiße, von irdischer Not und Plage mit einer unsterblichen Seele sich loskaufen zu wollen, fühlten, dass ein Gott im Himmel sei, der alles Unrecht, das armen Kindern, die sich nicht wehren können, angetan wird, fürchterlich räche. So stunden sie bebend zusammen und jammerten, und wer bei den andern war, der durfte nicht mehr heim; und doch war Zank und Streit unter ihnen, und einer gab den andern Schuld, und jeder wollte abgemahnet und gewarnet haben, und jeder hatte nichts darwider, dass Strafe die Schuldigen treffe, sich und sein Haus wollte aber jeder ohne Strafe. Und wenn sie in diesem schrecklichen Harren und Streiten ein neu unschuldig Opfer gewusst hätten, es wäre keiner gewesen, der nicht an demselben gefrevelt, in der Hoffnung, sich selbst zu retten.

Da schrie mitten im Haufen einer entsetzlich auf; es war ihm, als sei er in einen glühenden Dorn getreten, als nagle man mit glühendem Nagel den Fuß an den Boden, als ströme Feuer durch das Mark seiner Gebeine. Der Haufe fuhr auseinander, und alle Augen sahen nach dem Fuße, gegen den die Hand des Schreienden fuhr. Auf dem Fuße aber saß schwarz und groß die Spinne und glotzte giftig und schadenfroh in die Runde. Da erstarrte allen zuerst das Blut in den Adern, der Atem in der Brust, der Blick im Auge, und ruhig und schadenfroh glotzte die Spinne umher, und der Fuß ward schwarz, und im Leibe war's, als kämpfe zischend und wütend Feuer mit Wasser; die Angst sprengte die Fesseln des Schreckens, der Haufe stob auseinander. Aber in wunderbarer Schnelle hatte die Spinne ihren ersten Sitz verlassen und kroch diesem über den Fuß und jenem an die Ferse, und Glut fuhr durch ihren Leib, und ihr grässlich Geschrei jagte die Fliehenden noch heftiger. In Windeseile, in Todesschrecken, wie das gespenstige Wild vor der wilden Jagd, stoben sie ihren Hütten zu, und jeder meinte hinter sich die Spinne, verrammelte die Tür und hörte doch nicht auf zu beben in unsäglicher Angst.

Und eines Tages war die Spinne verschwunden, kein neues Todesgeschrei hörte man; die Leute mussten die verrammelten Häuser verlassen, mussten Speise suchen fürs Vieh und sich, sie taten es mit Todesangst. Denn wo war jetzt die Spinne, und konnte sie nicht hier sein und unversehens auf den Fuß sich setzen? Und wer am vorsichtigsten niedertrat und mit den Augen am schärfsten spähte, der sah die Spinne plötzlich sitzend auf Hand oder Fuß, sie lief ihm übers Gesicht, saß schwarz und groß ihm auf der Nase und glotzte ihm in die Augen; feurige Stacheln wühlten sich in sein Gebein, der Brand der Hölle schlug über ihm zusammen, bis der Tod ihn streckte.

So war die Spinne bald nirgends, bald hier, bald dort, bald im Tale unten, bald auf den Bergen oben; sie zischte durchs Gras, sie fiel von der Decke, sie tauchte aus dem Boden auf. An hellem Mittag, wenn die Leute um ihr Hafermus saßen, erschien sie glotzend unten am Tisch, und ehe die Menschen vom Schrecken auseinandergesprengt, war sie allen über die Hände gelaufen, saß oben am Tisch auf des Hausvaters Haupt und glotzte über den Tisch, die schwarz werdenden Hände weg. Sie fiel des Nachts den Leuten ins Gesicht, begegnete ihnen im Wald, suchte sie heim im Stall. Die Menschen konnten sie nicht meiden, sie war nirgends und allenthalben, konnten im Wachen vor ihr sich nicht schützen, waren schlafend vor ihr nicht sicher. Wenn sie am sichersten sich wähnten unterem freien Himmel, auf eines Baumes Gipfel, so kroch Feuer ihnen den Rücken hoch, der Spinne feurige Füße fühlten sie im Nacken, sie glotzte ihnen über die Achsel. Das Kind in der Wiege, den Greis auf dem Sterbebette schonte sie nicht; es war ein Sterbet, wie man noch von keinem wusste, und das Sterben daran war schrecklicher, als man es je erfahren, und schrecklicher noch als das Sterben war die namenlose Angst vor der Spinne, die allenthalben war und nirgends, die, wenn man am sichersten sich wähnte, einem todbringend plötzlich in die Augen glotzte.

Die Kunde von diesem Schrecken war natürlich alsbald ins Schloss gedrungen und hatte auch dorthin Schreck und Streit gebracht, soweit er bei den Regeln des Ordens stattfinden konnte. Dem von Stoffeln machte es bange, dass auch sie ebenso heimgesucht werden möchten wie früher ihr Vieh, und der verstorbene Priester hatte manches geäußert, welches ihm jetzt die Seele aufrührte. Er hatte ihm manchmal gesagt, dass alles Leid, welches er den Bauern antue, auf ihn zurückfahre; aber er hatte es nie geglaubt, weil er meinte, Gott werde einen Unterschied zu machen wissen zwischen einem Ritter und einem Bauer, hätte er sie doch sonst nicht so verschieden erschaffen. Aber jetzt ward ihm doch Angst, es gehe nach des Priesters Wort, gab harte Worte seinen Rittern und meinte, es käme jetzt schwere Strafe ihrer leichtfertigen Worte wegen. Die Ritter aber wollten auch nicht schuld sein, und einer schob es dem Andern zu, und wenn's auch keiner sagte, so meintens doch alle, das gehe eigentlich nur den von Stoffeln an, denn wenn man es recht nehme, so sei der an allem schuld. Und neben diesem sahen sie einen jungen Polenritter an, der hatte eigentlich die meisten leichtfertigen

Worte über das Schloss gesprochen und den von Stoffeln am meisten gereizt zum neuen Bau und vermessenen Schattengange. Der war noch sehr jung, aber der Wildeste von allen, und wenn's eine vermessene Tat galt, so war er voran; er war wie ein Heide und fürchtete weder Gott noch Teufel.

Der merkte wohl, was die andern meinten, aber ihm nicht sagen durften, merkte auch ihre heimliche Angst. Darum höhnte er sie und sagte, wenn sie vor einer Spinne sich fürchteten, was sie dann gegen Drachen machen wollten! Dann wappnete er sich gut und ritt ins Tal hinauf, sich vermessend, nicht zurückkehren zu wollen, bis sein Ross die Spinne zertreten, seine Faust sie zerdrückt. Wilde Hunde sprangen um ihn her, der Falke saß ihm auf der Faust, am Sattel hing die Lanze, lustig bäumte sich das Pferd; halb schadenfroh, halb ängstlich sah man ihn aus dem Schlosse reiten und gedachte der nächtlichen Wache auf Bärhegen, wo die Kraft der weltlichen Waffen gegen diesen Feind so schlecht sich bewährt hatte.

Er ritt am Saum eines Tannenwaldes dem nächsten Gehöfte zu, scharfen Auges spähend um und über sich. Als er das Haus erblickte, Leute darum, rief er den Hunden, machte das Haupt des Falken frei, lose klirrte in der Scheide der Dolch. Wie der Falke die geblendeten Augen zum Ritter kehrte, seines Winkes gewärtig, prallte er von der Faust und schoss in die Luft, die hergesprungenen Hunde heulten auf und suchten mit dem Schweife zwischen den Beinen das Weite. Vergebens ritt und rief der Ritter, seine Tiere sah er nicht wieder. Da ritt er den Menschen zu, wollte Kunde einziehen; sie stunden ihm, bis er nahe kam. Da schrien sie grässlich auf und flohen in Wald und Schlucht, denn auf des Ritters Helm saß schwarz, in übernatürlicher Größe die Spinne und glotzte giftig und schadenfroh ins Land. Was er suchte, das trug der Ritter und wusste es nicht; in glühendem Zorn rief und ritt er den Menschen nach, rief immer wütender, ritt immer toller, brüllte immer entsetzlicher, bis er und sein Ross über eine Fluh hinab zu Tale stürzten. Dort fand man Helm und Leib, und durch den Helm hindurch hatten die Füße der Spinne sich gebrannt dem Ritter bis ins Gehirn hinein, den schrecklichsten Brand ihm dort entzündet, bis er den Tod gefunden.

Da kehrte der Schreck erst recht ein ins Schloss; sie schlossen sich ein und fühlten sich doch nicht sicher, sie suchten nach geistigen Waffen, fanden aber lange niemand, der sie zu führen wusste und zu führen wagte. Endlich ließ sich ein ferner Pfaffe locken mit Geld und Wort; er kam und wollte ausziehen mit heiligem Wasser und heiligen Sprüchen gegen den bösen Feind. Dazu aber stärkte er sich nicht mit Gebet und Fasten, sondern er tafelte des Morgens früh mit den Rittern und zählte die Becher nicht und lebte wohl an Hirsch und Bär. Dazwischen redete er viel von seinen geistigen Heldentaten und die Ritter von ihren weltlichen, und die Becher zählte man sich nicht nach, und die Spinne vergaß man. Da löschte auf einmal alles Leben aus, die Hände hielten erstarrt Becher oder Gabel, der Mund blieb offen, stier waren alle Augen auf einen Punkt gerichtet, nur der von Stoffeln trank den Becher leer und erzählte von einer Heldentat im Heidenland. Aber auf seinem Kopf saß groß die Spinne und glotzte um den Rittertisch, aber der Ritter fühlte sie nicht. Da begann die Glut zu strömen durch Gehirn und Blut, grässlich schrie er auf, fuhr mit der Hand nach dem Kopf, aber die Spinne war nicht mehr dort, war in ihrer schrecklichen Schnelle den Rittern allen über ihre Gesichter gelaufen, Keiner konnte es wehren; einer nach dem andern schrie auf, von Glut verzehrt, und von des Pfaffen Glatze nieder glotzte sie in den Gräuel hinein, und mit dem Becher, der nicht aus seiner Hand wollte, wollte der Pfaffe den Brand löschen, der loderte vom Kopf herab durch Mark und Bein. Aber der Waffe trotzte die Spinne und glotzte von ihrem Thron herab in den Gräuel, bis der letzte Ritter den letzten Schrei ausgestoßen, am letzten Atemzug geendet.

Im Schloss blieben nur wenige Diener verschont, die nie Hohn mit den Bauern getrieben; sie erzählten, wie schrecklich es gegangen. Das Gefühl, dass den Rittern ihr Recht geschehen, tröstete aber die Bauern nicht; der Schreck ward immer größer, grässlicher. Mancher suchte zu fliehen. Die einen wollten das Tal verlassen, aber gerade die fielen der Spinne zu. Auf dem Weg fand man ihre Leichname. Andere flohen auf die hohen Berge, aber droben vor ihnen war die Spinne, und wenn sie sich gerettet glaubten, so saß ihnen die Spinne im Nacken oder im Gesicht. Das Untier ward immer boshafter, immer teuflischer. Es überraschte nicht mehr unerwartet, brannte nicht mehr unversehens den Tod ein; es saß vor dem Menschen im Grase, hing über ihm am Baume, glotzte giftig ihn an. Dann floh der Mensch, so weit seine Füße ihn trugen, und stund er atemlos stille, so saß die Spinne vor ihm und glotzte giftig ihn an. Floh er abermals und musste er abermals die Schritte hemmen, so saß sie wieder vor ihm, und konnte er nicht mehr fliehen, dann erst kroch sie langsam an ihn heran und gab ihm den Tod.

Da versuchte wohl mancher in der Verzweiflung Widerstand und ob die Spinne nicht zu töten sei, warf zentnerige Steine auf sie, wenn sie vor ihm im Grase saß, schlug mit Keulen, mit Beilen nach ihr, aber alles umsonst; der schwerste Stein erdrückte sie nicht, das schärfste Beil verletzte sie nicht, unversehens saß sie dem Menschen im Gesicht, unversehrt kroch sie an ihn heran. Flucht, Widerstand, alles war eitel. Da ging alles Hoffen aus, und Verzweiflung füllte das Tal, saß auf den Bergen.

Ein einziges Haus hatte das Untier bis dahin verschont und war nie in demselben erschienen; es war das Haus, in welchem Christine gewohnt, aus welchem sie das Kindlein geraubet. Ihren eigenen Mann hatte sie auf einsamer Weide angefallen, dort fand man seinen Leichnam grässlich zugerichtet wie keinen andern, seine Züge zerrissen in unaussprechlichem Schmerze; an ihm hatte sie ihren grässlichsten Zorn ausgelassen, das grässlichste Wiedersehn dem Ehemann bereitet. Aber wie es zuging, hat niemand gesehen. Zum Haus war sie noch nicht gekommen; ob sie es bis zuletzt sparen wollte, oder ob sie sich scheute davor, das erriet man nicht. Aber nicht weniger als an andern Orten war die Angst eingekehrt.

Das fromme Weibchen war genesen, und es zagte nicht für sich, aber fast sehr um sein treues Bübchen und dessen Schwesterchen und wachte über sie Tag und Nacht, und die treue Großmutter teilte seine Sorgen und Wachen. Und gemeinsam beteten sie zu Gott, dass er ihnen ihre Augen offen halten möchte zur Wache, dass er sie erleuchten und stärken möchte zur Rettung der unschuldigen Kindlein.

Oft war es ihnen, wenn sie so wachten lange Nächte durch, als sehten sie die Spinne glimmen und glitzern in dunkelm Winkel, als glotze sie zum Fenster herein; dann ward ihre Angst groß, denn sie wussten keinen Rat, wie vor der Spinne die Kindlein schützen, und um so brünstiger baten sie Gott um seinen Rat und Beistand. Sie hatten allerlei Waffen zur Hand gelegt, aber wie sie hörten, dass der Stein seine Schwere, das Beil seine Schärfe verliere, sie wieder beiseite gelegt. Da kam es der Mutter immer deutlicher vor, immer lebendiger in den Sinn: wenn jemand es wagen würde, die Spinne mit der Hand zu fassen, so vermöchte man sie zu überwältigen. Sie hörte auch von Leuten, die, als der Stein nichts half, mit der Hand sie zu erdrücken versuchten, allein vergeblich. Ein grässlicher Glutstrom, der durch Hand und Arm zuckte, tilgte jede Kraft und brachte den Tod ins Herz. Es kam ihr auch vor, zu erdrücken vermöchte sie die Spinne nicht, aber sie erfassen dürfte sie wohl, und so viel Kraft würde ihr Gott verleihen, dieselbe irgendwohin zu tun, sie unschädlich zu machen. Sie hatte schon oft gehört, wie kundige Männer Geister eingesperrt hätten in ein Loch in Felsen oder Holz, welches sie mit einem Nagel zugeschlagen, und solange den Nagel niemand ausziehe, müsse der Geist gebannt im Loche sein.

Gleiches zu versuchen, drängte der Geist sie immer mehr. Sie bohrte ein Loch in das Bystal, das ihr am nächsten lag zur rechten Hand, wenn sie bei der Wiege saß, rüstete einen Zapfen, der scharf ins Loch passte, weihte ihn mit geheiligtem Wasser, legte einen Hammer zurecht und betete nun Tag und Nacht zu Gott um Kraft zur Tat. Aber manchmal war das Fleisch stärker als der Geist, und schwerer Schlaf drückte ihr die Augen zu; dann sah sie im Traum die Spinne, glotzend auf ihres Bübchens goldenen Locken, dann fuhr sie aus dem Traume, fuhr nach des Bübchens Locken. Dort war aber keine Spinne, ein Lächeln saß auf seinem Gesichtchen, wie Kindlein lächeln, wenn sie ihren Engel im Traume sehen; der Mutter aber glitzerten in allen Ecken der Spinne giftige Augen, und auf lange wich der Schlaf von ihr.

So hatte sie auch einmal nach strengem Wachen der Schlaf überwältigt, und dicht umnachtete er sie. Da war es ihr, als stürze der fromme Priester, der in der Rettung ihres Kindleins gestorben, herbei aus weiten Räumen und rufe aus der Ferne her: »Weib, wache auf, der Feind ist da!« Dreimal rief er so, und erst beim dritten Mal rang sie sich los aus des Schlafes engen Banden; aber wie sie die schweren Augenlider mühsam hob, sah sie langsam, giftgeschwollen die Spinne schreiten übers Bettlein hinauf dem Gesichte ihres Bübchens zu. Da dachte sie an Gott und griff mit rascher Hand die Spinne. Da fuhren Feuerströme von derselben aus, der treuen Mutter durch Hand und Arm bis ins Herz hinein; aber Muttertreue und Mutterliebe drückten die Hand ihr zu, und zum Aushalten gab Gott die Kraft. Unter tausendfachen Todesschmerzen drückte sie mit der einen Hand die Spinne ins bereitete Loch, mit der andern den Zapfen davor und schlug mit dem Hammer ihn fest.

Drinnen sauste und brauste es, wie wenn mit dem Meere die Wirbelwinde streiten; das Haus wankte in seinen Grundfesten, aber fest saß der Zapfen, gefangen blieb die Spinne. Die treue Mutter aber freute sich noch, dass sie ihre Kindlein gerettet, dankte Gott für seine Gnade, dann starb sie auch den gleichen Tod wie alle; aber ihre Muttertreue löschte die Schmerzen aus, und die Engel geleiteten ihre Seele zu Gottes Thron, wo alle Helden sind, die ihr Leben eingesetzt für andere, die für Gott und die Ihren alles gewagt.

Nun war der schwarze Tod zu Ende. Ruhe und Leben kehrten ins Tal zurück. Die schwarze Spinne ward nicht mehr gesehen zur selben Zeit, denn sie saß in jenem Loche gefangen, wo sie jetzt noch sitzt.

»Was, dort im schwarzen Holz?« schrie die Gotte und fuhr mit einem Satz vom Boden auf, als ob sie in einem Ameisenhaufen gesessen wäre. An jenem Holz war sie gesessen in der Stube. Und jetzt brannte sie ihr Rücken, sie drehte sich, sie schaute hinter sich, fuhr mit der Hand auf und ab und kam nicht aus der Angst, die schwarze Spinne sitze ihr im Nacken.

Auch den andern waren die Herzen zugeklemmt, als der Großvater schwieg. Es war ein großes Schweigen über sie gekommen. Spott mochte niemand wagen, der Sache beistimmen auch nicht gerne; es hörte jeder lieber auf das erste Wort des andern, um darnach die eigene Rede richten zu können, so verfehlt man sich am wenigsten. Da kam die Hebamme, die schon mehrere Male gerufen hatte, ohne Antwort zu bekommen, hergelaufen; ihr Gesicht brannte hochrot, es war, als ob die Spinne auf demselben herumgekrochen wäre. Sie begann zu schmälen, dass niemand kommen wolle, wie laut sie auch rufe. Das sei ihr doch auch eine wunderliche Sache; wenn man gekocht habe, so wolle niemand zum Tisch, und wenn dann alles nicht mehr gut sei, so solle sie schuld sein an allem, sie wisse wohl, wie es gehe. So fettes Fleisch, wie drinnen stehe, könne niemand mehr essen, wenn es kalt geworden; dazu sei es noch gar ungesund.

Nun kamen die Leute wohl, aber gar langsam, und keines wollte das Erste bei der Türe sein, der Großvater musste der Erste sein. Es war diesmal nicht sowohl die übliche Sitte, nicht den Schein haben zu wollen, als möge man nicht warten, bis man zum Essen komme; es war das Zögern, das alle befällt, wenn sie am Eingang stehen eines schauerlichen Ortes, und doch war drinnen nichts Schauerliches. Hell glänzten auf dem Tische, frisch gefüllt, die schönen Weinflaschen zwei glänzende Schinken prangten, gewaltige Kalbs- und Schafbraten dampften, frische Züpfen lagen dazwischen, Teller mit Torten, Teller mit dreierlei Küchlene waren dazwischengezwängt, und auch die Kännchen mit dem süßen Tee fehlten nicht. So war's ein schönes Schauen, und doch achteten alle desselben wenig; aber alle sahen sich um mit ängstlichen Augen, ob nicht die Spinne aus irgendeiner Ecke glitzere oder gar vom prangenden Schinken herab sie anglotze mit ihren giftigen Augen. Man sah sie nirgends, und doch machte niemand die üblichen Komplimente: Was man doch sinne, noch so viel aufzustellen, wer das doch essen solle, man habe bereits mehr als zu viel; sondern alle drängten sich an die untern Ecken des Tisches, niemand wollte hinauf.

Umsonst mahnte man die Gäste nach oben und zeigte auf die leeren Plätze, sie stunden unten wie angenagelt; vergebens schenkte der Kindbettimann ein und rief, sie sollten doch kommen und Gesundheit machen, es sei eingeschenkt. Da nahm derselbe die Gotte beim Arm und sagte: »Sei du das Witzigeste und gib das Exempel.« Aber mit aller Kraft, und die war nicht klein, sperrte sich die Gotte und rief: »Nicht um tausend Pfund sitze ich mehr da oben! Es gramselt mir den Rücken auf und nieder, als führe man mir mit Nesseln daran herum. Und säße ich dort vor dem Bystal, so fühlte ich die schreckliche Spinne sonder Unterlass im Nacken.« »Daran bist du schuld, Großvater«, sagte die Großmutter, »warum bringst du solche Dinge aufs Tapet. So etwas trägt heutzutage nichts mehr ab und kann dem ganzen Hause schaden. Und wenn einst die Kinder aus der Schule kommen und weinen und klagen, die andern Kinder hielten ihnen vor, ihre Großmutter sei eine Hexe gewesen und ins Bystal gebannt, so hast du es dann.«

»Sei ruhig, Großmutter«, sagte der Großvater, »man hat heutzutage alles bald wieder vergessen und behält nichts mehr lange im Gedächtnis wie ehedem. Man hat die Sache von mir haben wollen, und es ist besser, die Leute vernehmen Punktum die Wahrheit, als dass sie selbst etwas ersinnen, die

Wahrheit bringt unserem Hause keine Unehre. Aber kommt und sitzet; seht, vor den Zapfen will ich selbsten sitzen. Bin ich doch schon viel tausend Tage da gesessen ohne Furcht und ohne Zagen und darum auch ohne Gefahr. Nur wenn böse Gedanken in mir aufstiegen, die dem Teufel zur Handhabe werden konnten, so war es mir als schnurre es hinter mir, wie eine Katze schnurret, wenn man sich mit ihr anlässt, ihr den Balg streicht, ihr behaglich wird, und mir fuhr es den Rücken hoch seltsam und absonderlich. Sonst aber hält sie sich mäusestill da innen, und solange man hier außen Gott nicht vergisst, muss sie warten da innen.«

Da fassten die Gäste Mut und setzten sich, aber ganz nahe zum Großvater rückte niemand. Jetzt endlich konnte der Kindbettimann vorlegen, legte ein mächtiges Stück Braten seiner Nachbarin auf den Teller; diese schnitt ein Stückchen ab und legte den Rest auf des Nachbars Teller, ihn mit dem Daumen von der Gabel streifend. So ging das Stück um, bis einer sagte, er denke, er behalte es, es sei noch mehr, wo das gewesen sei; ein neues Stück begann die Runde. Während der Kindbettimann einschenkte und vorlegte und die Gäste ihm sagten, er hätte heute einen strengen Tag, ging die Hebamme herum mit dem süßen Tee, stark gewürzt mit Safran und Zimmet, bot allen an und fragte: Wer ihn liebe, solle es nur sagen, er sei für alle da. Und wer sagte, er sei Liebhaber, dem schenkte sie Tee in den Wein und sagte: Sie liebe ihn auch, man möge den Wein viel besser vertragen, er mache einem nicht Kopfweh. Man aß und trank. Aber kaum war der Lärm vorbei, der allemal entsteht, wenn man hinter neue Gerichte geht, so ward man wieder stille, und ernst wurden die Gesichter; man merkte wohl, alle Gedanken waren bei der Spinne. Scheu und verstohlen blickten die Augen nach dem Zapfen hinter des Großvaters Rücken, und doch scheute jeder sich, wieder davon anzufangen.

Da schrie laut auf die Gotte und wäre fast vom Stuhle gefallen. Eine Fliege war über den Zapfen gelaufen; sie hatte geglaubt, der Spinne schwarze Beine gramselten zum Loch heraus, und zitterte vor Schreck am ganzen Leibe. Kaum ward sie ausgelacht, ihr Schreck war willkommener Anlass, von neuem von der Spinne anzufangen; denn wenn einmal eine Sache unsere Seele recht berührt hat, so kommt dieselbe nicht so schnell davon los.

»Aber hör mal, Vetter«, sagte der ältere Götti, »ist die Spinne seither nie aus dem Loche gekommen, sondern immer darin geblieben seit so vielen hundert Jahren?« »E«, sagte die Großmutter, es wäre besser, man schwiege von der ganzen Sache, man hätte ja den ganzen Nachmittag davon geredet. »E, Mutter«, sagte der Vetter, »lass deinen Alten reden, er hat uns recht kurze Zeit gemacht, und vorhalten wird euch das Ding niemand, stammt ihr ja nicht von Christine ab. Und du bringst unsere Gedanken doch nicht von der

Sache ab, und wenn wir nicht von ihr reden dürfen, so reden wir auch von nichts anderem, dann gibt's keine kurze Zeit mehr. Nun, Großvater, rede, deine Alte wird es uns nicht vergönnen.« »He, wenn ihr es zwingen wollt, so zwingt es meinethalben, aber gescheiter wäre es gewesen, man hätte jetzt von etwas anderm angefangen und besonders jetzt auf die Nacht hin«, sagte die Großmutter.

Da begann der Großvater, und alle Gesichter spannten sich wieder: »Was ich weiß, ist nicht mehr viel, aber was ich weiß, will ich sagen; es kann sich vielleicht in der heutigen Zeit jemand ein Exempel daran nehmen, schaden würde es wahrhaftig vielen nichts.«

Als die Leute die Spinne eingesperrt wussten, sie ihres Lebens wieder sicher waren, da soll es ihnen gewesen sein, als seien sie im Himmel und der liebe Gott mit seiner Seligkeit mitten unter ihnen, und lange ging es gut. Sie hielten sich zu Gott und flohen den Teufel, und auch die Ritter, die frisch eingezogen waren ins Schloss, hatten Respekt vor Gottes Hand und hielten milde die Menschen und halfen ihnen auf.

Dieses Haus aber betrachteten alle mit Ehrfurcht, fast wie eine Kirche. Anfangs schauderte es sie freilich, wenn sie es ansahen, den Kerker der schrecklichen Spinne sahen und dachten, wie leicht sie da losbrechen und das Elend von vorne anfangen könnte mit des Teufels Gewalt. Aber sie sahen bald, dass da Gottes Gewalt stärker sei als die des Teufels, und aus Dank gegen die Mutter, die für alle gestorben, halfen sie den Kindern und bauten ihnen unentgeltlich den Hof, bis sie ihn selbsten bearbeiten konnten. Die Ritter wollten ihnen bewilligen, ein neues Haus zu bauen, damit sie vor der Spinne sich nicht zu fürchten hätten oder diese durch Zufall im bewohnten Haus loskomme, und viele Nachbaren wollten ihnen helfen, die der Scheu vor dem Untier, vor dem sie so schrecklich gezittert, nicht los werden konnten. Aber die alte Großmutter wollte es nicht tun. Sie lehrte ihre Enkel: Hier sei die Spinne gebannt durch Gott Vater, Sohn und Heiligen Geist; solange diese drei heiligen Namen gelten in diesem Hause, solange in diesen drei heiligen Namen an diesem Tische gegessen und getrunken werde, so lange seien sie vor der Spinne sicher und diese fest im Loch, und kein Zufall mache etwas an der Sache. Hier an diesem Tisch, hinter ihnen die Spinne, werden sie nie vergessen, wie nötig ihnen Gott und wie mächtig er sei; so mahne sie die Spinne an Gott und müsse dem Teufel zum Trotz ihnen zum Heil werden. Ließen sie aber von Gott, und wäre es hundert Stunden von da, so könnte die Spinne sie finden oder der Teufel selbst. Das fassten die Kinder blieben im Haus, wuchsen gottesfürchtig auf, und über dem Hause war der Segen Gottes. Das Bübchen, welches so treu der Mutter gewesen, so treu die Mutter ihm, wuchs auf zu einem stattlichen Mann, der lieb war Gott und Menschen und Gnade bei den Rittern fand. Darum ward er auch gesegnet mit zeitlichem Gut und vergaß Gott nie darob, ward nie geizig damit; er half andern in ihren Nöten, wie er wünschte, dass ihm geholfen werde in der letzten Not, und wo er zu schwach zu eigener Hilfe war, da ward er ein um so kräftigerer Fürsprecher bei Gott und Menschen. Er ward gesegnet mit einem weisen Weibe, und zwischen ihnen war ein unergründlicher Friede; darum blühten fromm ihre Kinder auf, und beide fanden spät einen sanften Tod. Seine Familie blühte fort in Gottesfurcht und Rechttun.

Ja, über dem ganzen Tal lag der Segen Gottes, und Glück war in Feld und Stall und Friede unter den Menschen. Die schreckliche Lehre war den Menschen zu Herzen gegangen, sie hielten fest an Gott; was sie taten, taten sie in seinem Namen, und wo einer dem andern helfen konnte, da säumte er nicht. Vom Schlosse her ward ihnen kein Übel, aber viel Gutes. Immer weniger Ritter wohnten dort, denn immer härter ward der Streit im Heidenland und immer nötiger jede Hand, die fechten konnte; die aber, welche im Schlosse waren, mahnte täglich die große Totenhalle, in der die Spinne an Rittern wie an den Bauern ihre Macht geübt, dass Gott mit gleicher Kraft über jedem sei, der von ihm abfalle, sei er Bauer oder Ritter.

So schwanden viele Jahre in Glück und Segen, und das Tal ward berühmt vor allen andern. Stattlich waren ihre Häuser, groß ihre Vorräte, manch Geldstück ruhte im Kasten, ihr Vieh war das schönste zu Berg und Tal, und ihre Töchter waren berühmt landauf, landab und ihre Söhne gerne gesehen überall. Und dieser Ruhm welkte nicht über Nacht wie dem Jonas seine Schattenstaude, sondern er dauerte von Geschlecht zu Geschlecht; denn in der gleichen Gottesfurcht und Ehrbarkeit wie die Väter lebten auch die Söhne von Geschlecht zu Geschlecht. Aber wie gerade in den Birnbaum, der am flüssigsten genährt wird, am stärksten treibt, der Wurm sich bohrt, ihn umfrisst, welken lässt und tötet, so geschieht es, dass wo Gottes Segenstrom am reichsten über die Menschen fließt, der Wurm in den Segen kommt, die Menschen bläht und blind macht, dass sie ob dem Segen Gott vergessen, ob dem Reichtum den, der ihn gegeben hat, dass sie werden wie die Israeliten, die, wenn Gott ihnen geholfen, ob goldenen Kälbern ihn vergaßen. So wurden, nachdem viele Geschlechter dahingegangen, Hochmut und Hoffart heimisch im Tale, fremde Weiber brachten und mehrten beides. Die Kleider wurden hoffärtiger, Kleinode sah man glänzen, ja selbst an die heiligen Zeichen wagte die Hoffart sich, und statt dass ihre Herzen während dem Beten inbrünstig bei Gott gewesen wären, hingen ihre Augen hoffärtig an den goldenen Kugeln ihres Rosenkranzes. So ward ihr Gottesdienst Pracht und Hoffart, ihre Herzen aber hart gegen Gott und Menschen. Um Gottes Gebote bekümmerte man sich nicht, seines Dienstes, seiner Diener spottete man;

denn wo viel Hoffart ist oder viel Geld, da kommt gerne der Wahn, dass man seine Gelüste für Weisheit hält und diese Weisheit höher als Gottes Weisheit. Wie sie früher von den Rittern geplagt worden waren, so wurden sie jetzt hart gegen das Gesinde und plagten dieses, und je weniger sie selbst arbeiteten, um so mehr muteten sie diesem zu, und je mehr sie Arbeit von Knechten und Mägden forderten, um so mehr behandelten sie dieselben wie unvernünftiges Vieh, und dass diese auch Seelen hätten, die zu wahren seien, dachten sie nicht. Wo viel Geld oder viel Hoffart ist, da fängt das Bauen an, einer schöner als der andere, und wie früher die Ritter bauten, so bauten jetzt sie, und wie früher die Ritter sie plagten, so schonten sie jetzt weder Gesinde noch Vieh, wenn der Bauteufel über sie kam. Dieser Wandel war auch über dieses Haus gekommen, während der alte Reichtum geblieben war.

Fast zweihundert Jahre waren verflossen, seit die Spinne im Loche gefangen saß, da war ein schlau und kräftig Weib hier Meister; sie war keine Lindauerin, aber doch glich sie Christine in vielen Stücken. Sie war auch aus der Fremde, der Hoffart, dem Hochmute ergeben, und hatte einen einzigen Sohn; der Mann war unter ihrer Meisterschaft gestorben. Dieser Sohn war ein schöner Bube, hatte ein gutes Gemüt und war freundlich mit Mensch und Vieh; sie hatte ihn auch gar lieb, aber sie ließ es ihn nicht merken. Sie meisterte ihn jeden Schritt und Tritt, und keiner war ihr recht, den sie ihm nicht erlaubt, und längst war er erwachsen und durfte nicht zur Kameradschaft und an keine Kilbi ohne der Mutter Begleitung. Als sie ihn endlich alt genug glaubte, gab sie ihm ein Weib aus ihrer Verwandtschaft, eins nach ihrem Sinn. Jetzt hatte er zwei Meister statt nur einen, und beide waren gleich hoffärtig und hochmütig, und weil sie es waren, so sollte auch Christen es sein, und wenn er freundlich war und demütig, wie es ihm so wohl anstund, so erfuhr er, wer Meister war.

Schon lange war das alte Haus ihnen ein Dorn im Auge, und sie schämten sich seiner, da die Nachbarn neue Häuser hatten und doch kaum so reich als sie waren. Die Sage von der Spinne und was die Großmutter gesagt, war damals noch in jedermanns Gedächtnis, sonst wäre das alte Haus längst schon eingerissen worden, aber alle wehrten es ihnen. Sie nahmen aber dieses Wehren immer mehr für Neid, der ihnen kein neues Haus gönne. Zudem ward es ihnen immer unheimeliger im alten Hause. Wenn sie hier am Tisch saßen, so war es ihnen, entweder als schnurre hinter ihnen behaglich die Katze, oder als ginge leise das Loch auf und die Spinne ziele nach ihrem Nacken. Ihnen fehlte der Sinn, der das Loch vermachte, darum fürchteten sie sich immer mehr, das Loch möchte sich öffnen. Darum fanden sie einen guten Grund, ein neues Haus zu bauen, in dem sie die Spinne nicht zu fürchten hätten, wie sie meinten. Das alte wollten sie dem Gesinde überlassen, das ihrer Hoffart oft im Wege war; so wurden sie rätig.

Christen tat es sehr ungern, er wusste, was die alte Großmutter gesagt, und glaubte, dass der Familiensegen an das Familienhaus geknüpft sei, und vor der Spinne fürchtete er sich nicht, und wenn er hier oben am Tisch saß, so schien es ihm, er könne am andächtigsten beten. Er sagte, wie er es meinte, aber seine Weiber hießen ihn schweigen, und weil er ihr Knecht war, so schwieg er auch, weinte aber oft bitterlich, wenn sie es nicht sahen.

Dort, oberhalb des Baumes, unter welchem wir gesessen, sollte ein Haus gebaut werden, wie keiner eins hätte in der ganzen Gegend. In hoffärtiger Ungeduld, weil sie keinen Verstand vom Bauen hatten und nicht warten mochten, bis sie mit dem neuen Haus hochmütig tun konnten, plagten sie beim Bauen Gesinde und Vieh übel, schonten selbst die heiligen Feiertage nicht und gönnten ihnen auch des Nachts nicht Ruhe, und kein Nachbar war, der ihnen helfen konnte, dass sie zufrieden waren, dem sie nicht Böses nachgewünscht, wenn er nach unentgeltlicher Hilfe, wie man sie schon damals einander leistete, wieder heimging, um auch nach seiner Sache zu sehen. Als man aufrichtete und den ersten Zapfen in die Schwelle schlug, so rauchte es aus dem Loche herauf wie nasses Stroh, wenn man es anbrennen will; da schüttelten die Werkleute bedenklich die Köpfe und sagten es heimlich und laut, dass der neue Bau nicht alt werden werde, aber die Weiber lachten darüber und achteten des Zeichens nicht. Als endlich das Haus erbauet war, zogen sie hinüber, richteten sich ein mit unerhörter Pracht und gaben als sogenannte Hausräuki eine Kilbi, die drei Tage lang dauerte und Kind und Kindeskinder noch davon erzählten im ganzen Emmental.

Aber während allen dreien Tagen soll man im ganzen Haus ein seltsam Surren gehört haben wie das einer Katze, welcher es behaglich wird, weil man ihr den Balg streicht. Doch die Katze, von welcher es kam, konnte man trotz alles Suchens nicht finden; da ward manchem unheimlich, und trotz aller Herrlichkeit lief er mitten aus dem Feste. Nur die Weiber hörten nichts oder achteten dessen nicht, mit dem neuen Hause meinten sie alles gewonnen. Ja, wer blind ist, sieht auch die Sonne nicht, und wer taub ist, hört auch den Donner nicht. Darum freuten die Weiber des neuen Hauses sich, wurden alle Tage hoffärtiger, dachten an die Spinne nicht, sondern führten im neuen Hause ein üppiges, arbeitsloses Leben mit Putzen und Essen; kein Mensch konnte es ihnen treffen, und an Gott dachten sie nicht.

Im alten Hause blieb das Gesinde alleine, lebte, wie es wollte, und wenn Christen dasselbe auch unter seiner Aufsicht haben wollte, so duldeten die Weiber es nicht und schalten ihn, die Mutter aus Hochmut hauptsächlich, das Weib aus Eifersucht zumeist. Daher war drunten keine Ordnung und bald auch keine Gottesfurcht, und wo kein Meister ist, geht es so durchweg. Wenn kein Meister oben am Tisch sitzt, kein Meister im Haus die Ohren spitzt, kein Meister draußen und drinnen die Zügel hält, so meint sich bald der der Größte, welcher am wüstesten tut, und der der Beste, welcher die ruchlosesten Reden führt. So ging es zu im Hause drunten, und das sämtliche Gesinde glich bald einem Rudel Katzen, wenn sie am wüstesten tun. Von Beten wusste man nichts mehr, hatte darum weder vor Gottes Willen noch vor seinen Gaben Respekt. Wie die Hoffart der Meisterweiber keine Grenzen mehr kannte, so hatte der tierische Übermut des Gesindes keine Schranken mehr. Man schändete ungescheut das Brot, trieb das Hafermus über den Tisch weg mit den Löffeln sich an die Köpfe, ja verunreinigte viehisch die Speise, um boshaft den andern die Lust am Essen zu vertreiben. Sie neckten die Nachbarn, quälten das Vieh, höhnten jeden Gottesdienst, leugneten alle höhere Gewalt und plagten auf alle Weise den Priester, der strafend zu ihnen geredet hatte; kurz sie hatten keine Furcht mehr vor Gott und Menschen und taten alle Tage wüster. Das wüsteste Leben führten Knechte und Mägde, und doch plagten sie einander wie nur möglich, und als die Knechte nicht mehr wussten, wie sie auf neue Art die Mägde quälen konnten, da fiel es einem ein, mit der Spinne im Loch die Mägde zu schrecken oder zahm zu machen. Er schmiss Löffel voll Habermus oder Milch an den Zapfen und schrie, die drinnen werde wohl hungrig sein, weil sie so viel hundert Jahre nichts gehabt. Da schrien die Mägde grässlich auf und versprachen alles, was sie konnten, und selbst den andern Knechten graute es.

Da das Spiel sich ungestraft wiederholte, so wirkte es nicht mehr; die Mägde schrien nicht mehr, versprachen nichts mehr, und die andern Knechte begannen es auch zu treiben. Nun fing der an, mit dem Messer gegen das Loch zu fahren, mit den grässlichsten Flüchen sich zu vermessen, er mache den Zapfen los und wolle sehen, was drinnen sei, und sie müssten einmal auch was Neues sehn. Das weckte neues Entsetzen, und der Bursche, der das tat, ward allen Meister und konnte zwingen, was er wollte, besonders bei den Mägden.

Das soll aber auch ein seltsamer Mensch gewesen sein, man wusste nicht, woher er kam. Er konnte sanft tun wie ein Lamm und reißend wie ein Wolf; war er allein bei einem Weibsbild, so war er ein sanftes Lamm, vor der Gesellschaft aber war er wie ein reißender Wolf und tat, als ob er alle hasste, als ob er über alles hinaus wolle mit wüsten Taten und Worten; Solche sollen den Weibsbildern aber gerade die Liebsten sein. Darum entsetzten sich die Mägde öffentlich vor ihm, sollen ihn aber doch, wenn sie alleine waren, am liebsten von allen gehabt haben. Er hatte ungleiche Augen, aber man wusste nicht, von welcher Farbe, und beide hassten einander, sahen nie den gleichen Weg; aber unter langem Augenhaar und demütigem Niedersehn wusste er es zu verbergen. Sein Haar war schön gelockt, aber man wusste nicht, war es rot oder falb; im Schatten war es das schönste Flachshaar, schien aber die Sonne darauf, so hatte kein Eichhörnchen einen rötern Pelz. Er quälte wie keiner das Vieh. Dasselbe hasste ihn auch darnach. Von den Knechten meinte ein jeder, er sei sein Freund, und gegen jeden wiegelte er die andern auf. Den Meisterweibern war er unter allen alleine recht, er alleine war oft im obern Haus, dann taten unten die Mägde wüst; sobald er es merkte, steckte er sein Messer an den Zapfen und begann sein Drohen, bis die Mägde zu Kreuze krochen. Doch behielt dieses Spiel auch nicht lange seine Wirkung. Die Mägde wurden dessen gewohnt und sagten endlich: »Tue es doch, wenn du darfst, aber du darfst nicht.«

Es nahte Weihnacht, die heilige Nacht. An das, was dieselbe uns weihet, dachten sie nicht, ein lustiges Leben hatten sie abgeraten in derselben. Im Schlosse drunten hauste ein alter Ritter nur, und der bekümmerte sich wenig mehr ums Zeitliche; ein schelmischer Vogt verwaltete alles zu seinem Vorteil. Um ein Schelmenstück hatten sie diesem edlen Ungarwein abgehandelt, neben welchem Lande die Ritter in großem Streit lagen; des edlen Weines Kraft und Feuer kannten sie nicht. Ein fürchterliches Unwetter kam herauf mit Blitz und Sturm wie selten sonst um diese Zeit, keinen Hund hätte man unter dem Ofen hervorgejagt. Zur Kirche zu gehen, hielt es sie nicht ab, sie wären bei schönem Wetter auch nicht gegangen, hätten den Meister alleine gehen lassen; aber es hielt andere ab, sie zu besuchen; sie blieben allein im alten Haus beim edlen Weine.

Sie begannen den heiligen Abend mit Fluchen und Tanzen, mit wüstern und ärgern Dingen; dann setzten sie sich zum Mahle, wozu die Mägde Fleisch gekocht hatten, weißen Brei und was sie sonst Gutes stehlen konnten. Da ward die Rohheit immer grässlicher, sie schändeten alle Speisen, lästerten alles Heilige; der genannte Knecht spottete des Priesters, teilte Brot aus und trank seinen Wein, als ob er die Messe verwaltete, taufte den Hund unterm Ofen, trieb es, bis es angst und bange den andern wurde, wie ruchlos sie sonst auch waren. Da stach er mit dem Messer ins Loch und fluchte, er wolle ihnen noch ganz andere Dinge zeigen. Als sie darob nicht erschrecken wollten, weil er das gleiche schon manchmal getrieben, und mit dem Messer vom Zapfen kaum viel abzubringen war, so griff er in halber Raserei nach einem Bohrer, vermaß sich aufs Schrecklichste, sie sollten es erfahren, was er könne, büßen ihr Lachen, dass ihnen die Haare zu Berge ständen, und drehte mit wildem Stoße den Bohrer in den Zapfen hinein. Laut aufschreiend stürzten alle auf ihn zu, aber ehe jemand es hindern konnte, lachte er wie der Teufel selbst, tat einen kräftigen Ruck am Bohrer. Da bebte von ungeheurem Donnerschlag das ganze Haus, der Missetäter stürzte rücklings nieder; ein roter Glutstrom brach aus dem Loch hervor, und mittendrin saß groß und schwarz, aufgeschwollen im Gifte von Jahrhunderten, die Spinne und glotzte in giftiger Lust über die Frevler hin, die versteinert in tödlicher Angst kein Glied bewegen konnten, dem schrecklichen Untier zu entrinnen, das langsam und schadenfroh ihnen über die Gesichter kroch, ihnen einimpfte den feurigen Tod.

Da erbebte das Haus von schrecklichem Wehgeheul, wie hundert Wölfe es nicht auszustoßen vermögen, wenn der Hunger sie peinigt. Und bald erscholl ein ähnliches Wehgeschrei aus dem neuen Haus, und Christen, der eben den Berg hochkam von der heiligen Messe, meinte, es seien Räuber eingebrochen, und seinem starken Arme trauend, stürzte er den Seinen zur Hilfe. Er fand keine Räuber, aber den Tod; mit diesem rangen Weib und Mutter und hatten schon keine Stimme mehr in den hoch aufgelaufenen schwarzen Gesichtern; ruhig schlummerten seine Kinder, und gesund und rot waren ihre munteren Gesichter. Es stieg in Christen die schreckliche Ahnung dessen auf, was geschehen war; er stürzte ins untere Haus, dort sah er die Diensten alle verendet, die Stube zur Totenkammer geworden, geöffnet das schauerliche Loch im Bystal, in des scheußlich entstellten Knechtes Hand den Bohrer und auf des Bohrers Spitze den schrecklichen Zapfen. Jetzt wusste er, was da geschehen war, schlug die Hände über dem Kopf zusammen, und wenn die Erde ihn verschlungen hätte, so wäre es ihm recht gewesen. Da kroch etwas hinterem Ofen hervor, schmiegte sich ihm an; entsetzt fuhr er zusammen, aber es war nicht die Spinne, es war ein armes Bübchen, das er um Gottes willen ins Haus genommen und unter dem ruchlosen Gesinde gelassen hatte, wie es ja auch jetzt viel geschieht, dass man Kinder um Gottes willen nimmt und sie dem Teufel in die Hände spielt. Das hatte keinen Teil genommen an den Gräueln des Gesindes, war erschreckt hinter den Ofen geflohn; es allein hatte die Spinne verschont, es konnte nun den Hergang erzählen.

Aber noch während das Bübchen erzählte, scholl durch Wind und Wetter Angstgeschrei von andern Häusern her. Wie in hundertjähriger, aufgeschwellter Lust flog die Spinne durch die Talschaft, las zuerst die üppigsten Häuser sich aus, wo man am wenigsten an Gott dachte, aber am meisten an die Welt, daher vom Tod am wenigsten wissen mochte.

Noch war es nicht Tag geworden, so war die Kunde in jeglichem Hause: die alte Spinne sei losgebrochen, gehe aufs neue todbringend um in der Gemeinde; schon lägen viele tot, und hinten im Tal fahre Schrei um Schrei zum Himmel auf von den Gezeichneten, die sterben müssten. Da kann man sich denken, welch Jammer im Lande war, welche Angst in allen Herzen, was das für eine Weihnacht war in Sumiswald. An die Freude, die sie sonst bringt, konnte keine Seele denken, und solcher Jammer kam vom Frevel der Menschen. Der Jammer aber ward alle Tage größer, denn schneller, giftiger als das frühere Mal war die Spinne jetzt. Bald war sie zuvorderst, bald zuhinderst in der Gemeinde; auf den Bergen, im Tale erschien sie zu gleicher Zeit. Wie sie früher meist hier einen, dort einen gezeichnet hatte zum Tode, so verließ sie jetzt selten ein Haus, ehe sie alle vergiftet; erst wenn alle im Tode sich wanden, setzte sie sich auf die Schwelle und glotzte schadenfroh in die Vergiftung, als ob sie sagen wollte: sie sei es und sei doch wieder da, wie lange man sie auch eingesperrt.

Es schien, als ob sie wüsste, ihr sei wenig Zeit vergönnt, oder als ob sie sich viele Mühe sparen wollte; sie tat, wo sie konnte, viele auf einmal ab. Darum lauerte sie am liebsten auf die Züge, welche die Toten zur Kirche geleiten wollten. Bald hier, bald dort, am liebsten unten am Kilchstalden tauchte sie mitten im Haufen auf oder glotzte plötzlich vom Sarg herab auf die Begleitenden. Da fuhr dann ein schreckliches Wehgeschrei aus dem begleitenden Zuge zum Himmel auf; Mann um Mann fiel nieder, bis der ganze Zug der Begleitenden am Weg lag, und rang mit dem Tod, bis kein Leben mehr unter ihnen war und um den Sarg ein Haufen Tote lag, wie tapfere Krieger um ihre Fahne liegen, von der Übermacht erfasst. Da wurden keine Toten mehr zur Kirche gebracht, niemand wollte sie tragen, niemand geleiten; wo der Tod sie streckte, da ließ man sie liegen.

Verzweiflung lag überm ganzen Tal. Wut kochte in allen Herzen, strömte in schrecklichen Verwünschungen gegen den armen Christen aus; an allem sollte jetzt er schuld sein. Jetzt auf einmal wussten alle, dass Christen das alte Haus nicht hätte verlassen, das Gesinde nicht sich selbst überlassen sollen. Auf einmal wussten alle, dass der Meister für sein Gesinde mehr oder minder verantwortlich sei, dass er wachen solle über Beten und Essen, wehren solle gottlosem Leben, gottlosen Reden und gottlosem Schänden der Gaben Gottes. Jetzt war allen auf einmal Hoffart und Hochmut vergangen, sie taten diese Laster in die unterste Hölle hinunter und hätten es kaum Gott geglaubt, dass sie dieselben noch vor wenigen Tagen so schmählich an sich getragen; sie waren alle wieder fromm, hatten die schlechtesten Kleider an und die alten verachteten Rosenkränze wieder in den Händen und überredeten sich selbst, sie seien immer gleich fromm gewesen, und an ihnen fehlte es nicht, dass sie Gott nicht das gleiche überredeten. Christen allein unter ihnen allen sollte gottlos sein, und Flüche wie Berge kamen von allen Seiten auf ihn her. Und war er doch vielleicht unter allen der Beste, aber sein Wille lag gebunden in seiner Weiber Willen, und dieses Gebundensein ist allerdings eine schwere Schuld für jeden Mann, und schwerer Verantwortung

108

entrinnt er nicht, weil er anders ist, als Gott ihn will. Das sah Christen auch ein, darum war er nicht trotzig, pochte nicht, gab sich schuldiger dar, als er war; aber damit versöhnte er die Leute nicht, erst jetzt schrien sie einander zu, wie groß seine Schuld sein müsse, da er so viel auf sich nehme, so weit sich unterziehe, es ja selbst bekenne, er sei nichts wert.

Er aber betete Tag und Nacht zu Gott, dass er das Übel wende; aber es ward schrecklicher von Tag zu Tag. Er ward es inne, dass er gutmachen müsse, was er gefehlt, dass er sich selbst zum Opfer geben müsse, dass an ihm liege die Tat, die seine Ahnfrau getan. Er betete zu Gott, bis ihm so recht feurig im Herzen der Entschluss emporwuchs, die Talschaft zu retten, das Übel zu sühnen, und zum Entschluss kam der standhafte Mut, der nicht wankt, immer bereit ist zur gleichen Tat, am Morgen wie am Abend.

Da zog er herab mit seinen Kindern aus dem neuen Haus ins alte Haus, schnitt zum Loch einen neuen Zapfen, ließ ihn weihen mit heiligem Wasser und heiligen Sprüchen, legte zum Zapfen den Hammer, setzte zu den Betten der Kinder sich und harrte der Spinne. Da saß er, betete und wachte und rang mit dem schweren Schlaf festen Mutes und wankte nicht; aber die Spinne kam nicht, ob sie sonst allenthalben war; denn immer größer ward der Sterbet, immer wilder die Wut der Überlebenden.

Mitten in diesen Schrecken sollte ein wildes Weib ein Kind gebären. Da kam den Leuten die alte Angst, ungetauft möchte die Spinne das Kindlein holen, das Pfand ihrer alten Pacht. Das Weib gebärdete sich wie unsinnig, hatte kein Gottvertrauen, desto mehr Hass und Rache im Herzen.

Man wusste, wie die Alten gegen den Grünen sich geschützt vor Zeiten, wenn ein Kind geboren werden sollte, wie der Priester der Schild war, den sie zwischen sich und den ewigen Feind gestellt. Man wollte auch nach dem Priester senden, aber wer sollte der Bote sein? Die unbegrabenen Toten, welche die Spinne bei den Leichenzügen erfasst, sperrten die Wege, und würde wohl ein Bote über die wilden Höhen der Spinne, die alles zu wissen schien, entgehen können, wenn er den Priester holen wollte? Es zagten alle. Da dachte endlich der Mann des Weibes: wenn die Spinne ihn haben wolle, so könne sie ihn daheim fassen wie auf dem Wege; wenn ihm der Tod bestimmt sei, so entrinne er ihm hier nicht und dort nicht.

Er machte sich auf den Weg; aber Stunde um Stunde rann vorüber, kein Bote kam wieder. Wut und Jammer wurde immer entsetzlicher, die Geburt rückte immer näher. Da riss das Weib in der Wut der Verzweiflung vom Lager sich auf, stürzte hin nach Christes Haus, dem tausendfach Verwünschten, der betend bei seinen Kindern saß, des Kampfes mit der Spinne gewärtig. Weither schon tönte ihr Geschrei, ihre Verwünschungen donnerten an Christes Türe, lange ehe sie dieselbe aufriss und den Donner in die Stube ihm brachte. Als sie hereinstürzte so schrecklichen Angesichts, da fuhr er auf; er wusste erst nicht, war es Christine in ihrer ursprünglichen Gestalt. Aber unter der Türe hemmte der Schmerz ihren Lauf, an den Türpfosten wand sie sich, die Flut ihrer Verwünschungen ausgießend über den armen Christen. Er sollte der Bote sein, wenn er nicht verflucht sein wolle mit Kind und Kindeskindern in Zeit und Ewigkeit. Da überwallte der Schmerz ihr Fluchen, und ein Söhnlein ward geboren vom wilden Weibe auf Christes Schwelle, und alle, die ihr gefolgt waren, stoben ins Weite, des Schrecklichsten gewärtig. Das unschuldige Kindlein hielt Christen in den Armen; stechend und wild, giftig starrten aus des Weibes verzerrten Zügen dessen Augen ihn an, und es ward ihm immer mehr, als trete die Spinne aus ihnen heraus, als sei sie es selbst. Da kam eine Kraft Gottes in ihn, und ein übermenschlicher Wille ward in ihm mächtig; einen innigen Blick warf er auf seine Kinder, hüllte das neugeborne Kind in sein warm Gewand, sprang über das glotzende Weib den Berg hinunter das Tal entlang, Sumiswald zu. Zur heiligen Weihe wollte er das Kindlein selbsten tragen zur Sühne der Schuld, die auf ihm lag, dem Haupte seines Hauses; das Übrige überließ er Gott. Tote hemmten seinen Lauf, vorsichtig musste er seine Tritte setzen. Da ereilte ihn ein leichter Fuß, es war das arme Bübchen, dem es graute bei dem wilden Weib, das ein kindlicher Trieb dem Meister nachgetrieben. Wie Stacheln fuhr es durch Christes Herz, dass seine Kinder alleine bei dem wütenden Weib seien. Aber sein Fuß stund nicht stille, strebte dem heiligen Ziele zu. Schon war er unten am Kilchstalden, hatte die Kapelle im Aug, da glühte es plötzlich vor ihm mitten im Weg, es regte sich im Busch; im Weg saß die Spinne, im Busch wankte rot ein Federbusch, und hoch hob sich die Spinne wie zum Sprung. Da rief Christen mit lauter Stimme zum dreieinigen Gott, und aus dem Busche tönte ein wilder Schrei, es schwand die rote Feder; in des Bübchens Arme legte er das Kind und griff, dem Herrn seinen Geist empfehlend, mit starker Hand die Spinne, die, wie gebannt durch die heiligen Worte, am gleichen Fleck sitzen blieb. Glut strömte durch sein Gebein, aber er hielt fest; der Weg war frei, und das Bübchen, verständigen Sinnes, eilte dem Priester zu mit dem Kinde. Christen aber, Feuer in der starken Hand, eilte geflügelten Laufes seinem Haus zu. Schrecklich war der Brand in seiner Hand, der Spinne Gift drang durch alle Glieder. Zu Glut ward sein Blut. Die Kraft wollte erstarren, der Atem stocken; aber er betete fort und fort, hielt Gott fest vor Augen, hielt aus in der Hölle Glut. Schon sah er sein Haus, mit dem Schmerz wuchs sein Hoffen, unter der Türe war das Weib. Als dasselbe ihn kommen sah ohne Kind, stürzte es sich ihm entgegen einer Tigerin gleich, der man die Jungen geraubt, es glaubte an den schändlichsten Verrat. Es achtete seines Winkens nicht, hörte nicht die Worte aus seiner keuchenden Brust, stürzte in seine vorgestreckten Hände, klammerte an sie sich an; in Todesangst musste er die Wütende schleppen zum Haus herein, muss frei die Arme kämpfen, ehe es ihm gelingt, ins alte Loch die Spinne zu drängen, mit sterbenden Händen den Zapfen vorzuschlagen. Er vermags mit Gottes Hilfe. Den sterbenden Blick wirft er auf die Kinder, hold lächeln sie im Schlafe. Da wird es ihm leicht, eine höhere Hand scheint seine Glut zu löschen, und laut betend schließt er zum Tode seine Augen, und Frieden und Freude fanden die auf seinem Gesicht, die vorsichtig und angstvoll kamen, zu schauen, wo das Weib geblieben. Erstaunt sahen sie das Loch verschlagen, aber das Weib fanden sie versengt und verzerrt im Tode liegen; an Christes Hand hatte sie sich den feurigen Tod geholt. Noch standen sie und wussten nicht, was geschehen war, als mit dem Kind das Bübchen wiederkehrte, vom Priester begleitet, der das Kind schnell getauft nach damaliger Sitte und wohlgerüstet und mutvoll dem gleichen Kampf entgegengehen wollte, in dem sein Vorgänger siegreich das Leben gelassen. Aber ein solch Opfer forderte Gott nicht von ihm, den Kampf hatte schon ein anderer bestanden.

Lange fassten die Leute nicht, welch große Tat Christen vollbracht. Als ihnen endlich Glaube und Erkenntnis kam, da beteten sie freudig mit dem Priester, dankten Gott für das neu geschenkte Leben und für die Kraft, die er Christen gegeben. Diesem aber baten sie im Tode noch ihr Unrecht ab und beschlossen, mit hohen Ehren ihn zu begraben, und sein Andenken stellte sich glorreich wie das eines Heiligen in aller Seelen.

Sie wussten nicht, wie ihnen war, als der so schreckliche Schreck, der fort und fort durch ihre Glieder zitterte, auf einmal geschwunden war und sie mit Freuden wieder in den blauen Himmel hinauf sehen konnten ohne Angst, die Spinne krieche unterdessen auf ihre Füße. Sie beschlossen viele Messen und einen allgemeinen Kirchgang; vor allem wollten sie die beiden Leichen bestatten, Christen und seine Drängerin, dann sollten auch die andern eine Stätte finden, soweit es möglich war.

Es war ein feierlicher Tag, als das ganze Tal zur Kirche wanderte, und auch in manchem Herzen war es feierlich; manche Sünde ward erkannt, manch Gelübde ward getan, und von dem Tage an wurde viel übertriebenes Wesen auf den Gesichtern und in den Kleidern nicht mehr gesehen.

Als in der Kirche und auf dem Kirchhof viele Tränen geflossen, viele Gebete geschehen waren, gingen alle aus der ganzen Talschaft, welche zum Begräbnis gekommen waren – und gekommen waren alle, die ihrer Glieder mächtig waren –, zum üblichen Imbiss ins Wirtshaus. Da geschah es nun, dass wie üblich Weiber und Kinder an einem eigenen Tisch saßen, die sämtliche erwachsene Mannschaft aber Platz hatte an dem berühmten Scheiben-

tische, der jetzt noch im »Bären« zu Sumiswald zu sehen ist. Er ward auf-
bewahret zum Andenken, dass einst nur noch zwei Dutzend Männer waren,
wo jetzt an zwei Tausende wohnen, zum Andenken, dass auch das Leben
der Zweitausende in der Hand dessen stehe, der die zwei Dutzend gerettet.
Damals säumte man sich nicht lange an der Gräbt; es waren die Herzen zu
voll, als dass viel Speise und Trank Platz gehabt hätte. Als sie aus dem Dorfe hervor auf die freie Höhe kamen, sahen sie eine Röte am Himmel, und als
sie heimkamen, fanden sie das neue Haus niedergebrannt bis auf den Boden;
wie es zugegangen, erfuhr man nie.

Aber was Christen an ihnen getan, vergaßen die Leute nicht, an seinen
Kindern vergalten sie es. Fromm und wacker erzogen sie dieselben in den
frömmsten Häusern; an ihrem Gute vergriff sich keine Hand, obgleich keine
Rechnung zu sehen war. Es wurde gemehret und wohl besorgt, und als die
Kinder auferwachsen waren, so waren sie nicht nur nicht um ihr Gut betrogen, sondern noch viel weniger um ihre Seelen. Es wurden rechtschaffene,
gottesfürchtige Menschen, die Gnade bei Gott hatten und Wohlgefallen bei
den Menschen, die Segen im Leben fanden und im Himmel noch mehr. Und
so blieb es in der Familie, und man fürchtete die Spinne nicht, denn man
fürchtete Gott; und wie es gewesen war, so soll es, so Gott will, auch bleiben, solange hier ein Haus steht, solange Kinder den Eltern folgen in Wegen
und Gedanken.

Hier schwieg der Großvater, und lange schwiegen alle, und die einen san-
nen dem Gehörten nach, und die andern meinten, er schöpfe Atem und fahre
dann weiters fort.

Endlich sagte der ältere Götti: »An dem Scheibentisch bin ich manchmal
gesessen und habe von dem Sterbet gehört und dass nach demselben sämtliche Mannschaft in der Gemeinde daran Platz gehabt. Aber wie Punktum alles zugegangen, das konnte mir niemand sagen. Die einen stürmten dies und
andere anders. Aber sage mir, wo hast du denn alles das vernommen?«

»He«, sagte der Großvater, »das erbte sich bei uns vom Vater auf den
Sohn, und als das Andenken davon bei den andern Leuten im Tal sich verlor, hielt man es in der Familie sehr heimlich und scheute sich, etwas davon
unter die Menschen zu lassen. Nur in der Familie redete man davon, damit
kein Glied derselben vergesse, was ein Haus baut und ein Haus zerstört, was
Segen bringt und Segen vertreibt. Du hörst es meiner Alten wohl noch an,
wie ungern sie es hat, wenn man so öffentlich davon redet. Aber mich
dünkt, es täte je länger je nöter, davon zu reden, wie weit man es mit Hochmut und Hoffart bringen kann. Darum tue ich auch nicht mehr so geheim
mit der Sache, und es ist nicht das erste Mal, dass ich unter guten Freunden
sie erzählet. Ich denke immer, was unsere Familie so viele Jahre im Glücke

112

erhalten, das werde andern auch nicht schaden, und recht sei es nicht, ein Geheimnis mit dem zu machen, was Glück und Gottes Segen bringt.«

»Du hast recht, Vettermann«, antwortete der Götti, »aber fragen muss ich dich doch noch: war denn das Haus, welches du vor sieben Jahren einrissest, das uralte? Ich kann das fast nicht glauben.«

»Nein«, sagte der Großvater. »Das uralte Haus war gar baufällig geworden schon vor fast dreihundert Jahren, und der Segen Gottes in Feldern und Matten hatte schon lange nicht mehr Platz darin. Und doch wollte es die Familie nicht verlassen, und ein neues bauen durfte sie nicht; sie hatte nicht vergessen, wie es dem früheren ergangen. So kam sie in große Verlegenheit und fragte endlich einen weisen Mann, der zu Haslebach gewohnt haben soll, um Rat. Der soll geantwortet haben: Ein neues Haus könnten sie wohl bauen an die Stelle des alten und nicht anderswo; aber zwei Dinge müssten sie wohl bewahren, das alte Holz, worin die Spinne sei, den alten Sinn, der ins alte Holz die Spinne geschlossen, dann werde der alte Segen auch im neuen Hause sein.

Sie bauten das neue Haus und fügten ihm ein mit Gebet und Sorgfalt das alte Holz, und die Spinne rührte sich nicht, Sinn und Segen änderten sich nicht.

Aber auch das neue Haus ward wiederum alt und klein, wurmstichig und faul sein Holz; nur der Posten hier blieb fest und eisenhart. Mein Vater hätte schon bauen sollen, er konnte es erwehren, es kam an mich. Nach langem Zögern wagte ich es. Ich tat wie die Frühern, fügte das alte Holz dem neuen Hause bei, und die Spinne regte sich nicht. Aber gestehen will ich es: mein Lebtag betete ich nie so inbrünstig wie damals, als ich das verhängnisvolle Holz in Händen hatte; die Hand, der ganze Leib brannte mich, unwillkürlich musste ich sehen, ob mir nicht schwarze Flecken wüchsen an Hand und Leib, und ein Berg fiel mir von der Seele als endlich alles an seinem Orte stund. Da ward meine Überzeugung noch fester, dass weder ich noch meine Kinder und Kindeskinder etwas von der Spinne zu fürchten hätten, solange wir uns fürchten vor Gott.«

Da schwieg der Großvater, und noch war der Schauer nicht verflogen, der ihnen den Rücken herauf gekrochen, als sie hörten, der Großvater hätte das Holz in Händen gehabt, und sie dachten, wie es ihnen wäre, wenn sie es auch darein nehmen müssten.

Endlich sagte der Vetter: »Es ist nur schade, dass man nicht weiß, was an solchen Dingen wahr ist. Alles kann man kaum glauben, und etwas muss doch an der Sache sein, sonst wäre das alte Holz nicht da.« Sei jetzt daran wahr, was da wolle, so könne man viel daraus lernen, sagte der jüngere Götti, und dazu hätten sie noch kurze Zeit gehabt; es dünke ihn, er sei erst aus der Kirche gekommen. Sie sollten nicht zu viel sagen, sagte die Großmutter, sonst fange ihr Alter ihnen eine neue Geschichte an; sie sollten jetzt auch einmal essen und trinken, es sei ja eine Schande, wie niemand esse und trinke. Es sollte doch nicht alles schlecht sein, sie hätten angewendet, so gut sie es verstanden.

Nun ward viel gegessen, viel getrunken und zwischendurch gewechselt manche verständige Rede, bis groß und golden am Himmel der Mond stund, die Sterne aus ihren Kammern traten, zu mahnen die Menschen, dass es Zeit sei, schlafen zu gehn in ihre Kämmerlein. Die Menschen sahen die geheimnisvollen Mahner wohl, aber sie saßen da so heimelig, und jedem klopfte es unheimlich unterm Brusttuch, wenn er ans Heimgehn dachte; und wenn es schon keiner sagte, so wollte doch keiner der Erste sein.

Endlich stund die Gotte auf und schickte mit zitterndem Herzen zum Weggehn sich an; doch es fehlte ihr an sicheren Begleitern nicht, und miteinander verließ die ganze Gesellschaft das gastliche Haus mit vielem Dank und guten Wünschen, allen Bitten an einzelne, an die Gesamtheit, doch noch länger zu bleiben, es werde ja nicht finster, zum Trotz.

Bald war es still ums Haus, bald auch still in demselben. Friedlich lag es da, rein und schön glänzte es in des Mondes Schein das Tal entlang; sorglich und freundlich barg es brave Leute in süßem Schlummer, wie die schlummern, welche Gottesfurcht und gute Gewissen im Busen tragen, welche nie die schwarze Spinne, sondern nur die freundliche Sonne aus dem Schlummer wecken wird. Denn wo solcher Sinn wohnet, darf sich die Spinne nicht regen, weder bei Tag noch bei Nacht. Was ihr aber für eine Macht wird, wenn der Sinn sich ändert, das weiß der, der alles weiß und jedem seine Kräfte zuteilt, den Spinnen wie den Menschen.

114

Marie von Ebner-Eschenbach

Krambambuli

Erstdruck in »Die Dioskuren», 12. Jahrgang, Wien 1883; Buchausgabe in »*Dorf- und Schlossgeschichten*», Gebrüder Paetel, Berlin 1883.

Vorliebe empfindet der Mensch für allerlei Gegenstände. Liebe, die echte, unvergängliche, die lernt er – wenn überhaupt – nur einmal kennen. So wenigstens meint der Herr Revierjäger Hopp. Wie viele Hunde hat er schon gehabt, und auch gern gehabt, aber lieb, was man sagt lieb und unvergesslich, ist ihm nur einer gewesen – der Krambambuli. Er hatte ihn im Wirtshaus Zum Löwen in Wischau von einem vazierenden Forstgehilfen gekauft oder eigentlich eingetauscht. Gleich beim ersten Anblick des Hundes war er von der Zuneigung ergriffen worden, die dauern sollte bis zu seinem letzten Atemzug. Dem Herrn des schönen Tieres, der am Tisch vor einem geleerten Branntweingläschen saß und über den Wirt schimpfte, weil dieser kein zweites umsonst hergeben wollte, sah der Lump aus den Augen. Ein kleiner Kerl, noch jung und doch so fahl wie ein abgestorbener Baum, mit gelbem Haar und gelbem spärlichem Barte. Der Jägerrock, vermutlich ein Überrest aus der vergangenen Herrlichkeit des letzten Dienstes, trug die Spuren einer im nassen Straßengraben zugebrachten Nacht. Obwohl sich Hopp ungern in schlechte Gesellschaft begab, nahm er trotzdem Platz neben dem Burschen und begann sogleich ein Gespräch mit ihm. Da bekam er es denn bald heraus, dass der Nichtsnutz den Stutzen und die Jagdtasche dem Wirt bereits als Pfänder ausgeliefert hatte und dass er jetzt auch den Hund als solches hergeben möchte; der Wirt jedoch, der schmutzige Leuteschinder, wollte von einem Pfand, das gefüttert werden muss, nichts hören.

Herr Hopp sagte vorerst kein Wort von dem Wohlgefallen, das er an dem Hunde gefunden hatte, ließ aber eine Flasche von dem guten Danziger Kirschbranntwein bringen, den der Löwenwirt damals führte, und schenkte dem Vazierenden fleißig ein. – Nun, in einer Stunde war alles in Ordnung. Der Jäger gab zwölf Flaschen von demselben Getränk, bei dem der Handel geschlossen worden – der Vagabund gab den Hund. Zu seiner Ehre muss man gestehen: nicht leicht. Die Hände zitterten ihm so sehr, als er dem Tier die Leine um den Hals legte, dass es schien, er werde mit dieser Manipulation nimmermehr zurechtkommen. Hopp wartete geduldig und bewunderte im Stillen den trotz der schlechten Kondition, in welcher er sich befand, wundervollen Hund. Höchstens zwei Jahre mochte er alt sein, und in der Farbe glich er dem Lumpen, der ihn hergab, doch war die seine um ein paar Schattierungen dunkler. Auf der Stirn hatte er ein Abzeichen, einen weißen Strich, der rechts und links in kleine Linien auslief, in der Art wie die Nadeln an einem Tannenreis. Die Augen waren groß, schwarz, leuchtend, von tauklaren, lichtgelben Reiflein umsäumt, die Ohren hoch angesetzt, lang, makellos. Und makellos war alles an dem ganzen Hunde von der Klaue bis zu der feinen Witternase; die kräftige, geschmeidige Gestalt, das über jedes Lob erhabene Piedestal. Vier lebende Säulen, die auch den Körper eines

Hirsches getragen hätten und nicht viel dicker waren als die Läufe eines Hasen. Beim heiligen Hubertus, dieses Geschöpf musste einen Stammbaum haben, so alt und rein wie der eines deutschen Ordensritters!

Dem Jäger lachte das Herz im Leibe über den prächtigen Handel, den er gemacht. Er stand nun auf, ergriff die Leine, die zu verknoten dem Vazierenden endlich gelungen war, und fragte: »Wie heißt er denn?« – »Er heißt wie das, wofür Ihr ihn kriegt: Krambambuli«, lautete die Antwort. – »Gut, gut, Krambambuli! So komm! Wirst gehen? Vorwärts!« – Ja, er konnte lange rufen, pfeifen, zerren – der Hund gehorchte ihm nicht, wandte den Kopf demjenigen zu, den er noch für seinen Herrn hielt, heulte, als dieser ihm zuschrie: »Marsch!« und den Befehl mit einem tüchtigen Fußtritt begleitete, suchte sich aber immer wieder an ihn heranzudrängen. Erst nach einem heißen Kampf gelang es Herrn Hopp, die Besitzergreifung des Hundes zu vollziehen. Gebunden und geknebelt musste er zuletzt in einem Sacke auf die Schulter geladen und so bis in das mehrere Wegstunden entfernte Jägerhaus getragen werden.

Zwei volle Monate brauchte es, bevor der Krambambuli, halb totgeprügelt, nach jedem Fluchtversuch mit dem Stachelhalsband an die Kette gelegt, endlich begriff, wohin er jetzt gehöre. Dann aber, als seine Unterwerfung vollständig geworden war, was für ein Hund wurde er da! Keine Zunge schildert, kein Wort ermisst die Höhe der Vollendung, die er erreichte, nicht nur in der Ausübung seines Berufes, sondern auch im täglichen Leben als eifriger Diener, guter Kamerad und treuer Freund und Hüter. »Dem fehlt nur die Sprache«, heißt es von anderen intelligenten Hunden – dem Krambambuli fehlte sie nicht; sein Herr zum mindesten pflog lange Unterredungen mit ihm. Die Frau des Revierjägers wurde ordentlich eifersüchtig auf den »Buli«, wie sie ihn geringschätzig nannte. Manchmal machte sie ihrem Mann Vorwürfe. Sie hatte den ganzen Tag, in jeder Stunde, in der sie nicht aufräumte, wusch oder kochte, schweigend gestrickt. Am Abend, nach dem Essen, wenn sie wieder zu stricken begann, hätte sie gern eins dazu geplaudert. »Weißt denn immer nur dem Buli was zu erzählen, Hopp, und mir nie? Du verlernst vor lauter Sprechen mit dem Vieh das Sprechen mit den Menschen.«

Der Revierjäger gestand sich, dass etwas Wahres an der Sache sei, aber zu helfen wusste er nicht. Wovon hätte er mit seiner Alten reden sollen? Kinder hatten sie nie gehabt, eine Kuh durften sie nicht halten, und das zahme Geflügel interessiert einen Jäger im lebendigen Zustande gar nicht und im gebratenen nicht sehr. Für Kulturen aber und für Jagdgeschichten hatte wieder die Frau keinen Sinn. Hopp fand zuletzt einen Ausweg aus diesem Dilemma; statt mit dem Krambambuli sprach er von dem Krambambuli, von den Triumphen, die er allenthalben mit ihm feierte, von dem Neid, den sein Besitz erregte, von den lächerlich hohen Summen, die ihm für den Hund geboten wurden und die er verächtlich von der Hand wies.

Zwei Jahre waren so vergangen, da erschien eines Tages die Gräfin, die Frau seines Brotherrn, im Hause des Jägers. Er wusste gleich, was der Besuch zu bedeuten hatte, und als die gute, schöne Dame begann: »Morgen, lieber Hopp, ist der Geburtstag des Grafen ...« setzte er ruhig und schmunzelnd fort: »Und da möchten Hochgräfliche Gnaden dem Herrn Grafen ein Geschenk machen und sind überzeugt, mit nichts anderem so viel Ehre einlegen zu können als mit dem Krambambuli.« – »Ja, ja, lieber Hopp ...« Die Gräfin errötete vor Vergnügen über dieses freundliche Entgegenkommen und sprach gleich von Dankbarkeit und bat, den Preis nur zu nennen, der für den Hund zu entrichten wäre. Der alte Fuchs von einem Revierjäger kicherte, tat sehr demütig und rückte auf einmal mit der Erklärung heraus: »Hochgräfliche Gnaden! Wenn der Hund im Schloss bleibt, nicht jede Leine zerbeißt, nicht jede Kette zerreißt, oder wenn er sie nicht zerreißen kann, sich bei den Versuchen, es zu tun, erwürgt, dann behalten ihn Hochgräfliche Gnaden umsonst – dann ist er mir nichts mehr wert.«

Die Probe wurde gemacht, aber zum Erwürgen kam es nicht, denn der Graf verlor früher die Freude an dem eigensinnigen Tiere. Vergeblich hatte man es durch Liebe zu gewinnen, mit Strenge zu bändigen gesucht. Es biss jeden, der sich ihm näherte, versagte das Futter und – viel hat der Hund eines Jägers ohnehin nicht zuzusetzen – kam ganz herunter. Nach einigen Wochen erhielt Hopp die Botschaft, er könne sich seinen Köter abholen. Als er eilends von der Erlaubnis Gebrauch machte und den Hund in seinem Zwinger aufsuchte, da gab's ein Wiedersehen, unermesslichen Jubels voll. Krambambuli erhob ein wahnsinniges Geheul, sprang an seinem Herrn empor, stemmte die Vorderpfoten auf dessen Brust und leckte die Freudentränen ab, die dem Alten über die Wangen liefen.

Am Abend dieses glücklichen Tages wanderten sie zusammen ins Wirtshaus. Der Jäger spielte Tarock mit dem Doktor und mit dem Verwalter. Krambambuli lag in der Ecke hinter seinem Herrn. Manchmal sah dieser sich nach ihm um, und der Hund, so tief er auch zu schlafen schien, begann augenblicklich mit dem Schwanze auf den Boden zu klopfen, als wollt er melden: Präsent! Und wenn Hopp, sich vergessend, recht wie einen Triumphgesang das Liedchen anstimmte: »Was macht denn mein Krambambuli?« richtete der Hund sich würde- und respektvoll auf, und seine hellen Augen antworteten: Es geht ihm gut!

Um dieselbe Zeit trieb, nicht nur in den gräflichen Forsten, sondern in der ganzen Umgebung eine Bande Wildschützen auf wahrhaft tolldreiste Art ihr

Wesen. Der Anführer sollte ein verlottertes Subjekt sein. Den »Gelben« nannten ihn die Holzknechte, die ihn in irgendeiner übel berüchtigten Spelunke beim Branntwein trafen, die Heger, die ihm hie und da schon auf der Spur gewesen, ihm aber nie hatten beikommen können, und endlich die Kundschafter, deren er unter dem schlechten Gesindel in jedem Dorfe mehrere besaß.

Er war wohl der frechste Gesell, der jemals ehrlichen Jägersmännern etwas aufzulösen gab, musste auch selbst vom Handwerk gewesen sein, sonst hätte er das Wild nicht mit solcher Sicherheit aufspüren und nicht so geschickt jeder Falle, die ihm gestellt wurde, ausweichen können.

Die Wild- und Waldschäden erreichten eine unerhörte Höhe, das Forstpersonal befand sich in grimmigster Aufregung. Da begab es sich nur zu oft, dass die kleinen Leute, die bei irgendeinem unbedeutenden Waldfrevel ertappt wurden, eine härtere Behandlung erlitten, als zu andrer Zeit geschehen wäre und als gerade zu rechtfertigen war. Große Erbitterung herrschte darüber in allen Ortschaften. Dem Oberförster, gegen den der Hass sich zunächst wandte, kamen gutgemeinte Warnungen in Menge zu. Die Raubschützen, hieß es, hätten einen Eid darauf geschworen, bei der ersten Gelegenheit exemplarische Rache an ihm zu nehmen. Er, ein rascher, kühner Mann, schlug das Gerede in den Wind und sorgte mehr denn je dafür, dass weit und breit kund werde, wie er seinen Untergebenen die rücksichtsloseste Strenge anbefohlen und für etwaige schlimme Folgen die Verantwortung selbst übernommen habe. Am häufigsten rief der Oberförster dem Revierjäger Hopp die scharfe Handhabung seiner Amtspflicht ins Gedächtnis und warf ihm zuweilen Mangel an »Schneid« vor; wozu freilich der Alte nur lächelte. Der Krambambuli aber, den er bei solcher Gelegenheit von oben herunter anblinzelte, gähnte laut und wegwerfend. Übel nahmen er und sein Herr dem Oberförster nichts. Der Oberförster war ja der Sohn des Unvergesslichen, bei dem Hopp das edle Waidwerk erlernt, und Hopp hatte wieder ihn als kleinen Jungen in die Rudimente des Berufs eingeweiht. Die Plage, die er einst mit ihm gehabt, hielt er heute noch für eine Freude, war stolz auf den ehemaligen Zögling und liebte ihn trotz der rauen Behandlung, die er so gut wie jeder andere von ihm erfuhr.

Eines Junimorgens traf er ihn eben wieder bei einer Exekution.

Es war im Lindenrondell, am Ende des herrschaftlichen Parks, der an den »Grafenwald« grenzte, und in der Nähe der Kulturen, die der Oberförster am liebsten mit Pulverminen umgeben hätte. Die Linden standen just in schönster Blüte, und über diese hatte ein Dutzend kleiner Jungen sich hergemacht. Wie Eichkätzchen krochen sie auf den Ästen der herrlichen Bäume herum, brachen alle Zweige, die sie erwischen konnten, ab und warfen sie zur Erde. Zwei Weiber lasen die Zweige hastig auf und stopften sie in Körbe, die bereits mehr als zur Hälfte mit dem duftenden Raub gefüllt waren. Der Oberförster raste in unermesslicher Wut. Er ließ durch seine Heger die Buben nur so von den Bäumen schütteln, unbekümmert um die Höhe, aus der sie fielen. Während sie wimmernd und schreiend um seine Füße krochen, der eine mit zerschlagenem Gesicht, der andere mit ausgerenktem Arm, ein dritter mit gebrochenem Bein, zerbleute er eigenhändig die beiden Weiber. In dem einen derselben erkannte Hopp die leichtfertige Dirne, die das Gerücht als die Geliebte des »Gelben« bezeichnete. Und als die Körbe und Tücher der Weiber und die Hüte der Buben in Pfand genommen wurden und Hopp den Auftrag bekam, sie aufs Gericht zu bringen, konnte er sich eines schlimmen Vorgefühls nicht erwehren.

Der Befehl, den ihm damals der Oberförster zurief, wild wie ein Teufel in der Hölle und wie ein solcher umringt von jammernden und gepeinigten Sündern, ist der letzte gewesen, den der Revierjäger im Leben von ihm erhalten hat. Eine Woche später traf er ihn wieder im Lindenrondell – tot. Aus dem Zustand, in dem die Leiche sich befand, war zu ersehen, dass sie hierher, und zwar durch Sumpf und Geröll, geschleppt worden war, um an dieser Stelle aufgebahrt zu werden. Der Oberförster lag auf abgehauenen Zweigen, die Stirn mit einem dichten Kranz aus Lindenblüten umflochten, einen ebensolchen als Bandelier um die Brust gewunden. Sein Hut stand neben ihm, mit Lindenblüten gefüllt. Auch die Jagdtasche hatte der Mörder ihm gelassen, nur die Patronen herausgenommen und statt ihrer Lindenblüten hineingetan. Der schöne Hinterlader des Oberförsters fehlte und war durch einen elenden Schießprügel ersetzt. Als man später die Kugel, die seinen Tod verursacht hatte, in der Brust des Ermordeten fand, zeigte es sich, dass sie genau in den Lauf dieses Schießprügels passte, der dem Förster gleichsam zum Hohne über die Schulter gelegt worden war. Hopp stand beim Anblick der entstellten Leiche regungslos vor Entsetzen. Er hätte keinen Finger heben können, und auch das Gehirn war ihm wie gelähmt; er starrte nur und starrte und dachte anfangs gar nichts, und erst nach einer Weile brachte er es zu einer Beobachtung, einer stummen Frage: – Was hat denn der Hund?

Der Krambambuli beschnüffelt den toten Mann, läuft wie nicht gescheit um ihn herum, die Nase immer am Boden. Einmal winselt er, einmal stößt er einen schrillen Freudenschrei aus, macht ein paar Sätze, bellt, und es ist geradeso, als erwache in ihm eine längst erstorbene Erinnerung ...

»Herein«, ruft Hopp, »da herein!« Und Krambambuli gehorcht, sieht aber seinen Herrn in allerhöchster Aufregung an, und – wie der Jäger sich auszudrücken pflegte – sagt ihm: »Ich bitte dich um alles in der Welt, siehst du denn nichts? Riechst du denn nichts? ... O lieber Herr, schau doch! riech doch! O Herr, komm! Daher komm! ...« Und tupft mit der Schnauze an des Jägers Knie und schleicht, sich oft umsehend, als frage er: Folgst du mir? zu der Leiche zurück und fängt an, das schwere Gewehr zu heben und zu schieben und ins Maul zu fassen, in der offenbaren Absicht, es zu apportieren.

Dem Jäger läuft ein Schauer über den Rücken, und allerlei Vermutungen dämmern in ihm auf. Weil das Spintisieren aber nicht seine Sache ist, es ihm auch nicht zukommt, der Obrigkeit Lichter aufzustecken, sondern vielmehr den grässlichen Fund, den er getan hat, unberührt liegenzulassen und seiner Wege – das heißt in dem Fall recte zu Gericht – zu gehen, so tut er denn einfach, was ihm zukommt.

Nachdem es geschehen und alle Förmlichkeiten, die das Gesetz bei solchen Katastrophen vorschreibt, erfüllt, der ganze Tag und auch ein Stück der Nacht darüber hingegangen sind, nimmt Hopp, eh er schlafen geht, noch seinen Hund vor.

»Mein Hund«, spricht er, »jetzt ist die Gendarmerie auf den Beinen, jetzt gibt's Streifereien ohne Ende. Wollen wir es andern überlassen, den Schuft, der unsern Oberförster erschossen hat, wegzuputzen aus der Welt? – Mein Hund kennt den niederträchtigen Strolch, kennt ihn, ja, ja! Aber das braucht niemand zu wissen, das habe ich nicht ausgesagt ... Ich, hoho! ... Ich werd meinen Hund hineinbringen in die Geschichte ... Das könnt mir einfallen!« Er beugte sich über Krambambuli, der zwischen seinen ausgespreizten Knien saß, drückte die Wange an den Kopf des Tieres und nahm seine dankbaren Liebkosungen in Empfang. Dabei summte er: »Was macht denn mein Krambambuli?« bis der Schlaf ihn übermannte.

Seelenkundige haben den geheimnisvollen Drang zu erklären gesucht, der manchen Verbrecher stets wieder an den Schauplatz seiner Untat zurückjagt. Hopp wusste von diesen gelehrten Ausführungen nichts, strich aber dennoch ruh- und rastlos mit seinem Hunde in der Nähe des Lindenrondells herum.

Am zehnten Tage nach dem Tode des Oberförsters hatte er zum ersten Mal ein paar Stunden lang an etwas anderes gedacht als an seine Rache und sich im »Grafenwald« mit dem Bezeichnen der Bäume beschäftigt, die beim nächsten Schlag ausgenommen werden sollten.

Wie er nun mit seiner Arbeit fertig ist, hängt er die Flinte wieder um und schlägt den kürzesten Weg ein, quer durch den Wald gegen die Kulturen in der Nähe des Lindenrondells. Im Augenblick, in dem er auf den Fußsteig treten will, der längs des Buchenzaunes läuft, ist ihm, als höre er etwas im Laube rascheln. Gleich darauf herrscht jedoch tiefe Stille, tiefe, anhaltende Stille. Fast hätte er gemeint, es sei nichts Bemerkenswertes gewesen, wenn nicht der Hund so merkwürdig dreingeschaut hätte. Der stand mit gesträub-

121

tem Haar, den Hals vorgestreckt, den Schwanz aufrecht, und glotzte eine Stelle des Zaunes an. Oho! dachte Hopp, wart, Kerl, wenn du's bist; trat hinter einen Baum und spannte den Hahn seiner Flinte. Wie rasend pochte ihm das Herz, und der ohnehin kurze Atem wollte ihm völlig versagen, als jetzt plötzlich, Gottes Wunder! – durch den Zaun der »Gelbe« auf den Fußsteig trat. Zwei junge Hasen hängen an seiner Waidtasche, und auf seiner Schulter, am wohlbekannten Juchtenriemen, der Hinterlader des Oberförsters. Nun wär's eine Passion, den Racker niederzubrennen aus sicherem Hinterhalt.

Aber nicht einmal auf den schlechtesten Kerl schießt der Jäger Hopp, ohne ihn angerufen zu haben. Mit einem Satze springt er hinter dem Baum hervor und auf den Fußsteig und schreit: »Gib dich, Vermaledeiter!« Und als der Wildschütz zur Antwort den Hinterlader von der Schulter reißt, gibt der Jäger Feuer ... All ihr Heiligen – ein sauberes Feuer! Die Flinte knackst, anstatt zu knallen. Sie hat zu lange mit aufgesetzter Kapsel im feuchten Wald am Baum gelehnt – sie versagt.

Gute Nacht, so sieht das Sterben aus, denkt der Alte ... Doch nein – er ist heil, sein Hut nur fliegt, von Schroten durchlöchert, ins Gras ...

Der andere hat auch kein Glück; das war der letzte Schuss in seinem Gewehr, und zum nächsten zieht er eben erst die Patrone aus der Tasche ...

»Pack an!« ruft Hopp seinem Hunde heiser zu: »Pack an!« Und: »Herein, zu mir! Herein, Krambambuli!« lockt es drüben mit zärtlicher, liebevoller – ach, mit altbekannter Stimme ...

Der Hund aber – – –

Was sich nun begab, begab sich viel rascher, als man es erzählen kann. Krambambuli hatte seinen ersten Herrn erkannt und rannte auf ihn zu, bis – in die Mitte des Weges. Da pfeift Hopp, und der Hund macht kehrt, »der Gelbe« pfeift, und der Hund macht wieder kehrt und windet sich in Verzweiflung auf einem Fleck, in gleicher Distanz von dem Jäger wie von dem Wildschützen, zugleich hingerissen und gebannt ...

Zuletzt hat das arme Tier den trostlos unnötigen Kampf aufgegeben und seinen Zweifeln ein Ende gemacht, aber nicht seiner Qual. Bellend, heulend, den Bauch am Boden, den Körper gespannt wie eine Sehne, den Kopf emporgehoben, als riefe es den Himmel zum Zeugen seines Seelenschmerzes an, kriecht es – seinem ersten Herrn zu.

Bei dem Anblick wird Hopp von Blutdurst gepackt. Mit zitternden Fingern hat er die neue Kapsel aufgesetzt – mit ruhiger Sicherheit legt er an. Auch »der Gelbe« hat den Lauf wieder auf ihn gerichtet. Diesmal gilt's! Das wissen die beiden, die einander auf dem Korn haben, und was auch in ihnen vorgehen möge, sie zielen so ruhig wie ein paar gemalte Schützen.

122

Zwei Schüsse fallen. Der Jäger trifft, der Wildschütz fehlt.

Warum? Weil er – vom Hunde mit stürmischer Liebkosung angesprungen – gezuckt hat im Augenblick des Losdrückens. »Bestie!« zischt er noch, stürzt rücklings hin und rührt sich nicht mehr.

Der ihn gerichtet, kommt langsam herangeschritten. Du hast genug, denkt er, um jedes Schrotkorn wär's schad bei dir. Trotzdem stellt er die Flinte auf den Boden und lädt von neuem. Der Hund sitzt aufrecht vor ihm, lässt die Zunge heraushängen, keucht kurz und laut und sieht ihm zu. Und als der Jäger fertig ist und die Flinte wieder zur Hand nimmt, halten sie ein Gespräch, von dem kein Zeuge ein Wort vernommen hätte, wenn es auch statt eines toten ein lebendiger gewesen wäre.

»Weißt du, für wen das Blei gehört?«

»Ich kann es mir denken.«

»Deserteur, Kalfakter, pflicht- und treuvergessene Kanaille!«

»Ja, Herr, jawohl«

»Du warst meine Freude. Jetzt ist's vorbei. Ich habe keine Freude mehr an dir.«

»Begreiflich, Herr«, und Krambambuli legte sich hin, drückte den Kopf auf die ausgestreckten Vorderpfoten und sah den Jäger an.

Ja, hätte das verdammte Vieh ihn nur nicht angesehen! Da würde er ein rasches Ende gemacht und sich und dem Hund viel Pein erspart haben. Aber so geht's nicht! Wer könnte ein Geschöpf niederknallen, das einen so ansieht? Herr Hopp murmelt ein halbes Dutzend Flüche zwischen den Zähnen, einer gotteslästerlicher als der andere, hängt die Flinte wieder um, nimmt dem Raubschützen noch die jungen Hasen ab und geht.

Der Hund folgte ihm mit den Augen, bis er zwischen den Bäumen verschwunden war, stand dann auf, und sein mark- und beinerschütterndes Wehgeheul durchdrang den Wald. Ein paar Mal drehte er sich im Kreise und setzte sich wieder aufrecht neben den Toten hin. So fand ihn die gerichtliche Kommission, die, von Hopp geleitet, bei sinkender Nacht erschien, um die Leiche des Raubschützen in Augenschein zu nehmen und fortschaffen zu lassen. Krambambuli wich einige Schritte zurück, als die Herren herantraten. Einer von ihnen sagte zu dem Jäger: »Das ist ja Ihr Hund.« – »Ich habe ihn hier als Schildwache zurückgelassen«, antwortete Hopp, der sich schämte, die Wahrheit zu gestehen. – Was half's? Sie kam doch heraus, denn als die Leiche auf den Wagen geladen war und fortgeführt wurde, trottete Krambambuli gesenkten Kopfes und mit eingezogenem Schwanze hinterher. Unweit der Totenkammer, in der »der Gelbe« lag, sah ihn der Gerichtsdiener noch am folgenden Tage herumstreichen. Er gab ihm einen Tritt und rief ihm zu: »Geh nach Hause!« – Krambambuli fletschte die

Zähne gegen ihn und lief davon; wie der Mann meinte, in der Richtung des Jägerhauses. Aber dorthin kam er nicht, sondern führte ein elendes Vagabundenleben.

Verwildert, zum Skelett abgemagert, umschlich er einmal die armen Wohnungen der Häusler am Ende des Dorfes. Plötzlich stürzte er auf ein Kind los, das vor der letzten Hütte stand, und entriss ihm gierig das Stück Brot, von dem es aß. Das Kind blieb starr vor Schrecken, aber ein kleiner Spitz sprang aus dem Hause und bellte den Räuber an. Dieser ließ sogleich seine Beute fahren und entfloh.

Am selben Abend stand Hopp vor dem Schlafengehen am Fenster und blickte in die schimmernde Sommernacht hinaus. Da war ihm, als sähe er jenseits der Wiese am Waldessaum den Hund sitzen, die Stätte seines ehemaligen Glückes unverwandt und sehnsüchtig betrachtend – der Treueste der Treuen, herrenlos!

Der Jäger schlug den Laden zu und ging zu Bette. Aber nach einer Weile stand er auf, trat wieder ans Fenster – der Hund war nicht mehr da. Und wieder wollte er sich zur Ruhe begeben und wieder fand er sie nicht.

Er hielt es nicht mehr aus. Sei es, wie es sei! ... Er hielt es nicht mehr aus ohne den Hund. – Ich hol ihn heim, dachte er, und fühlte sich wie neugeboren nach diesem Entschluss.

Beim ersten Morgengrauen war er angekleidet, befahl seiner Alten, mit dem Mittagessen nicht auf ihn zu warten, und sputete sich hinweg. Wie er aber aus dem Hause trat, stieß sein Fuß an denjenigen, den er in der Ferne zu suchen ausging. Krambambuli lag verendet vor ihm, den Kopf an die Schwelle gepresst, die zu überschreiten er nicht mehr gewagt hatte.

Der Jäger verschmerzte ihn nie. Die Augenblicke waren seine besten, in denen er vergaß, dass er ihn verloren hatte. In freundliche Gedanken versunken, intonierte er dann sein berühmtes: »Was macht denn mein Krambam....« Aber mitten in dem Worte hielt er bestürzt inne, schüttelte das Haupt und sprach mit einem tiefen Seufzer: »Schad um den Hund!«

Nachwort des Herausgebers Joerg K. Sommermeyer

Annette von Droste-Hülshoff
(Gemälde von Johann Joseph Sprick, 1838)

Annette Elisabeth von Droste-Hülshoff erblickt am 10. Januar 1797 auf Schloss Hülshoff bei Münster als zweites von vier Kindern des Freiherrn Clemens August von Droste-Hülshoff und seiner Frau Therese Luise, geb. von Haxthausen, das Licht der Welt. Von ihrer Mutter und Hauslehrern wird sie in der Tradition altwestfälischen, katholischen Adels erzogen und vielseitig gebildet. Sie kränkelt in Kindheit und Jugend, ist sehr kurzsichtig. Im Alter von sieben Jahren erste literarische Versuche, vorwiegend Gedichte. 1812-1819 erhält sie Unterricht von Anton Matthias Sprickmann (1749-1833; Schriftsteller, Jurist; Göttinger Hainbund; Freimaurer und Freund Blüchers; Mitglied im von Adam Weishaupt, 1748-1830, gegründeten geheimen Illuminatenorden), der ihr literarisches Interesse fördert. 1813 Arbeit am Drama *»Berta oder die Alpen«*. Beginn einer Freundschaft mit der Dichterin Katharina Busch. Aufenthalt bei der Großmutter in Bökendorf. Bekanntschaft mit Wilhelm Grimm; Beteiligung am Sammeln von Märchen und Volksliedern. 1815 schwere, langwierige Erkrankung. 1817 Bekanntschaft mit Wilhelmine von Thielmann. 1818 Arbeit am Versepos *»Walter«*. Reise nach Kassel; Zusammentreffen mit den Geschwistern Grimm: Jacob (1785-1863), Wilhelm (1786-1859), Charlotte (Lotte; 1793-1833), Ludwig Emil Grimm (1790-1863; Maler, Radierer, Kupferstecher) sowie Amalie Hassenpflug (Male; 1800-1871; Schriftstellerin, Mitglied des Kasseler Kreises um die

Brüder Grimm). 1819 Aufenthalte in Bad Driburg, Bökendorf und Abbenburg (bis 1820). Der erste Gedichtzyklus der späteren Sammlung »Das Geistliche Jahr« entsteht (bis 1820, postum 1851 veröffentlicht), ein Zyklus religiöser Betrachtungen in der Reihenfolge der Evangelien der Sonntage (vom Neujahrtag bis Ostermontag). 1820 unglückliche Liebe zum Göttinger Studenten Heinrich Straube. 1821 Beginn der Arbeit am Roman »Ledwina«. 1825 Rheinreise mit Aufenthalten in Köln und Bonn (bis April 1826). Treffen mit August Wilhelm Schlegel (August Wilhelm Schlegel von Gottleben; 1767-1845; Literaturhistoriker, Übersetzer, Alt-Philologe, Indologe; Sprachphilosoph der deutschen Frühromantik, Mitbegründer der altindischen Philologie) und Sibylle Mertens-Schaaffhausen (1797-1857; genannt Rheingräfin; Archäologin und Mittelpunkt eines rheinischen Salons). Am 25. Juli 1826 stirbt ihr Vater. Der Familiensitz wird vom Bruder Werner übernommen, Annette, ihre ältere Schwester Jenny (1795-1859) und ihre Mutter übersiedeln auf deren Witwensitz, Haus Rüschhaus bei Gievenbeck (heute Stadtteil von Münster, Stadtbezirk West). Landleben in Abgeschiedenheit, unterbrochen von gelegentlichen Reisen. 1828 zweite Rheinreise nach Koblenz, Köln und Bonn mit Besuch bei der Freundin Sibylle Mertens Schaafhausen in Plittersdorf. Zusammentreffen mit Wilhelmine Thielmann. Erste Arbeiten am Epos »Das Hospiz auf dem Großen Sankt Bernhard«. 1829 erneut schwere Krankheit; homöopathische Behandlung. 1830 nach Genesung Besuch in Bonn, wo sie im Hause des Vetters Clemens (1793-1832; Professor für Rechtsphilosophie, Kirchenrecht und Kriminalrecht; Rektor der Universität Bonn) wohnt (bis Frühjahr 1831). Umgang mit der Familie Mertens. 1831 Umzug nach Plittersdorf zu Sibylle Mertens, in deren Haus sie Johanna und Adele Schopenhauer begegnet. Zurück in Rüschhaus Begegnung mit Levin Schücking (Christoph Bernhard Levin Matthias Schücking; Schriftsteller, Journalist). Im November Tod von dessen Ehefrau, ihrer Freundin Katharina Schücking. 1832 Tod des Vetters Clemens in Bonn. 1834 Bekanntschaft mit dem Münsteraner Philosophieprofessor Christoph Bernhard Schlüter (1801-1884; Dichter, Philosoph; Verhältnis von Glauben und Theologie in der katholischen Tradition). Droste-Hülshoff vollendet das Versepos »Des Arztes Vermächtnis«. Ihre Schwester Jenny heiratet den Germanisten Joseph von Laßberg (1770-1855; Forstmann, Germanist, Schriftsteller), mit dem sie zunächst nach Eppishausen (Thurgau) und 1838 nach Meersburg am Bodensee zieht. 1835 reist Annette mit der Mutter nach Eppishausen zur Schwester Jenny, wo sie bis zur Geburt der beiden Nichten Hildegard und Hildegund bleiben. 1836 Rückreise nach Rüschhaus mit Zwischenaufenthalt in Bonn bei der Witwe des Vetters Clemens. 1837 Versepos »Loener Bruch«. 1838 erscheinen »Gedichte von Annette Elisabeth von D. H. (neben geistlichen Gedichten, »Des Arztes Vermächtnis«, »Das Hospiz auf dem großen St. Bernhard« und »Die Schlacht im Loener Bruch«). Besuch in Bökendorf. Gründung der »Heckenschriftstellergesellschaft« in Münster, zu der, außer Droste-Hülshoff, Elise Rüdiger (1812-1899; Schriftstellerin, Salonnière in Münster und Berlin), Henriette von Hohen-hausen, Wilhelm Junkmann (1811-1886; Historiker, Schriftsteller, Politiker), Levin Schücking und Luise von Bornstedt gehören. 1839 Sommeraufenthalt in Abbenburg. Wiederaufnahme der Arbeit am *»Geistlichen Jahr«*. 1840 Vollendung des *»Geistlichen Jahres«* (Publikation posthum 1851). Balladen. Lustspiel *»Perdu!«*. Aufenthalt Levin Schückings in Rüschhaus, gemeinsame Arbeit an Schückings und Ferdinand Freiligraths (1810-1876; Lyriker, Übersetzer) *»Das Malerische und Romantische Westphalen«*. 1841 Fertigstellung der *»Juden-buche«*. Im September ist sie bei ihrer Schwester auf Schloss Meersburg (Bo-densee), wo Levin Schücking als Bibliothekar arbeitet (bis Herbst 1844). Gedichte und Balladen. Bekanntschaft mit Ludwig Uhland (1787-1862; Dichter, Literaturwis-senschaftler, Jurist, Politiker; Beiträge zur Mediävistik; Abgeordneter im ersten gesamtdeutschen Parla-ment, der Frankfurter Nationalversammlung; Des Sängers Fluch, 1814) und Gustav Schwab (1792-1850; Sagen des klassischen Altertums, 1838-1840). Mitarbeit an Schückings Roma-nen *»Der Familienschild«* und *»Das Stiftsfräulein«*. Im Februar 1842 ver-lässt Levin Schücking Schloss Meersburg. Im *»Morgenblatt für gebildete Stände«* erscheint die Novelle *»Die Judenbuche«*. Rückkehr nach Rüsch-haus. Vollendung der Ballade *»Der Spiritus familiaris des Rosstäuschers«*. 1843 Aufenthalt in Abbenburg. Reise nach Meersburg. Schücking heiratet Luise von Gall. Droste-Hülshoff erwirbt das *»Fürstenhäusle«* bei Meers-burg. Rückreise nach Rüschhaus; Erkrankung. Im Herbst erscheint eine Auswahl der 1841-1844 entstandenen und mit Levin Schücking zusammen-gestellten *»Gedichte«*. 1845 *»Bilder aus Westfalen«*. Aufenthalt in Abben-burg. 1846 Zerwürfnis mit Schücking. Schwere Krankheit. Erneute Reise nach Meersburg. Am 21. Juli 1847 macht sie ihr Testament. Am 24. Mai 1848 stirbt Annette von Droste-Hülshoff in Meersburg.

»Die Judenbuche«, eine Kriminalgeschichte, in ihrer stilistischen Formung an Kleistsche Novellen erinnernd, beruht auf einer wahren Begebenheit (die Jugendgeschichte des Täters, zwei Drittel des Textes, sind allerdings frei erfunden), eines Juden-mords im Paderborner Land und seiner fatalen Sühne. Die in Kindheit und Jugend wurzelnde Fehlentwicklung des Täters entspringt vorwiegend seiner sozialen Umgebung. Recht, Gerechtigkeit, Judenfeindlichkeit, ein unaufge-klärtes Verbrechen, seine Vor- und Nachgeschichte im gottverlassenen westfälischen Dorf noch vor der Französischen Revolution, eine über den bloßen Kriminalfall weit hinausgehende Milieustudie, wo alles dunkle, un-heimlich-unwirkliche Unglück, Unheil und Verbrechen nahe der Buche im Brederwald nachts oder in Dämmerstunden sich schauerlich entspinnt, ver-hängnisvolle Konsequenz einer gestörten Gesellschaft.

Jeremias Gotthelf (Gemälde von
Johann Friedrich Dietler, um 1844)

Jeremias Gotthelf kommt am *4. Oktober* 1797 unter dem Namen Albert Bitzius in Murten (Kanton Fribourg) als erster Sohn des reformierten Pfarrers Sig-
mund Friedrich Bitzius und seiner dritten Frau Elisabeth (geb. Kohler; 1767-1836)
zur Welt. 1805 wird sein Vater versetzt; Übersiedlung ins Bauerndorf Utzenstorf in Emmental. Der Vater unterrichtet seine Söhne selbst. 1812 tritt
Gotthelf in die Berner Literarschule ein, wohnt (bis 1814) beim Theologiepro-
fessor Samuel Studer (1757-1834; Homiletik, früher Vertreter der Evolutionstheorie). 1814
wechselt Gotthelf zur Theologenschule Berner Akademie, wo er drei Jahre
lang als Externer alte Sprachen, Mathematik und Philosophie studiert. 1815
nimmt er an dem von der philosophischen Fakultät ausgeschriebenen Wett-
bewerb zum Thema: *»Ist sich das Wesen der Poesie der Alten und Neuern
gleich?«* teil, erhält für seinen Beitrag den zweiten Preis. 1817 Beginn des
ordentlichen Theologiestudiums. Bekanntschaft mit Bernhard Rudolf Fet-
scherin (1796-1855). 1818 Stipendium; Hauptinteresse für Geschichte und Kir-
chengeschichte. Geschichtslehrer für jüngere Schüler (bis 1820). 1819 Gründung der Verbindung Zofingia (Schweizerischer Zofingerverein) mit anderen Studenten. 1820 Examen. Vikariat in der Gemeinde des Vaters. 1821 Studium der
Theologie, Ästhetik und Geschichte in Göttingen (bis 1822). Reise durch
Norddeutschland: Hannover, Lüneburger Heide und Hamburg. 1822 Reise
von Göttingen über Weimar, Leipzig, Dresden und Bayern zur Familie nach
Utzenstorf. Wiederaufnahme des Vikariats in Utzenstorf. Im Februar 1824

Tod des Vaters. Übersiedlung als Vikar nach Herzogenbuchsee. 1826 hört Gotthelf die von Heinrich Pestalozzi verfasste Rede *»Über Vaterland und Erziehung«*. 1828 *»Gespräch zwischen Luther, Zwingli und Calvin im Himmel über die religiöse Gestaltung der Welt seit ihrem Tode«*. 1829 Umzug nach Bern; Stelle als Pfarrgehilfe. 1831 Vikar in Lützelflüh im Emmental. 1832 Pfarrer in Lützelflüh. Mitglied der Großen Landschulkommission zur Reform des Schulwesens. 1833 heiratet er (drei Kinder: Marie Henriette, 1834-1890; Albert 1835-1882; Cecile, 1837-1914) Henriette Elisabeth Zeender (1805-1872; Tochter des Berner Theologieprofessors Jakob Emanuel Zeender, 1772-1807). Mitglied in der Verwaltungskommission der Armenerziehungsanstalt Trachselwald (Verarbeitung seiner Eindrücke in »Die Armennoth«, 1840). 1835 Schulkommissär für die 18 Schulen der Gemeinden Lützelflüh, Rüegsau, Hasle und Oberburg (bis 1845; Entlassung wegen politischer Differenzen mit der Regierung). 1836 Tod seines Bruders Friedrich Bitzius und der Mutter. 1837 sozialkritischer Roman *»Der Bauernspiegel oder Lebensgeschichte des Jeremias Gotthelf, von ihm selbst beschrieben«* Von nun an nennt er sich nach dem Helden seines ersten Romans. 1838 Erzählung *»Wie fünf Mädchen im Branntwein jämmerlich umkommen«*. Novelle *»Die Wassernoth im Emmenthal am 13. August 1837«*. Roman *»Leiden und Freuden eines Schulmeisters«* (2 Bände, 1838-39). 1839 Erzählung *»Dursli, der Branntweinsäufer«*. Mitarbeiter des *»Neuen Berner Kalenders«* (bis 1845). 1841 Feldprediger. Volkspädagogischer Entwicklungsroman *»Wie Uli der Knecht glücklich wird. Eine Gabe für Dienstboten und Meisterleute«*. (Idealbild einer christlich-patriarchalischen Gesellschaftsordnung, in der der Tüchtige und Ordentliche sein rechtschaffenes Auskommen und moralischen Seelenfrieden findet.) 1842 *»Eines Schweizers Wort an den Schweizerischen Schützenverein«*. Erzählung *»Ein Sylvester-Traum«*. *»Die schwarze Spinne«* in *»Bildern und Sagen aus der Schweiz«* (6 Bände, 1842-46). 1843 Roman *»Geld und Geist oder Die Versöhnung«* (3 Bände); sein Erziehungsauftrag für ein ordentliches, fleißiges und genügsames Leben wird ergänzt von christlich-missionarischem Bestreben. Roman *»Die Käserei in der Vehfreude«*. Roman *»Wie Anne Bäbi Jowäger haushaltet und wie es ihm mit dem Doktern geht«* (2 Bände, 1843-44). 1845 Erzählung *»Wie Christen eine Frau gewinnt«*. 1846 Roman *»Jacobs des Handwerksgesellen Wanderungen durch die Schweiz«* (2 Bände, 1846-47). Veröffentlichung von Prosastücken im Berliner Verlag Julius Springer. Erzählung *»Der Knabe des Tell«*. Roman *»Der Geldstag, oder die Wirtschaft nach der neuen Mode«*. 1847 Roman *»Käthi, die Großmutter, oder der wahre Weg durch jede Not«* (2 Bände). 1848 Präsident des Kantonalen Pfarrvereins. Erzählungen *»Hans Joggeli der Erbvetter«*. *»Leiden eines Schulmeisters«* (4 Bände). 1849 *»Uli der Pächter«*, Fortsetzung der Erzählung *»Uli der Knecht«* (Herr-Knecht-Verhältnis). Novelle *»Doctor Dorbach, der Wühler, und die Bürgerherren«*. 1850 *»Er-*

zählungen aus der Schweiz« (5 Bände, 1850-55). Angriffe gegen Gotthelf im *»Wochenblatt des Emmental«* wegen seiner antiliberalen Haltung. 1851 Reise nach Straßburg. Erzählung *»Hans Jacob und Heiri oder die beiden Seidenweber«*. Hals- und Herzleiden mit Wassersucht. 1852 Roman *»Zeitgeist und Berner Geist«* (2 Bände). 1853 Ehrenmitglied im Berner Literarischen Verein. Kur in Bad Gurnigel vermag Husten und Schlafsucht nicht zu heilen. 1854 Roman *»Erlebnisse eines Schuldenbauers«*. Am 22. Oktober 1854 stirbt Jeremias Gotthelf an einer Lungenembolie infolge einer Lungenentzündung in Lützelflüh.

Eingebettet in eine idyllisch angelegte Rahmenerzählung, verarbeitet Gotthelf in *»Die schwarze Spinne«* alte Sagen zu einer gleichnishaften Geschichte über christlich-humanistische Vorstellungen von Gut und Böse. Das bäuerliche Leben im 19. Jahrhundert, Menschen und Landschaften beschreibt er realistisch, christliche sowie humanistische Forderungen, Ideale von Fleiß, Bodenständigkeit, Heimatliebe und Religiosität werden durch Individualismus, Radikalismus und Industrialisierung bedroht.

Gotthelf ist ein christlich-konservativer, heimatverbundener Verkünder, Mahner und Seelsorger. Volkstümlich und detailversessen entfaltet er seine an "Homer rührende" (Thomas Mann, Die Entstehung des Doktor Faustus, 1949) Epik des Berner Bauernlebens, belehrt, propagiert eine exemplarisch richtige Lebenshaltung, während er alles Falsche (Materialismus, Gewinnsucht, Agitation, Radikalismus) verurteilt, weist Segen und Unsegen, Gut und Böse zu. Psychologische Tiefe, dynamische Dramatik, empfindsame Idyllik, Genrebilder, Satire, Schwank und drastische Komik wechseln in einem predigthaft-rhetorischen oder volkstümlich-schwankhaftem Ton, weder Berner Dialekt noch Bibelsprache verschmähend.

Die Tauffeier vorher und nachher, spiegelt zugleich eine idyllische, in guter, scheinbar sicherer Ordnung befindliche Welt, in die in der Binnenerzählung durch das gottvergessene, schlechte, unrechte, sittenlose und bösartige Verhalten zunächst der Ritter, später der Großbauern, ursprünglich Opfer dann selbst Täter an ihren Knechten und Mägden, Unheil und Schrecken hereinbrechen, die Idylle und Normalität gefährden, alles an den Rand des Untergangs reißen, Rettung ist nur durch Selbstaufopferung einzelner zu erlangen, die sich zudem als bloßer Schein entpuppt, falls die Gesellschaft ihre christlichen Pflichten, die guten Sitten und das rechte Verhalten erneut vergessen sollte.

130

F. K. Basler-Kopp, Die schwarze Spinne (vor 1937)

Marie von Ebner-Eschenbach
(Karl von Blaas, Öl auf Leinwand, 1873)

Marie Freiin von Dubsky wird am 13. September 1830 auf Schloss Zdislavic bei Kremsier in Mähren als Tochter des Barons Franz Dubsky (altes böhmisch-katholischen Adelsgeschlecht) und der Baronin Marie (geb. Vockel; sächsisch-protestantische Familie) geboren. Die Mutter stirbt kurz nach der Geburt.
Ihre erste Stiefmutter, Eugénie Bartenstein, zu der sie eine enge Beziehung hat, verliert sie siebenjährig. Der Vater heiratet drei Jahre später die hochgebildete Gräfin Xaverine Kolowrat-Krakowsky, zu der Marie ein inniges Verhältnis entwickelt. Sie nimmt ihre Stieftochter öfters mit ins Burgtheater, gibt ihr literarische Anregungen. 1843 wird der Vater in den Grafenstand erhoben. 1847 begutachtet Franz Grillparzer (1791-1872; österreichischer Nationaldichter, Dramatiker; *Des Meeres und der Liebe Wellen*, 1831; *Der Traum ein Leben*,1834; *Weh dem, der lügt!*, 1838) ihre ersten literarischen Werke und ermutigt sie. 1848 heiratet sie ihren Vetter Moritz Freiherr Ebner von Eschenbach (1815-1898; österreichischer Techniker, Erfinder, Militärschriftsteller und Feldmarschalleutnant; Mitglied der Akademie der Wissenschaften). Gemeinsam leben sie 1848-1850 in Wien, in Klosterbruck bei Znaim/Mähren bis 1856, danach wieder in Wien, die Sommer verbringen sie auf Schloss Zdislawitz. Die Ehe bleibt kinderlos. Autodidaktische Studien. 1858 *»Aus Franzensbad. Sechs Episteln von keinem Propheten«* (anonym). 1859 nimmt ihr Ehemann am Krieg in Italien teil. 1860 *»Maria Stuart in Schottland, Schauspiel in fünf Aufzügen«* wird uraufgeführt und kurz darauf gedruckt. Moritz von Ebner-Eschenbach wird Chef des Geniekomitees in Wien. 1862 Aufführung des Einakters *»Die Veilchen«* in Wien. 1863

Aufenthalt in der Schweiz. Freundschaft mit Ida von Fleischl-Marxow (1825-1899; Freundin und Gönnerin von Betty Paoli) und Betty Paoli (Barbara Elisabeth Glück, 1814-1894; österreichische Lyrikerin, Novellistin, Journalistin, Übersetzerin). 1866 Kampfeinsatz Moritz von Ebner-Eschenbachs in Polen. 1867 Bekanntschaft mit Ferdinand von Saar (1833-1906; österreichischer Schriftsteller, Dramatiker und Lyriker; Realismus, humanistisches Ethos, Sozialkritik). Trauerspiel »Marie Roland«, welches im nächsten Jahr in Weimar aufgeführt wird. 1872 »Doctor Ritter« (Dramatisches Gedicht). 1873 wird »Das Waldfräulein« in Wien aufgeführt und fällt durch. Ebner-Eschenbach will keine dramatischen Werke mehr schreiben, wendet sich der Prosa zu. 1874 tritt Moritz von Ebner-Eschenbach in den Ruhestand. 1875 Bekanntschaft mit Julius Rodenberg (Julius Levy 1831-1914; deutscher Journalist, Schriftsteller; Herausgeber der »Deutschen Rundschau«). Der erste Band »Erzählungen« erscheint (mit u. a.: »Ein Spätgeborner«, »Die erste Beichte«, »Die Großmutter«). 1876 gesellschaftskritischer Roman »Božena, die Geschichte einer Magd«. 1879 Ausbildung als Uhrmacherin. Sie sammelt Formuhren; (heute im Wiener Uhrenmuseum). 1880 »Aphorismen«. Die Erzählung »Lotti, die Uhrmacherin« wird in der »Deutschen Rundschau« publiziert.1881 »Neue Erzählungen«. 1883 »Dorf- und Schlossgeschichten« (darin u. a. »Krambambuli«). 1885 »Zwei Comtessen« (Erzählungen). 1886 »Neue Dorf- und Schlossgeschichten«. 1887 Roman »Das Gemeindekind« kommt heraus. 1889 »Miterlebtes« (Erzählungen). Briefwechsel mit Josef Breuer (1842-1925; österreichischer Arzt, Internist, Physiologe, Philosoph; Mitbegründer der Psychoanalyse).

1890 Roman »Unsühnbar«. 1892 »Drei Novellen«. 1893 »Glaubenslos?« (Erzählung). 1894 »Das Schädliche« und »Die Totenwacht« (Erzählungen). Am 5. Juli stirbt ihre Freundin Betty Paoli. 1896 »Rittmeister Brand« und »Betram Vogelweid« (Erzählungen). 1897 »Alte Schule« (Erzählungen). Am 28. Januar 1898 stirbt Moritz von Ebner-Eschenbach in Wien. Marie von Ebner-Eschenbach erhält das »Ehrenzeichen für Kunst und Wissenschaft«, den höchsten zivilen Orden Österreichs. Im Herbst Reise nach Rom (bis April 1899). »Oversberg. Aus dem Tagebuch des Volontärs Ferdinand Binder« und »Bettelbriefe« (Novellen). 1899 Tod ihrer Freundin Ida von Fleischl-Marxow. 1900 erhält Ebner-Eschenbach als erste Frau die Ehrendoktorwürde der Universität Wien. 1901 »Aus Spätherbsttagen« (Erzählungen). 1903 Roman »Agave«. »Die arme Kleine« (Erzählung). 1906 »Meine Kinderjahre« (Erinnerungen). 1909 »Altweibersommer« (Erzählungen, Aphorismen und Skizzen). 1910 »Genrebilder« (Erzählungen). 1915 »Stille Welt« (Erzählungen). 1916 »Meine Erinnerungen an Grillparzer«. Am 12. März 1916 stirbt Marie von Ebner-Eschenbach 85-jährig in Wien.

Ebner-Eschenbach interessiert die Perspektive der sozialen Unterschichten,

Randexistenzen und Dienerfiguren, das Spannungsverhältnis zwischen Dorf- u. Schlossbewohnern, deren psychologischer Werdegang und Lebensschicksal. Mit Ironie übt sie scharfe Kritik an der österreichischen Adelsgesellschaft.

In »Krambambuli« (ursprünglich Wacholderschnaps der Danziger Likörfabrik „Der Lachs"), basierend auf einer wahren Begebenheit aus dem Leben ihre Bruders verzichtet sie allerdings weitgehend auf die Entfaltung des sozialen Umfelds und des Zeitkontextes (Aufhebung der Fronpflichten, freie Bauernschaft, fundamentaler Umbau der gesellschaftlichen Verhältnisse mit Hilfe politischer Gewalt, Ausbreitung der kapitalistischen Wirtschaftsweise, Privatisierung des mittelalterlichen Gemeindelandes, "Holzdiebstahlgesetz", vom Land Vertriebene, die sich massenhaft in Bettler, Räuber, Vagabunden verwandelten). Scheint es ihr einzig um den Herrschaftsanspruch über ein Lebewesen zu gehen? Treue als Folge unbedingter Unterwerfung? Was ist das für ein Verhältnis zwischen Herr und Hund?

Vermag ein außergewöhnlicher Hund, wie Krambambuli, treu zu sein, Loyalitätskonflikte auszustehen, sich moralisch zu entscheiden, ein schlechtes Gewissen zu verspüren?

Kann es sein, dass ein Hund vermenschlicht, bzw. ein Mensch vertiert, das fürchterlichste und erfolgreichste Raubtier? Sollten die Unterschiede zwischen Mensch und Tier gar nicht so groß sein?

„Die Treue ist etwas so Heiliges, dass sie sogar einem unrechtmäßigen Verhältnisse Weihe verleiht." (Ebner-Eschenbach)

»Zwei volle Monate brauchte es, bevor der Krambambuli, halb totgeprügelt, nach jedem Fluchtversuch mit dem Stachelhalsband an die Kette gelegt, endlich begriff, wohin er jetzt gehöre. Dann aber, als seine Unterwerfung vollständig geworden war, was für ein Hund wurde er da!« (oben, S. 117)

Der "erzogene" (abgerichtete) Hund mit Moral, Treue, Loyalität und daraus resultierenden Konflikten, inklusive eines schlechten Gewissens? Oder doch keine Tugend der Treue, sondern nur Konditionierung und Prägung, wobei die "frühkindliche", will heißen frühwelpliche, Erziehung sich als entscheidend erweist, nur scheinbar bei der zweiten Prägung und Konditionierung durch Hopp überlagert wird, beim dritten Mal durch den Grafen fehlschlägt:

»Vergeblich hatte man es durch Liebe zu gewinnen, mit Strenge zu bändigen gesucht. Es biss jeden, der sich ihm näherte, versagte das Futter.« und sich beim Wiedersehen des Hundes mit seinem ersten Herrn als Schein entpuppt:

»Krambambuli hatte seinen ersten Herrn erkannt und rannte auf ihn zu, bis – in die Mitte des Weges. Da pfeift Hopp, und der Hund macht kehrt, „der Gelbe" pfeift, und der Hund macht wieder kehrt und windet sich in Verzweiflung auf einem Fleck, in gleicher Distanz von dem Jäger wie von dem Wildschützen, zugleich hingerissen und gebannt ... Zuletzt hat das arme Tier

den trostlos unnötigen Kampf aufgegeben und seinen Zweifeln ein Ende ge-
macht, aber nicht seiner Qual. Bellend, heulend, den Bauch am Boden, den
Körper gespannt wie eine Sehne, den Kopf emporgehoben, als riefe es den
Himmel zum Zeugen seines Seelenschmerzes an, kriecht es – seinem ersten
Herrn zu. «

Ein Hund oder ein Mensch, der nicht pariert, ist freilich für den Revierjäger
Hopp, der seinen Krambambuli echt und unvergänglich liebt und mit dem
Hund wie mit einem Menschen kommuniziert, „nichts wert". Kadavergehorsam?

Hopp bestraft ihn für seine Illoyalität (Ungehorsam ihm gegenüber), er schont zwar
sein Leben, verstößt ihn aber und lässt ihn verhungern.

Wer verhält sich hier, von einem moralischen Standpunkt aus gesehen, als
Tier, wer als Mensch?

Joerg K. Sommermeyer, Berlin, 8. Juli 2018